繡裡乾坤

3

風文創 1207

夏言 著

風 文創
1207

目錄

第二十一章

在得知喬意晚和梁公子訂親後，冉玠是怨過喬意晚的，也發誓從此以後再也不會喜歡她，可在聽到她的消息之後，他還是立刻趕了過來。

「我以前去雲府找妳，妳為何避而……不見？」

說到後面，冉玠忽然明白了，他嗤笑一聲道：「枉我自詡聰明，竟然沒想明白，妳怕是並不知道我去找過妳吧？」

喬意晚搖了搖頭，她的確是不知道。

冉玠道：「那我寫給妳的信妳可有收到？」

喬意晚繼續搖頭。

冉玠本以為是她狠心故意不理他，沒想到她從頭到尾都不知他去找過她、還寫信給她。

「我早該想到的，當初妳母親為妳訂了我們冉家這門親事時我就該想到的。他們若是真心疼愛妳，絕對不會為妳定下我們家，再不濟，在妳母親主動上門退親時我也該察覺到她的心思，可我那時都做了什麼……我日日怨妳絕情，怨妳為了榮華富貴拋棄了我，卻從來沒站在妳的角度想過問題……」

喬意晚垂眸道：「阿烈，事情都過去了，你不必自責，此事與你沒有關係，即便沒有冉家，也會有王家、李家、張家。」
這話一下子觸動了冉玠的神經，他抬眸看向喬意晚。
「所以，在妳心中，覺得我和別人沒什麼區別？」
看著冉玠受傷的模樣，喬意晚抿了抿唇，解釋道：「我不是這個意思。我們兩個人認識多年，你和別人還是不同的。」
冉玠的眼裡又多了一絲希冀。
「那妳為何要找陳伯鑒幫忙而不來找我？」
喬意晚道：「正因為我們是朋友，所以我才不想把你牽扯進來，表哥和這件事有些關聯，他和你不同。」
冉玠心頭升起的希望又落了下去，說到底還是把他當成了外人。
「聽說那梁公子一直在讀書，沒有來幫妳。」
喬意晚詫異道：「梁大哥科考在即，自是要在家中溫書的。」
梁大哥？冉玠覺得這個稱呼格外刺耳，他咬牙再問道：「所以，妳真的喜歡上梁家那個窮書生了？」
看著冉玠的眼神，喬意晚終於明白他提及梁大哥的意思了。
有些話她有必要說清楚，她思考片刻，語氣柔和而又堅定地說道：「阿烈，你是一個非常好的人，與你訂親之後，我很歡喜，冉伯父、伯母和冉妃娘娘也都待我極好，我很感激你在揚州時的陪伴。只是，我對你並無男女之情，只把你當成一個好朋友。」

冉玠一向喜歡和喬意晚在一起，尤其喜歡聽她說話，喬意晚的聲音軟軟的、柔柔的，聽起來甚為舒適，可不知為何，今日卻格外刺耳。

「我究竟哪裡比不上梁家那個書生？」

喬意晚秀眉微蹙。「此事和梁大……梁公子無關。」

冉玠道：「難不成妳喜歡陳伯鑒？」

喬意晚納悶道：「跟表哥有何關係？」

冉玠臉色微沈。和所有人都無關，她就是單純不喜歡他，這一切都是他自作多情。

「好，我知道了。」

說罷，冉玠陰著臉離開了花廳，但剛走了一射之地，又停下腳步，頓了頓，轉身回來。

喬意晚看著去而復返的冉玠，眼裡流露出詫異。

冉玠臉色依舊陰沈，嘴裡卻說著關心的話。「那雲婉瑩不是個好東西，她已經跟了太子，說不定會報復妳，妳小心些。」

喬意晚怔怔地看向冉玠。重生回來，最讓她震驚的事莫過於自己不是父母親生的，除此之外，便是冉玠這一番話了。

怎麼可能？雲婉瑩雖一直準備參選，可她最後嫁給了顧敬臣不是嗎？難道是自己改變了軌跡？

「婉瑩跟了……太子？你莫不是聽錯了？」
冉玠臉色又沈了幾分。「妳不信我？」
喬意晚道：「我自然是信你的，只是你話中之意讓人意外。」
冉玠道：「這有什麼意外的？雲婉瑩早就勾搭上太子了，妳初來京城去寺中上香那日，她便是打聽到太子的行蹤才故意過去的，後來也一直私下跟太子聯繫，這幾個月書信、荷包可沒少送，上次參選他倆就在御花園假山裡待了許久才出來，如今跟了太子也是再正常不過的事情。」
說起雲婉瑩，冉玠一臉嫌棄。
喬意晚腦海中閃過許多畫面，因為前世的事情，她一直以為雲婉瑩會和顧敬臣在一起，即便她前面醉心於參選太子妃，她也認為此事不會變，沒想到這其中發生了這麼多她不知道的事情。不過，冉玠如何知道得這麼清楚？
喬意晚又道：「這些事你怎麼知道的？」
冉玠有口難言。「我……」
月珠縣主和雲婉瑩關係好，為了意晚，他故意套了月珠縣主的話。
「妳管我怎麼知道的，總之妳要提防雲婉瑩！」
看著冉玠氣急敗壞的模樣，喬意晚忽然笑了。「我知道了，謝謝你，阿烈。」
冉玠本想再說些難聽的話，可一看到她的笑容，那些話又吞回了肚子裡。他盯著喬意晚看了片刻，想起她剛剛說的絕情話語，心氣仍舊不順，便轉身離開了。
喬意晚一直看著冉玠的背影，直到他的身影消失，這才準備回後宅，一轉身，她看到了站在廊下看著她的顧敬臣和喬西寧。
這二人是何時來的，剛剛又在何處？他們有沒有聽到了什麼？
喬意晚穩了穩心神，朝著二人走去。
「見過侯爺、大哥。」
想到剛剛聽到的兩人的對話，顧敬臣心情甚好。
前世做夫妻雖只不到一年，喬意晚對顧敬臣也算是有幾分了解。雖他依舊板著臉，但細微的臉部變化出賣了他，他這神情分明是內心很愉悅。
他在高興什麼？自己喜歡的姑娘跟太子在一起了，所以他很開心？
可哪有人會因為別人給他戴綠帽子而歡喜的。
喬意晚道：「母親還在等我，侯爺和大哥若無事，我便先回去了。」
說完，她福了福身，轉身離開。
「等一下！」顧敬臣開口了。
喬意晚停下腳步，回頭看向顧敬臣。
顧敬臣道：「我送妳的話本子如何？」
喬意晚回答。「挺好的。」

「妳若喜歡，我再為妳多尋幾本。」
喬意晚道：「多謝侯爺，不必了。」
喬西寧看看顧敬臣又看看妹妹，他怎麼覺得這二人好像有點熟稔又陌生的感覺？
顧敬臣想多跟她說說話，又繼續說道：「喬姑娘覺得那兩本話本子好在哪裡？」
喬意晚不解。
喬西寧看出顧敬臣的意圖，藉機離去。「父親好像有事尋我，意晚，妳代兄長好好招待侯爺。」
「我……」喬意晚本能地有些抗拒，很想叫住喬西寧，但眼角瞥到顧敬臣時，忽然想起了那日夢中之事，於是應道：「好。」
顧敬臣眼中閃過一絲驚喜。
顧敬臣今日是特意來永昌侯府的，而且是在得知冉玠進入侯府之後急急趕來的。
他並不擔心梁家那個書生，因為他知道梁行思與喬意晚並沒有太多的接觸，二人之間沒有什麼感情，他擔心的是和喬意晚曾訂過親又相識多年的冉玠。
之前他就見過冉玠和喬意晚在一起談話，兩個人之間雖然有爭吵，但關係似乎不錯，好在意晚剛剛明確拒絕了他。
顧敬臣道：「妳這幾日在侯府過得如何？可還習慣？」
喬意晚看向顧敬臣，她沒想到這麼溫情的話能從他的嘴裡問出。

她回道：「挺好的。」

顧敬臣又道：「妳若有什麼地方需要幫助，儘管與我說。」

喬意晚更覺詫異，他為何對她的事這般熱心？現在應該不是關心她的時候吧！

她不知顧敬臣剛剛聽到了多少，忍不住提醒了一句。「婉瑩可能有了意中人。」

顧敬臣面色平靜。「嗯，我知道。」

喬意晚覺得困惑，試探道：「你剛剛聽到我和冉玠說的話了？」

顧敬臣頓了頓，沒有隱瞞，說了實話。「此事我早已知曉。」

早已知曉？喬意晚道：「天底下好姑娘多的是，你……你看開些。」

顧敬臣濃眉皺了起來，看向喬意晚的神色有些古怪。「妳以為我愛慕那位雲姑娘？」

喬意晚驚異道：「難道……不是嗎？」

顧敬臣有些頭疼地看著喬意晚，認真地說道：「不是，我早已有意中人。」

這已經不是第一個人誤會他了，太子和母親都曾誤會他喜歡那位剛回歸雲府的雲婉瑩，旁人便也罷了，沒想到意晚竟也誤會他，可自己先前連雲婉瑩長什麼樣子都沒記住！

看著顧敬臣的眼神，喬意晚內心的猜測又確定了幾分。

他喜歡的人是自己，可是，怎麼可能呢？

他若真的對自己有意，前世又為何待她那般冷淡？

想到往事，喬意晚本能地否定此事，快速說起了別的話題。「顧老夫人身體如何？」

顧敬臣盯著喬意晚看了片刻，隨後移開目光，說道：「母親身體最近好些了。」

喬意晚記得前世秦氏纏綿病榻許久，直到顧敬臣打了勝仗回來才好些，她開口提醒。

「有些病表面上症狀輕微，實則可能很危險，萬不可掉以輕心，侯爺須得重視。」

顧敬臣再次看向喬意晚。他一直很好奇她是如何得知母親病了的，又或者說，她怎麼知道母親中了毒？按照時間來推算，她提醒他那日，母親尚未中毒。

難道是……巧合？

「嗯，喬姑娘的提醒，顧某記住了。」

喬意晚雖前世與顧敬臣成過親，今生也有幾次接觸，可她始終覺得兩人不熟，不知該說些什麼，就這麼聊下去，兩個人如何能有身體接觸？

這時，喬意晚看到小廝重新沏了茶過來，她心中頓時有了主意。

「侯爺為我送來解悶的話本子，我還沒來得及謝謝您，今日我便以茶代酒，謝謝您的好意。」說著，她從茶盤中拎起茶壺，在茶杯中斟滿茶，雙手捧著遞給顧敬臣。

茶杯小，顧敬臣伸手拿茶杯時定會碰到自己。

顧敬臣看著眼前的茶水，又看看喬意晚，抬手去拿茶杯。

正如喬意晚所料，因茶杯比較小，她又兩手握著，所以顧敬臣拿茶杯時，手不可避免地碰到了她，他修長而帶有薄繭的手指微微擦過了喬意晚白皙嬌嫩的手背。

涼涼的，又有些疼，一種酥麻的感覺從手指傳遞到心頭，喬意晚的心不受控地跳動了幾下。

穩了。

喬意晚鬆了一口氣。

然而，那雙手在觸碰到自己的手指後不知為何卻停了下來，從上面看去，像是用大掌包裹住自己的兩隻手。

顧敬臣並非這般無禮之人，怎會做出如此輕浮舉動？

喬意晚秀眉微蹙，抬眸看向面前的男人。

顧敬臣面上依舊沒什麼表情，只是那一雙眼睛正一眨不眨地盯著她，像豺狼一般想要把她吞入腹中。

他故意的！她見過他這種眼神，前世無數個夜晚，他就是用這樣的眼神盯著自己。

喬意晚心裡咯噔一下，手一抖，茶杯掉了下去。

然而，想像中茶杯落地的聲音並未響起，顧敬臣彎下腰，一隻手穩穩托住了茶杯，另一隻手仍舊握著她的兩隻手。

「喬姑娘，下次拿穩一些。」

聽著顧敬臣的調侃，看著他略帶戲謔的眼神，喬意晚不知怎的突然想起前世他在床笫間說過的話。

「晚兒，妳太瘦了，以後多吃一些。」

他怎麼可以這樣對她！

喬意晚臉色頓時漲得通紅，心慌意亂，手快速從他手中抽出來，甚至忘了行禮，轉身跑開了。

在她身後，顧敬臣的冰塊臉終於有了溫度，臉上露出一抹微笑。

原來她也喜歡他。他抬起手嗅了嗅手中的茶水，上頭似乎殘留著一絲荷花的香氣，他一飲而盡。

很甜。

隨後把茶杯放回茶盤中，顧敬臣離開了永昌侯府。

喬意晚向來沈穩，這是她第一次失態，還是在顧敬臣面前失態，想到剛剛那一幕，她心緒久久難平，在後院裡的小花園中坐了片刻，這才覺得心頭的燥熱散了不少，心裡也平靜了些。

顧敬臣在回到定北侯府前心情一直都很愉悅，直到李總管傳達了秦氏的話，他立馬去了內院之中。

秦氏見兒子來了，絲毫不提自己之前跟李總管說過的話，即便兒子有意試探，她也用別的話搪塞過去。

顧敬臣終於忍不住說了實話。「母親，兒子希望您能去永昌侯府提親。」

秦氏故意道：「哦？為何？你不是喜歡永昌侯府的嫡長女嗎，她如今成了雲家的姑娘，自然是要去雲府提親。」

顧敬臣道：「兒子中意的一直都是喬意晚。」

聞言，秦氏笑了。

「你早這麼說不就行了，竟然還敢拿話誆我。」

顧敬臣臉上流露出一絲羞赧，默默不做聲。

秦氏道：「行了，我早就知道了，你回去歇著吧，我明日就去永昌侯府提親。」

顧敬臣高興道：「多謝母親。」

太子周景禕這幾日去了皇陵祭祖，今日方回京，一回宮，他先向皇上請安覆旨。

皇上道：「嗯，這幾日辛苦了，想必你心中定有感悟，好好想想以後怎麼做事。」

周景禕恭敬道：「兒臣謹遵父皇教誨。」

皇上又道：「祺兒這幾日日日念叨你，說想向你請教治國之策，貴妃也擔心你吃不好睡不好，在路上病了，你先去朝陽殿見見貴妃和你四弟吧。」

周景禕道：「是，父皇。」

離開前殿，周景禕朝著顏貴妃的朝陽殿去了。

后位空懸多年，顏貴妃是眾妃之首，統領後宮，雖無皇后之名，但卻行使著皇后的權力，不僅眾妃要跟貴妃請安，平日裡諸位皇子也都要來朝陽殿請安。
「見過貴妃娘娘。」周景禕朝著顏貴妃行禮。
顏貴妃一臉惶恐道：「您是儲君，本宮說過了，太子無須對本宮行此禮。」
周景禕直起身子道：「您是長輩，應該的。」
聞言，顏貴妃沒再說什麼，她看向站在一旁的兒子。「祺兒，還不快向你太子哥哥行禮。」
周景祺行禮道：「見過太子哥哥。」隨後他又說：「太子哥哥疼我，向來不重視這些虛禮的。」
顏貴妃道：「你這孩子，怎麼這麼不懂事？太子不僅是你兄長，更是國之儲君，禮不可廢。」
這番話對於周景禕而言十分受用，他坐在一旁，笑著說道：「貴妃娘娘太客氣了，我和四弟是親兄弟，何必在意這些。」
周景祺道：「母妃，您看，大哥都不在意。」
顏貴妃嘆氣道：「我真是把你寵壞了。」
周景祺朝著顏貴妃做了個鬼臉，坐在了周景禕身側，向他請教起治國之策。
周景禕學問不錯，又學了多年治國之事，講起來頭頭是道，周景祺也聽得很認真，滿臉崇拜。

問完這些正事，周景祺又好奇地問起周景禕去祭祖時發生的事情，周景禕跟四皇子的關係一向好，立刻知無不言、言無不盡，把如何去祭祖、祭祖的流程說得清清楚楚，講完後，又說了些一路上比較有趣的事情。

周景祺聽得很認真，顏貴妃也一直沒有插嘴。

直到周景禕講完一路上的見聞，她這才笑道：「太子說的這些事著實有趣，不過，你或許不知道，京城最近也發生了一件趣事。」

周景禕好奇地問道：「哦，何事？」

顏貴妃道：「聽說永昌侯府的陳氏生產時被侯府的姨娘調換了孩子，所以侯府的嫡長女是假的，真正的嫡長女是原本雲府的大姑娘。」

聽到「永昌侯」三個字，周景禕臉色就變了，隨後，顏貴妃身邊的一個內侍又完整重述了一遍永昌侯府發生的奇案。

周景禕道：「這事可真是離譜。」

顏貴妃意味深長地說道：「雖說表面上看來這個秘密是陳太傅一家解開的，不過，本宮卻聽說此事定北侯的功勞也不小。」

周景禕詫異道：「顧敬臣？」

顏貴妃點頭。「正是他。是他調查了當年的事情，親自送上證人和證據，也因此讓侯府確定了真正的嫡長女是誰。」

顧敬臣親手揭露喬家嫡長女是冒牌貨的身分？他不是喜歡喬婉瑩嗎？為何反倒幫著別人來對付她？

「不可能，孤聽說顧敬臣一直愛慕著永昌侯府原來的嫡長女喬婉瑩。」

顏貴妃道：「但本宮卻聽說那日在陳太傅府，喬家那個庶女親口說定北侯曾向他們雲府的長女求過親，可見他愛慕的應是如今這位真正的侯府嫡長女。」

求親？周景禕眼睛微微睜大，這才想到顧敬臣確實曾在秋獵時否認過他喜歡喬家長女，原來是真的。

當時雲家的那個長女他記得，圍獵那日她射箭的姿態乾脆俐落，著實在他心中留下了一些印象，仔細一想，一年前在崇陽寺中遇到喬婉瑩那次，雲家長女也在……

所以，顧敬臣喜歡的人一直都是雲家長女，而非那個喬婉瑩，是他弄錯了？

虧他還以為找對了人，耐著性子跟個冒牌貨周旋了許久！

「太子，莫輕看了定北侯，別忘了我先前告訴你的『那件事』，他身分不一般，也恐怕早就知情……」顏貴妃語帶保留地提醒。

周景禕心情頓時變得很不好，他沒再多留，簡單跟顏貴妃說了一聲，並未行禮，陰著臉離開了。

周景禕一走，周景祺的臉色也沈了下來。

「母妃，您瞧瞧太子剛剛那個態度，絲毫不把您放在眼裡，他哪裡配當儲君了？不就是去祭祖嗎，我也可以啊！他說的那些治國之策我也都會，您為何非要讓我在父皇和太子面前藏拙，還教我像個哈巴狗一樣跟著太子！」

顏貴妃瞪了兒子一眼，輕啟朱唇道：「蠢貨！你父皇正值壯年，你此刻鋒芒畢露只會惹太子、甚至你父皇忌憚。」

周景祺一臉委屈的模樣。「可總不能什麼都不做吧？太子去祭祖，年底還要去祭天，多威風啊，總不能讓兒子日日看著太子得意吧。」

顏貴妃點了點兒子的頭道：「本宮真想撬開你的榆木腦袋看看裡面都裝了什麼，枉你自以為聰明，卻沒能看明白這裡面的事情，你以為太子去祭祖是什麼光榮的事嗎？那是你父皇嫌他最近不安分，在敲打他！」

周景祺驚訝地看向母妃。「啊？太子做了何事，父皇為何要敲打他？」

顏貴妃臉色有一瞬間的不自然，最後只道：「做了何事你不必知道，你只需知曉他越是得意，你父皇就越是忌憚他就好，有太子在前面頂著，你自可安然無虞，等太子落馬，那時候就是你出頭之日。」

周景祺似懂非懂地點了點頭。

晚上，喬意晚又作夢了。

這一次她並未夢到自己想夢見的事情，而是夢到了前世的太子和沒有回歸雲家的喬婉瑩——

喬婉瑩道：「太子殿下，馮樂柔並非您想的那樣純善，那日刺繡之事全然是她編造的，那些繡品的確是我繡的，此事貴妃娘娘可以為我作證。」

太子握著喬婉瑩的手，一臉無奈道：「可是父皇已經為孤定下了馮家，婚事孤也作不了主。」

喬婉瑩眼底含淚。「我的身子都給了您，現在極有可能懷了身孕，您讓我如何？」

太子嘆氣道：「哎，那日孤也是一時情急，又情難自抑，才對喬姑娘下了藥，做了如此荒唐事，事後也後悔不已，甚是愧疚。」

喬婉瑩想到也許是自己命該如此，咬了咬牙，提議道：「不如您娶我做側妃。」不做正室又如何，貴妃雖不是皇后，卻掌握著皇后的權力，她做個側妃也不輸旁人。

太子道：「孤也有此意，然而永昌侯不同意，孤也沒有辦法……」

喬婉瑩也知這一點，她咬了咬唇，眼淚流了下來。「您若是不娶我，那我不如死了算了。」

太子立馬攔住她。「何至於此？孤聽聞定北侯對妳十分愛慕，妳不如嫁給他。」

喬婉瑩低泣道：「我如今這樣如何能嫁人？」

太子又道：「孤為妳想辦法，妳大可放心。」

喬意晚一覺睡到了天亮，醒來後，想到夢裡的事情，睜眼看著床帳，久久未動。

所以，前世婉瑩其實不是早產，她肚子裡的孩子根本不是顧敬臣的，而是太子的？怪不得顧敬臣要把孩子藏在小院裡，且不讓她去探望孩子，他可真夠可憐的……

顧敬臣夢到自己跟喬意晚成親了，滿目紅色，滿目喜慶。

醒來後，回想夢中發生的一切，心情難得變得輕鬆起來。

這一日，秦氏雖身子尚未好全，但是為了兒子的終身大事，她還是出門了。

如今永昌侯府依舊閉門謝客，但秦氏的身分擺在那裡，平日裡又極少去別的府上做客，也不是個愛打聽的，所以陳氏仍然接待了她。

落坐後，陳氏問道：「聽說您前些日子身子有些不適，如今可好些了？」

秦氏道：「好多了。」

陳氏和秦氏都不是話多的性子，兩個人寒暄了幾句之後，便沒再說話，一時之間靜了下來。

陳氏知曉秦氏今日來府中定然是有正事，便沒有開口，等著她說。

秦氏喝了一杯茶後，終於進入了正題。

「聽說夫人前些日子終於認回了親生女兒？」

聽到秦氏的問題，陳氏有些意外。

據她所知，秦氏平時深居簡出，並不是一個好奇心重的人，也不怎麼插手別府的事情。

她回道：「嗯，是有這麼一回事。」

秦氏道：「那孩子我見過，是個懂事知禮的性子，長得也是國色天香，怕是以後求親的人都要把侯府的門檻踏破了。」

這話就有些意思了，陳氏望向秦氏。

秦氏直截了當地說道：「不知我兒有沒有這個福氣？」

陳氏驚訝地看著秦氏，她還是第一次見到像秦氏這般直接的人，別的府來提親事總要拖個中間人來說，秦氏竟直接來為自己兒子提親。

既然想說的話已經說完，秦氏便沒了顧忌，開始誇讚自己兒子。「敬臣那孩子想必夫人也是見過的，他書讀得不錯，又有武藝傍身，雖不怎麼愛說話，但也是個知冷熱的，對於自己在乎的人和事非常熱心腸。」

陳氏一時之間不知該如何回答。

秦氏繼續誇讚兒子。「上次老夫人壽宴戲棚倒塌時敬臣就救過令嫒，這次令嫒的身世問題敬臣也幫了不少忙……我說這些也不是想邀功，只是想告訴夫人，敬臣那孩子會全心全意護著心愛的姑娘，他對令嫒是一片真心。」

這些倒是真的，陳氏也是知曉的，作為母親，她很感激顧敬臣為女兒做的這些事情，也覺得顧敬臣是一個可靠的對象。

只是，婚姻大事雖由父母作主，可她也不能不問問女兒就給她定下親事。

若是中間人來說，同意抑或者不同意，都有商量的餘地，如今男方的母親親自來提，若是直接拒絕，那就有些不給面子了。

好在秦氏也沒為難陳氏，又道：「希望夫人能好好考慮考慮，出來許久，我也該回去了，若夫人有了決定，就讓府中的管事去定北侯府告知一聲。」

秦氏走後，陳氏略坐了一會兒，才去了一旁的跨院。

跨院裡，喬意晚正坐在窗邊繡花，每次看到女兒，陳氏都覺得心裡很是安寧。

她笑著問道：「在繡什麼呢？」

喬意晚這才發現母親來了，連忙起身，陳氏按住了她。

「咱們母女之間無須這般客氣。」

說著，陳氏坐在了喬意晚身側，喬意晚道：「繡了一個香囊。」

陳氏看向她手中的繡活。「嗯？怎麼突然想繡香囊了，給誰繡的？」

喬意晚看向陳氏。「我聽說母親這幾日睡不好，想給您繡個香囊，裡頭放些安神的藥材。」

陳氏沒想到她的香囊竟然是給自己繡的，有些驚，又有些喜。

西寧是個男兒，不似女兒那般貼心，婉瑩又不擅長刺繡，她還從來沒收到過子女送的繡件。

「為我繡的？」

喬意晚點頭。

陳氏接過香囊仔仔細細看了起來，一副愛不釋手的模樣，但嘴上還是說道：「妳有這個心便好了，何必勞心費神繡東西。」

喬意晚道：「女兒左右無事，為母親繡香囊不費神的。」

陳氏又看了看香囊，把尚未做完的香囊遞給了女兒，喬意晚伸手接過。

順著喬意晚如蔥根一般的手指，陳氏細細打量起女兒。

女兒眉如遠黛，眼如一汪秋水，一顰一笑都甚是溫柔，只是坐在那裡就讓人覺得安心，怪不得伯爵府的冉公子以及定北侯傾心於她。

陳氏隨口道：「剛剛前面來了客人，妳知我為何沒讓妳去前廳見客嗎？」

喬意晚的確知道前面來了客人，因為剛剛鬧哄哄的，不似從前那般安靜。至於陳氏為何沒讓她去見客，她並未多想，因為從前在雲府，除非有特殊原因，否則喬氏從來不讓她去見客，所以她沒想過母親會讓她去見客。

喬意晚搖頭。「女兒不知。」

陳氏道：「來的人是定北侯府的顧夫人。」

喬意晚有些驚訝，顧老夫人怎麼會來？

陳氏又道：「她是來為兒子提親的，定北侯想要娶妳。」

聞言，喬意晚此刻的心情已經不能用驚訝來形容了。

顧敬臣竟然又向她提親了，為何？

上次提親喬氏拒絕了他，如今他竟又提了一次，他就這麼……喜歡自己嗎？

「定北侯位高權重，極得皇上重用，也很得太子信任，這一府的榮耀能延續很久，加之他府中人口簡單，沒有小妾通房，也沒有兄弟，京城中想把女兒嫁給他的世家不知有多少，不過……」說到這裡，陳氏眉頭微微皺了下。「他府中人口雖然簡單，但他那個位置注定不會平靜，嫁給他，事情未必少，說不定有更多的風浪。」

喬意晚覺得除了顧敬臣得太子信任這一點有待商榷外，其他的陳氏說得都沒錯。

顧老夫人平日不愛出門，也不喜旁人打擾，日日待在自己的院子裡，晨昏定省都免了，乍看定北侯府府內的事情少，不過府外的事情可一點都不簡單，複雜得很，不然前世顧老夫人也不會無緣無故生了重病去世，細細想來，連婉瑩都沒了，可能也跟利害關係複雜有關。

「母親決定便是。」

不管是面對冉公子還是面對定北侯，喬意晚的反應始終非常平靜。

要知道，定北侯的身分並不簡單，位高權重，長得也好看，京城中想要嫁給他的姑娘不知有多少，面對定北侯的求親，女兒竟然如此淡定，陳氏握住了喬意晚的手。

「婚姻可是一輩子的大事，怎可輕易讓旁人為妳決定？我剛剛只是在為妳分析利弊，至於如何選擇，全看妳自己。」

聞言，喬意晚的心上像是突然打開了一扇窗，有徐徐微風吹過。

父母之命，媒妁之言。前世今生，喬氏為她決定了不少樁親事，她從未反駁過，從來沒有人告訴她婚姻一事可以由她自己作主。

「我自己……作主？」喬意晚不確定地又問了一遍。

陳氏笑了笑，拍了拍女兒的手。「能找回妳已是上天的恩賜，剩下的事情自然由妳作主。」

喬意晚的心突然怦怦怦跳了起來，有一種從未有過的激動。

「父親那邊……」

陳氏堅定地說道：「妳放心，我說讓妳作主就讓妳作主，誰也別想插手。只要我不同意，沒人敢硬把妳嫁過去。」

喬意晚兩眼亮晶晶的，直直地望向陳氏。

陳氏輕輕摸了摸她的頭。「不過，我瞧著那定北侯似是真對妳有意，他曾在戲臺下救過妳，也曾努力為妳找出證據，妳不妨考慮考慮。」

喬意晚抿了抿唇，道：「可是母親，女兒已經跟梁公子訂親了。」

陳氏道：「這門親事有何好在意的？和他們梁府訂親之人是雲府，並非咱們永昌侯府，即便是安國公也絕不敢上門來要求咱們履行婚約。」

喬意晚道：「其實梁大哥人挺好的。」

陳氏有些詫異，問道：「難不成妳喜歡那位梁公子？」

喬意晚沈默片刻，道：「倒也說不上喜不喜歡，只是覺得他人不錯，書讀得很好，也很有才華。」

陳氏笑道：「妳好好想想，妳若是喜歡他，那這門親事就繼續。」

喬意晚應道：「好。」

陳氏離開後，喬意晚看著手中的香囊，卻怎麼都無法專心繡下去了。

黃嬤嬤一臉喜色道：「姑娘，沒想到定北侯竟然又上門求娶您了，我還以為這門親事不可能成了，上次聽說夫人私下拒絕定北侯，為此可惜了好久。」

紫葉也在為姑娘歡喜，不過看著姑娘的神色，她問道：「姑娘，您不想嫁給定北侯嗎？」

喬意晚沒說話。

若問她是否想嫁給梁大哥，她或許會猶豫一下，但若問她是否想嫁給定北侯，她的答案非常明確：不想！

平心而論，前世顧敬臣除了對她冷淡之外，並未對不起她，甚至待她不錯，她從未恨過他，也從未怨過他。只是，前世那一段短暫的婚姻給她留下太多不好的回憶，她不想再試一次了，也不想面對那樣一個日日如冰塊一般冷著臉的丈夫。

看著放置在一旁的話本子，她想到了裡面的故事情節。

金尊玉貴的公主不顧皇上和皇后娘娘的反對，執意要嫁給寒門出身的將軍，皇上一怒之下把將軍發配到邊境，不讓他回京。

公主日日夜夜思念著將軍，給將軍寫信、寄東西，甚至害了相思病，茶不思飯不想，日漸消瘦。遠在邊境的將軍也對公主朝思暮想，他急需做出一番成績，讓皇上同意這一門親事。

最後，兩個人的誠心誠意打動了皇上和皇后，終於成了親。

故事雖然簡單，但裡面的內容卻很豐富，人物性格也非常的張揚。

喬意晚成不了那樣的人，她喃喃道：「喜歡是一種什麼樣的感覺呢？」

她心中沒有答案。

晚上，陳氏和永昌侯說了顧老夫人白日裡來提親一事。

喬彥成早就看出定北侯愛慕喬意晚了，毫不意外，他笑著說道：「這門親事不錯，定北侯手握兵權，極得皇上重用和信任。他雖是太子的表哥，但也並未旗幟鮮明地站在太子那邊，即便將來太子無法登基，定北侯也未必會被其他的皇子清算，和定北侯結親後，咱們府裡的榮耀也能延續得久一些。」

喬彥成說了許久，始終沒聽到夫人的回話，他看向夫人，見夫人面色非常平靜，無悲無喜，問道：「夫人可答應下來了？」

不同於永昌侯的激動，陳氏神色非常平靜。

「沒有。」

喬彥成端起桌上的茶飲了一口，道：「沒關係，明日我親自跟定北侯說。」

本來他與定北侯二人同為侯爺，他身分上甚至要比定北侯差一些，可未來定北侯成為他的女婿，他可就要壓定北侯一頭了，他今晚作夢怕是都要笑醒了。

陳氏潑了他一盆冷水。

「侯爺若是想用女兒去聯姻，不妨再找個女人生一個。」

當初侯爺想要把婉瑩嫁給太子時她便不同意，只是因為那時婉瑩自己也表露了有意願，她才沒做過多干涉。但如今意晚並未明確表示愛慕定北侯，女兒的親事就誰也別想插手。

喬彥成怔了怔。他了解自家夫人的性子，最不喜兒女親事摻雜太多利益關係。

他琢磨了一下，說道：「夫人這是說的什麼話，我哪裡是想用女兒聯姻了？拋開他的身分不談，定北侯對意晚那可是真情實意的，危急時刻救意晚、為她調查身世，一般男子哪裡能做得到？」

陳氏道：「難道一個男子對一個女子好，那名女子就必須嫁給他嗎？報恩的方式有很多種，並非只有以身相許。他對意晚的恩情我自會報答，無須犧牲女兒一輩子的幸福。」

喬彥成被懟得啞口無言，頓了頓，道：「這……這也要看意晚的意思吧？我瞧著她似是對定北侯有意。」

陳氏又道：「侯爺這話說得對，意晚的親事由她自己作主，不過我今日已經問過意晚了，我瞧著她似乎並不怎麼喜歡這門親事，侯爺還是趕緊死了這條心吧。」

喬彥成眉頭緊緊皺了起來。

「定北侯是何等身分？若咱們拒絕了他，難保他不會在朝堂上針對咱們永昌侯府。」

陳氏說：「未必吧？你三妹妹曾經拒絕過他，怎麼沒聽說他在朝堂上針對你三妹夫？」

喬彥成臉色不太好看，滿臉的不贊同。

陳氏垂眸道：「天色不早了，我乏了，今日身子不適，侯爺去前院歇著吧。」

話都說到這個分上了，喬彥成不得不離開。

他剛朝前走了幾步，就聽陳氏的聲音在背後響了起來。

「侯爺，意晚是我失而復得的女兒，她想要什麼我都會給她，同樣的，她不想要的，誰也別想硬塞給她。我不管對方究竟是侯爺還是皇子，只要意晚不喜歡，誰也別想勉強她，你和母親莫要背著我給意晚定下這門親事，若真如此，別怪我不給大家留情面！」

喬彥成身形微頓，嘆了口氣，抬步離開了內宅。

顧敬臣心中忐忑不安了幾日，終於收到了永昌侯府的回覆。

陳氏以剛找到女兒，想多留在身邊幾年為由，拒絕了這門親事。

又拒絕了他……顧敬臣的心情再次由晴轉陰。

第二十二章

認親的事情已經過去了十日，可喬老夫人心中的鬱氣依舊難以抒發。

婉瑩是她一手養大的，偏偏婉瑩也是她此生最恨之人故意放在她身邊噁心她的，這件事令她心中極不舒服。

孫姨娘成功了，她這些日子就像是吞了一隻蒼蠅一樣噁心，想到自己往日對婉瑩的好，她就頭皮發麻，罵幾句才舒服。

且不說外人如何嘲笑她，她自己心裡那一關就很難過去，然後，她又得知了另一件讓她震驚的消息。

「你說什麼？定北侯府來府中提親了，被你拒絕了？」喬老夫人看向兒子的眼神充滿了不可置信。

陳氏皺了皺眉，張口想解釋，喬彥成上前半步搶先說道：「對，兒子拒絕了。」

喬老夫人聲音提高了些。「你為何要拒絕？怎麼不事先跟我說一聲？」

喬彥成道：「母親當時正病著，閉門謝客，兒子不好來打擾。」

喬老夫人真的要被兒子氣死了，她哪裡病了，她只是心情不好！這麼大的事他怎麼就不知道過來跟她說一聲！

她盯著兒子看了片刻，忍不住吼道：「你是不是腦子糊塗了？這麼好的親事打著燈籠都找不著，你怎麼就拒絕了？」

兒子是故意的吧！他明明知道自己沒病，竟然還不告訴她，等拒絕了親事之後才說。

喬彥成道：「意晚才剛剛找回來，兒子捨不得她出嫁，想多留兩年。」

喬老夫人道：「可以先訂親不成親啊，兩年後再成親便是，定不是這個原因，你跟我說實話，到底為何？」

陳氏道：「母親，其實——」

喬彥成再次打斷了陳氏的話。「其實兒子覺得定北侯不是良配，意晚性子過於安靜，當年又因為孫姨娘的歹毒心計導致她不足月就出生，三妹妹又沒能及時給她找大夫調養，至今身體還有些虛弱。定北侯人高馬大，性子又比較冷，兩個人並不相配，兒子想給意晚找一個門戶簡單的。」

陳氏看了兒子一眼，又看向兒媳。她怎麼覺得這二人今日怪怪的？嫌定北侯人高馬大，想找個門戶簡單的……難不成他倆想把孫女嫁入太傅府？

伯鑒倒也是個好孩子，如今還是狀元，入了翰林院前途無量，未來封侯拜相也未可知，只是，跟定北侯相比還是差了些。

「定北侯府也挺簡單的，就秦氏和他兩個主子。」

說完這話，想到意晚的身子，她又開始咒罵孫姨娘和喬氏。

「若不是那兩個賤人，我那乖孫女如何會像現在這般，都怪這二人！我們把她的女兒養得身體康健，琴棋書畫樣樣精通，結果那死丫頭竟然敢作踐意晚，我真恨不得給她一條白綾送她去見她那個賤人姨娘……」

喬彥成和陳氏都沒再開口說話，默默聽著老夫人罵人。

等老太太罵到告一段落，才看向兒子問道：「雲文海你打算如何處置？」

喬彥成略有些猶豫。「這件事不太好處理。」

老太太流露出疑惑的眼神。「一個從五品，有什麼不好處理的？讓他們一家人趕緊滾，尤其是婉瑩，一併滾出京城。」

疼了這麼久的孫女，說對她沒有感情是假的，可這種感情在知曉她是孫姨娘故意放在自己身邊時，就不得不消散了。

喬彥成看向老太太。「就是因為婉瑩才不好處理的。」

老太太道：「何意？」

屋裡都是心腹，喬彥成直接說道：「母親有所不知，婉瑩跟了太子。」

老太太面露訝色，很快，嘴角勾起一抹諷刺。「果然是孫姨娘的血脈，一樣的下賤！」頓了頓，又意味深長地說了一句。「如今她也算是得償所願了。」

喬彥成道：「如今不知太子那邊的態度，也不好貿然去行動。若太子願意把她留在身邊，咱們也沒必要非得攆走她，無端惹得太子不悅；若太子無意，屆時再說。」

老太太皺了皺眉，又問道：「雲文海和他那個兒子呢？」

喬彥成想到了女兒之前說過的事情，說道：「兒子打聽過，這二人對意晚不錯，他們和三妹妹還是不同的，若非這二人打小護著意晚，或許意晚會多受更多罪。」

聞言，老太太心裡不舒服極了。

她都快被氣死了，只懲罰庶女一個怎麼夠？可這一個個的竟然都沒辦法處理了。

陳氏也沒少聽女兒說起在雲府的事情，她道：「母親，既然錯事是三妹妹做的，那就只懲罰她一個人吧！罰了雲大人和他的兒子，意晚心中也會過意不去。」

老太太不理她，逕自囑咐兒子。「以後不許再幫雲家！想辦法把雲文海攆出京城。」

喬彥成道：「母親，沒了侯府的幫襯，他也未必能在京城立得住腳。」

老太太琢磨了一下，沒再說什麼。

接著，陳氏提出一件事情。

「母親，您看看哪天合適，咱們府中舉辦一次宴席，邀請京中親朋好友，告知眾人意晚的身分。」

老太太微微蹙了蹙眉，內心有些糾結。

這倒不是說她不喜歡意晚，只是若是把此事公諸於眾，眾人少不得要在她眼前說些什麼。她實在是不想聽任何跟孫姨娘有關的話，也不想聽那些人當面議論這些往事。

若是不大張旗鼓去說的話，旁人就不會把此事拿到她的面前說，總歸一切都恢復正軌了，這件事也沒必要多提。

「此事再說吧。」

陳氏道：「母親，這樣做對意晚不公平。」

接連兩件事情不順心，老太太有些不悅。「她如今已經在侯府中了，以後出門應酬的時候也會帶著她，慢慢的大家就都知道了。」

陳氏不太開心，永昌侯看了看老太太，又看看陳氏，道：「再過一個月西寧就要成親了，屆時親朋好友都會來，到了那時咱們再當眾宣佈意晚的身分。」

這倒是個兩全其美的法子，陳氏就沒再提，她知這是個好法子，但心裡還是替女兒感到委屈。

從瑞福堂出來，陳氏對永昌侯道：「關於意晚和定北侯的親事，剛剛侯爺為何在母親面前那般說？此事分明是我的主意，跟侯爺無關，侯爺大可跟母親說實話。」

喬彥成道：「意晚不僅是夫人的女兒，也是我的女兒，她若不喜歡，我這個做父親的還能逼她不成？」

陳氏有些意外，從前婉瑩的親事，侯爺和母親可是大力支持的。

「抱歉，是我誤會侯爺了，我為那日的事情向您道歉。」

喬彥成笑了。「咱們夫妻間說這種話就見外了，母親剛剛說要開門見客，想必接下來來客會很多，夫人可要做好準備了。」

他的確重利，但也不會為了利益拿女兒的婚姻做交換。從前他支持婉瑩，那是因為婉瑩自己很願意，如今既然意晚不願，他縱然再想跟定北侯結親，也不可能逼著女兒成親的。

只是心中難免失落，又異常惋惜，畢竟這麼好的女婿可是打著燈籠都難找到的，哎，可惜了。

陳氏道：「嗯，侯爺放心，我定會處理好的。」

喬老夫人之所以要開門見客，那是被她兒子氣的。若當初她沒有閉門謝客，那麼顧老夫人定會先來拜訪她，這親事不就定下來了嗎？

一旦孫女定下了定北侯府，誰還敢小瞧孫女，誰還敢在背後說些風涼話？

她此刻悔得腸子都青了，生怕接下來再錯過更多這樣的事情，連忙讓兒子開了府門。

第二日一早，永昌侯府恢復了請安，陳氏帶著意晚去了瑞福堂。

「見過祖母。」

這些日子老太太心情不好，自覺丟了面子，沒臉見人，免了大家的請安。旁人知曉她心中不快，也沒來觸霉頭，只有永昌侯和世子二人偶爾來這邊說些事情。

自喬意晚走入瑞福堂，老太太就一直盯著她看。

從前她以為意晚是三丫頭的女兒時她就覺得意晚長得好看，如今一想到這是自己的親孫女，看她時又覺得更好看了幾分。

「妳走近些我看看。」

喬意晚聽話地上前兩步，來到了老太太面前。

老太太滿意地看著她，眉目如畫，性情溫婉，長相甚是出眾，氣質更是獨一份的，京城中鮮少有比她長得更好看氣質更佳的小姑娘，這小姑娘就是像她呀！

老太太笑著說道：「這般仔細一看，長得還真有幾分我年輕時的模樣。」

喬婉琪在一旁說道：「確實很像，那幅畫我也看過的，大堂姊長得好看，祖母也好看。」

老太太看了一眼喬婉琪。「妳今日倒難得會說話了，我一個老太太有什麼好看的，還是妳們這些小姑娘們長得好看。」

喬婉琪笑嘻嘻地說道：「祖母不老，現在也很好看的。」

老太太笑得合不攏嘴，指著喬婉琪說道：「喲，今日不見，妳這小嘴兒像是抹了蜜一樣甜。」

喬婉琪笑得更開心了。

何氏也覺得詫異，女兒怎麼忽然長大了，想到女兒最近經常和意晚一起玩，猜測她可能是受到了意晚的影響。

喬婉琪當然開心啊，她這幾日都很開心，因為婉瑩被趕出去了，府中再也沒有欺負她的人了。三哥又因為為婉瑩求情，被父親母親訓斥了一番，現在還被拘在前院讀書，不能出門。

大哥哥不管事，二哥哥又出去讀書了，大堂姊話少安靜，如今她在府中橫著走。笑過之後，老太太的目光又放在了喬意晚的身上。

這丫頭長得好看是好看，就是身子看起來太單薄了些，怪不得第一次見到時她就覺得這小姑娘不像三丫頭生出來的，原來竟然真的不是，哎，也怪她當年沒有好好查清楚，這才導致她受了這麼多年的苦。

「哎，好孩子，這些年妳受苦了。」

喬意晚笑了笑，沒說什麼，從袖中拿出一個深棕色的香囊遞給老太太。

「祖母，這是我親手繡的香囊，聽說您最近休息不好，我特意放了一些安神的藥材，您可以隨身帶著，凝神養性。」

方嬤嬤看了一眼老太太的神色，又看向喬意晚，笑著說道：「大姑娘可真貼心，我正想著讓人給老夫人繡個荷包，沒想到大姑娘先想到了。」

說著，又看向老太太道：「老夫人，您瞧瞧大姑娘的手藝，針腳細密，上面的花鳥栩栩如生，繡技真是好極了，滿京城怕是也找不出來第二個了，您當年繡技就極好，大姑娘這是隨了您。」

老太太聽了很是開心，不過，看著手中的香囊，她還是如實說道：「我當年可沒這麼好的繡技，還是意晚厲害。」

何氏看著老太太手中的香囊，眼睛都直了。她拿過香囊看了看，又看向喬意晚問道：

「這是大姪女親手繡的？」
喬意晚道：「對。」
何氏道：「繡得可真好啊，妳這繡技真沒話說。」
說著，她看了一眼女兒，面上帶了幾分猶豫，似是想說些什麼。
喬婉琪一眼就瞧出來她娘想說什麼，她道：「娘，我知道我沒大堂姊繡得好，您可別說我了。」
何氏確實是為女兒著急。「妳學些刺繡的本領，不說繡東西貼補家裡，以後可以親手為自己兒女做些小衣裳也是好的。」
陳氏看向何氏，說道：「二弟妹不用著急，這幾日我瞧著婉琪一直跟意晚在一起做繡活呢。」
何氏有些驚訝，問女兒。「妳也做了？」
喬婉琪當然做了。她日日去找大堂姊，可大堂姊太安靜了，成天不是看書就是刺繡，她閒來無事，瞧著大堂姊繡得好，也跟著學刺繡了。
不過，她繡得實在難看。
「做是做了，就是做得不太好。」
何氏鬆了一口氣。只要做就行，好不好都還在其次。
「妳有這個心我就放心多了，就怕妳三天打魚兩天曬網。」

喬意晚見婉琪不太開心，說道：「二妹妹非常專注，最近也在為祖母和二嬸嬸做荷包，很快就能做好了。」

何氏看向喬意晚，上前兩步，握住她的手，笑著說道：「意晚，婉琪真是麻煩妳了，我也不求她能繡得有多好，只要能簡單做件衣裳、會繡朵花就行。」

過去婉瑩喜歡應酬，喜歡攀高枝，喜歡附庸風雅，婉琪就時常跟著她往外面跑，學了一身捧高踩低的臭毛病。如今意晚不愛出門，喜歡安靜讀書繡花，喬婉琪就跟著她學繡花。

這太傅府和定北侯真是做了一件好事，把那個假的給弄走了。

喬意晚道：「二嬸嬸客氣了，咱們都是一家人，二妹妹腦子聰明，手也靈巧，相信很快就能學會。」

聽著喬意晚誇讚女兒，何氏心裡很是熨貼。

老太太看著這一幕，微微點了點頭，一家人就要和和睦睦的才好。

「去年淑寧公主在別苑裡挖了個大池子，裡面種滿了荷花，如今荷花開了，她下了帖子邀請咱們過府去賞荷。老大媳婦兒，妳讓成衣坊的人來給她們做兩件衣裳。」

陳氏道：「兒媳記住了，一會兒就讓人來。」

喬婉琪跟著喬意晚回了正院，不多時，成衣坊的人過來量尺寸了。

前幾日陳氏剛給喬意晚做了十件衣裳，她一件都還沒穿過，所以不太想做新衣裳，無奈陳氏堅持，喬婉琪又在一旁勸，她沒好意思再拒絕。

量好後，陳氏說：「這兩件衣裳三日後便要穿，辛苦你們早些趕出來。」
師傅恭順地說道：「您放心，咱們回去就做，保管不會誤了侯府的大事。」
陳氏道：「辛苦了，張嬤嬤，送送師傅。」
嬤嬤應道：「是，夫人。」
左右無事，喬意晚又拿出針線，喬婉琪納悶道：「香囊不是已經做好了嗎，大堂姊又要做什麼？」
喬意晚道：「不如做個荷包？」
喬婉琪道：「荷包？」
喬意晚笑道：「嗯，做一個粉色的，再做一個淡黃色的，既然是要賞荷，那就在上頭繡幾朵荷花，正好與新衣裳搭配起來，還能應景。」
一聽這話，喬婉琪頓時來了精神，激動地問道：「大堂姊的意思是也做一個給我？」
大堂姊繡的東西實在是太好看了，色彩搭配得也很好，每次看到她都有些心癢。
喬意晚點了點頭。她知道婉琪不喜歡刺繡，所以打算做一個送她。
喬婉琪拉著她的胳膊，笑著說道：「我和大堂姊一起做。」
喬意晚笑了笑，說道：「好啊，我教妳。」
說著，二人便拿起了針線。
何氏本是跟著過來看看女兒做件什麼樣的衣裳，此刻見女兒像模像樣地做起了針線，心裡熨貼極了。

「大嫂，意晚這孩子真不錯。」

陳氏剛跟管事的交代了一些府中的事務，沒注意到喬意晚在做什麼，聞言，她抬眸看向了喬意晚。

只見喬意晚和喬婉琪兩個姑娘正坐在窗邊的榻上繡花，喬婉琪時不時問幾句，喬意晚手把手教著她，這樣的畫面真的美極了。

陳氏笑著說道：「嗯，她是個好孩子。」

過了一會兒，何氏去榻邊站了一會兒，瞧女兒學得有模有樣的，她終於放心了。見陳氏在忙，她略坐了一會兒就離開了。

喬意晚剛剛繡了一瓣荷花，紫葉便匆匆過來了。

「姑娘。」

看著紫葉的眼神，喬意晚對喬婉琪道：「二妹妹，妳先自己繡，我有些事，去去就回。」

喬婉琪一直在研究荷花的圖樣怎麼畫，聽到這話，抬頭回道：「好。」說完，又低頭繼續研究花樣了。

出了房間來到外面，紫葉輕聲道：「姑娘，大少爺來了。」

大少爺定然不是指喬西寧，因為紫葉稱呼喬西寧為世子。

喬意晚會意地問道：「大哥在哪裡？」
紫葉道：「就在後門等著。」
喬意晚想了想，說道：「隨我出去見見他。」
紫葉應道：「是。」
喬意晚出去時，雲意亭在後門外已經等了好一會兒了，聽到動靜，他看向了永昌侯府後門。
喬意晚看見雲意亭，著實愣了一下，才短短數月不見，大哥竟然這般清減。
「大哥……」
雲意亭張了張口，心中百感交集。「意晚。」
喬意晚道：「大哥可是又熬夜讀書了？怎麼瘦成這個樣子？」
雲意亭之所以瘦成這樣是因為家中出了事，三日前他在書院收到了家中來信，日夜兼程趕了回來，然而他還是沒能見到母親，就連他最疼愛的妹妹也成了別的府中的人，不再是他的親人。
雲意亭沒有回答她的問題，而是喃喃說道：「這一切怎麼成了這個樣子？我走的時候明明還好好的……」
喬意晚眼神黯淡下來，垂眸看著地上不說話，從前無話不說的兄妹倆此刻難得沈默下來。

過了片刻，雲意亭問道：「母親那樣待妳，妳怎麼不跟我說？」

喬意晚沒說話。

在不知道事情真相之前，她或許會跟雲意亭說一說自己的煩心事，但在隱約猜到真相之後，她便知不能說了。

兩個人又沈默下來。

好一會兒後，雲意亭嗤笑一聲。「也怪我，竟然沒發現。其實仔細想想，母親打小就不喜歡妳，那時我只當她有自己的喜好，就像父親只偏心妳勝於意晴，卻沒想過，她是因為那個原因才對妳冷漠。我早該想到的，妳那麼乖巧懂事，事事都學得好學得快，母親沒道理不喜歡妳的，這其中應該是有緣由的，都怪我……」

雲意亭此刻的心情非常複雜，一個是自己的親生母親，一個是自己從小疼愛的妹妹。這兩個人都是他生命中無比重要的人，可如今一切都變了模樣，兩個人都遠離了他。

他既不能站在妹妹那邊去責怪母親，也不能站在母親那邊祈求妹妹原諒，一切都回不去了。

看著雲意亭頹喪的樣子，喬意晚開口道：「哥，你不必自責，此事與你無關。」

喬氏是雲意亭的生母，可於她而言，喬氏是仇人，是害得她和親生父母分離的仇人，此刻她不罵喬氏已經是在忍著了，她說不出口原諒喬氏的話，只能安慰雲意亭。

雲意亭又何嘗猜不到她的心思，他沒再提此事，而是問道：「妳在侯府過得如何？」

喬意晚答道：「挺好的，侯府中的人都待我極好。」

「嗯，待妳好就好。」他頓了頓，又道：「其實，妳肯出來見我，我已經很開心了，母親做出那樣的事情，我自知沒臉見妳，可想到妳從前受了那麼多的苦，如今又在陌生的侯府中，我怕妳被欺負，如今知道妳過得好，我就放心了。」

喬意晚抿了抿唇，忍住眼中的淚意。「哥，你別有太大的心理負擔，好好讀書，侯府不會為難你和父親的，今年有可能會加恩科，你好好考。」

雲意亭眼眶頓時有些酸澀，他忍了忍，道：「嗯，我知道。」

昔日最親密的兄妹倆一時又沈默下來。

雲意亭道：「若無事，我便走了。」說罷，便要離開。

喬意晚想到一事，喊道：「等一下。」

雲意亭停下腳步，回頭看向她。

喬意晚道：「意平和意安雖然跟哥哥不是一母所出，但畢竟是父……是雲大人的孩子，也是你的弟弟妹妹。他們二人不是府中的禍害，意平書讀得極好，將來說不定還能成為哥哥的助力。意安跟著我學了幾年刺繡，如今已經繡得很好了，將來肯定能養活自己，不會成為家裡的負擔。哥哥，你能不能好好照顧他們？」

發生了那麼多事，她竟然還是如此善良，如此為雲府中的事情操心，雲意亭覺得自己沒臉再見妹妹了。

「這本是我這個做兄長的應該做的事情，這些年我只顧著自己，忽視了他們，多謝妹妹提醒。」

雲意亭的身影很快消失在巷子口，喬意晚眼眶裡的淚終於忍不住落了下來。

她最捨不得的就是父親和大哥，可是，選擇了侯府，選擇了真相，就代表她要跟這些人分別了。

哭了一會兒，喬意晚拿著帕子抹了抹眼淚，轉身進了侯府中。

暗處，喬西寧看著喬意晚的背影，微微嘆了口氣。

他這個妹妹，真的很善良。

回到府中後，雲意亭想到喬意晚說過的事情，找人詢問了意平和意安的住處，抬步朝著放置雜物的院子走去。

剛走到門口，就聽到了裡面傳來爭執的聲音。

「快拿過來給我。」雲婉瑩道。

雲意平道：「妳走開，不要欺負我妹妹！」

雲婉瑩看著雲意平的六根手指，嫌惡地皺了皺眉，一把揮開了他。「拿開你的髒手，別來噁心我。」

雲意亭進了屋，看著眼前的一幕，眉頭緊緊皺了起來，怒斥一聲。「住手！」

雲婉瑩藉機搶過雲意安手中的荷包，道：「這是妳繡的？」

雲意安不說話，一臉委屈的模樣，雲意平憤怒地瞪著雲婉瑩。

雲意亭從雲婉瑩手中拿走荷包，遞給了雲意安。

雲婉瑩不滿道：「你幹麼？」

雲意亭冷著臉說：「出去！」

雲婉瑩瞇了瞇眼。「我讓你幫我去給太子送信，你不去，如今又來管我的事了？」

太子最近不知怎麼了，自從他祭祖回來，便不再搭理她了。她想了很多法子都沒能見到太子，她本想讓喬琰寧去送信，可喬琰寧被禁足了，後來見雲意亭回來，她便想著讓他去送，然而這個木頭竟然不聽她的話。

雲意亭道：「意平和意安是我的弟弟妹妹，妳以後不許欺負他們，否則別怪我不客氣。」

雲婉瑩嗤笑一聲。別說是雲意平和雲意安了，往日她連正眼都不會給雲意亭，可如今這些下賤的人竟然敢騎在她的頭上撒野了。

「我才是你的親妹妹，他們二人算什麼？不過是下賤的奴才。」

雲意亭看著她，各種情緒浮上心頭，有憤怒，有不甘，有難過……他抬手給了她一巴掌。

雲婉瑩一臉不可置信，捂著臉道：「你敢打我？你知不知道我——」

話未說完，就被雲意亭的話打斷了。

「妳醒醒吧！妳已經不是永昌侯府的嫡長女了，占了別人的位置那麼多年，也該回到屬於妳自己的位置上了。」

雲婉瑩道：「什麼叫我占了別人的位置？那本就該是我的位置！你是我的親哥哥，竟然胳膊肘往外拐，向著意晚那個丫頭！」

雲意亭道：「不可理喻！」

雲婉瑩憤怒的看向雲意亭，又看向周圍的人，偏偏她如今無權無勢，沒人幫她。

「你會後悔今日所為的！」

她說完，憤怒離去。

雲意亭輕輕嘆氣，看向意平和意安道：「以後你們若是有什麼困難就來找我。」

見過雲意亭之後，喬意晚的心情始終無法平靜下來。

她拿起針線，默默開始繡荷包。

喬婉琪剛剛把一個荷花花瓣繡好，正準備炫耀，轉頭一看，喬意晚把兩朵荷花都繡完了，已經開始繡下面綠色的荷葉了，她的自信心立即遭到了巨大的打擊。

「大堂姊，妳繡得也太快了吧！」

喬意晚一直在想心事，一不留神就繡得快了，忘記等喬婉琪，聽到喬婉琪的話，她連忙道：「抱歉，剛剛繡得太快了。」

喬婉琪看著喬意晚的神色，忽然明白了什麼。

「哎，原來大堂姊之前一直在等我啊。」

喬意晚道：「也不是，妳繡得也很快，這個花瓣繡得極好。」

喬婉琪笑道：「我也覺得，不過，大堂姊妳還是繡快一些吧，不必等我。」

喬意晚笑了笑，繡快繡慢對她而言沒什麼差別。

她只花一個時辰就把荷包繡好了，剩下的時間都在教喬婉琪繡荷包，直到天色暗下來時，喬婉琪終於把荷花繡好了，她特別開心，拿去跟何氏炫耀了。

當喬婉琪繡的荷花得到了大家的認可之後，她似乎愛上了刺繡，第二日，繡好一個荷包後，覺得不滿意，又重新繡了一個。

何氏見女兒終於開始對刺繡感興趣，別提多開心了，時不時用自己的私房錢去外面買些新鮮的果子或者京城中有名的點心給她們姊妹倆送來。

三日後，定北侯府——

前幾日去過永昌侯府後，秦氏感覺身子又糟糕了幾分，這幾日好好養著，身上總算沒那麼難受了，也能去小花園裡走走了。

走著走著，她想到了兒子那日聽到婚事被拒時的神情，想去前院再安慰一下兒子，於是慢慢走去了前院。

到了前院，卻發現兒子並不在府中。

「侯爺呢？」秦氏問。

李總管道：「回夫人的話，侯爺出去了。」

秦氏道：「又去宮裡了？」

李總管頓了頓，回道：「那倒沒有。」

兒子通常不是去宮裡就是在府中守著她，今日怎地去了別處？

秦氏又道：「去兵部了？」

李總管回道：「沒有。」

秦氏本不想多問，可她總覺得今日李總管有些怪。

「侯爺到底去哪裡了？」

李總管覷了一眼秦氏的神色，老實道：「去……去了淑寧公主的別苑。」

秦氏很詫異。淑寧公主府跟他們定北侯府在同一條街上，有什麼事的話直接去就行，怎麼還特地去別苑了？

說起來，淑寧公主前幾日倒是給她送了一張帖子，好像是這幾日有辦賞荷宴？

「他去……」剛說了兩個字，秦氏突然明白過來了，她微微瞇了瞇眼，問：「永昌侯府的人也去了？」

李總管猶豫了一下，應道：「嗯。」

秦氏無奈嘆氣。

她這兒子啊，也太癡情了些，被拒了兩次還不死心，人家小姑娘走到哪裡他就要跟到哪裡，也太沒骨氣了，定北侯府的面子都不要了。

秦氏張了張口，想對李總管說些什麼，想了半天，又閉上了嘴。

罷了，這事她不管了，反正被拒丟臉的也不是她。

既然都去追了，那肯定要追回來才行，要是追不回來，那才叫真正的丟臉。

顧敬臣此刻正站在淑寧公主別苑外面，看著淑寧公主的別苑，他也說不清自己為何突然來了這裡。

明明已經被拒絕了兩次，現在卻仍舊不死心，心心念念的還是她。他只知道，這輩子，他的妻子只能是她。

守在門口的管事看到顧敬臣來了那叫一個熱情，連忙讓小廝去裡面通報，顧敬臣被熱情地迎了進去。

門外，永昌侯府的人正好抵達，喬老太太特地帶著兩個孫女來到淑寧公主府的別苑賞荷。

淑寧公主是皇上一母同胞的妹妹，丈夫是吏部尚書，位高權重，打小就被先皇和太后捧在手心裡寵著，如今又被皇上寵著，身分尊貴，是真正的天之驕女。

公主和駙馬二人很是恩愛，府中既沒有庶出子女，也沒有姨娘通房。夫婦二人一個手握實權，一個身分尊貴，這別苑也比旁人的貴氣許多。

喬意晚先下了馬車，站在馬車下扶著老太太，等老太太站穩，喬意晚一回頭，發現在場所有人的目光都看了過來，場面一下子靜了下來。

喬婉琪最後一個下車，一下車她就感受到了詭異的氛圍。

老太太低聲對喬意晚道：「別在意別人的目光。」

這話也不知究竟是說給喬意晚聽的，還是說給她自己聽的。

喬意晚笑了笑。「嗯。」

老太太看著喬意晚從容的模樣，安心了些，她帶著兩個孫女朝人群中走去，時不時跟人打著招呼。

「老夫人好。」

「你們好，你們好。」

永昌侯府怎麼說在京城也算有頭有臉的府邸，一般人的身分還真比不上，再加之喬老夫人也不是個脾性好的，故而，大家雖好奇但也無人敢多問什麼，只偷偷打量著喬意晚。

穿過人群，老太太帶著兩個孫女進了別苑，隨著迎客的下人來到了水榭這邊。

水榭旁邊就是湖，湖上開滿了荷花，一望無際，正是最佳賞景地點。

淑寧公主正在此處坐著，身側還有不少婦人，一個個衣著華麗，一看便知身分不一般。

喬老太太朝著淑寧公主行禮。「老身見過公主。」

隨後又對水榭中其他身分比自己高的王妃、國公夫人行禮。

喬意晚和喬婉琪跟在老太太身後行禮，那些身分不如老太太的也朝著她行禮。

雙方見過禮之後，眾人落坐了，接著，大家的目光一致看向喬意晚，淑寧公主也在打量喬意晚。

眾人只是看看，並沒有人當眾說什麼，畢竟永昌侯府的態度並不明朗，喬老夫人又不是個脾性好的，若是說錯了話，無端會給自己樹立一個強勁的敵人。

當然，總有些人因為一些原因不去顧及旁人的顏面。

「老夫人，這位小姑娘有些眼生，是何人啊？」一個聲音響了起來。

喬老夫人側頭看向坐在對面的婦人，頓了頓。「郡王妃有所不知，這是我親孫女意晚。意晚，這是廉郡王妃，快給王妃見禮。」

廉郡王妃，月珠縣主的母親。

喬意晚道：「見過王妃。」

廉郡王妃看向喬意晚的眼神很是輕視，隨口說道：「我從前怎麼不知永昌侯府有這樣一個姑娘，莫不是認錯了吧？」

喬老夫人臉色頓時有些難看。她沒想到廉郡王妃會當眾提起此事，這就很不給人面子了，她又是十分要臉的。

「沒有錯，這就是我的親生孫女。」

喬婉琪也在一旁說道：「是啊，這就是我大堂姊。」

廉郡王妃道：「老夫人還是再好好查一查吧，可別又弄錯了，被什麼小門小戶家的鑽了空子。」

這話說得很是陰陽怪氣，喬老夫人有些不解為何廉郡王妃今日這般不給她面子，或者說不給侯府面子，不過，該說的話還是要說的。

「我們永昌侯府就這麼兩位姑娘，其他的阿貓阿狗都不是，諸位以後莫要認錯了。」

喬老夫人等於當眾承認了意晚的身分，否認了婉瑩的身分，廉郡王妃正欲再說些什麼，這時，淑寧公主開口了。

「我瞧著這個小姑娘和老夫人有幾分相像，想必不會錯的。」

廉郡王妃和淑寧公主關係不錯，喬老夫人以為公主會站在廉郡王妃那邊，沒想到竟然站在了自己這邊。

廉郡王妃也有些詫異，淑寧公主怎麼向著一個外人了？

喬老夫人笑著說道：「公主慧眼。」

淑寧公主之所以幫喬意晚說話，是因為她姑母英華長公主的關係。

梅淵是長公主的外孫，也是淑寧公主表姊明陽郡主家的兒子，喬意晚對梅淵有恩，這件事淑寧公主有些印象，所以她今日沒有順著郡王妃的話說。

廉郡王妃被下了面子，有些不悅，她看了一眼安老夫人，笑著道：「我記得這姑娘跟老夫人娘家的姪孫訂過親吧？」

這話一出，全場都安靜下來。

這廉郡王妃今日是打算不給永昌侯府面子了？喬意晚都已經被認回了侯府，這樣的親事如何還能作數？明白人壓根兒不會提，提的人不是蠢貨，就是揣著明白裝糊塗。

喬老夫人的臉色難看極了，而安老夫人也不知該說什麼，她最近心情很是複雜，打從得知永昌侯府發生的那件大事之後，她心情就不怎麼好了，因為姪孫的親事無望了，如今看著知書達禮的喬意晚，更是為姪孫感到可惜。

沒等喬老夫人開口，安老夫人笑了起來。「哈哈，郡王妃這話從何說起？跟我姪孫議親的是雲府的姑娘，這位小姑娘可是永昌侯府的嫡長女，是喬府的姑娘。」

喬意晚的身分轉變，那就意味著這門親事不成了，她就算臉皮厚如城牆，也不會上侯府的門去要求他們履行婚約，否則不是結喜事，而是結仇家了，說出去會被笑掉大牙的。

喬老夫人提起的心放了下去，但廉郡王妃有些不高興，把大家未說出口的話點了出來。「這姑娘原來不就是雲府的嗎？妳姪孫就是跟她訂親的。」

安老夫人只是笑了笑，完全不接廉郡王妃的話。

這郡王妃明擺著是跟永昌侯府或喬意晚那個小姑娘有仇，故意下侯府的面子，只是，她想結仇是她的事，可別扯上他們安國公府。

廉郡王妃鬧了個尷尬，不過，她既打定主意提此事，又怎會就此作罷？

她琢磨了一下，又看向喬意晚說道：「莫不是這小姑娘如今身分高了，侯府就看不上梁家的窮秀才，不想認這門親事了吧？咱們可不能做這種背信棄義的人，您說是吧，老夫人？」

喬老夫人剛想反駁，就聽到小孫女在後面嘀咕起來。

喬婉琪道：「哼，還不是因為冉玠沒看上妳家女兒，只中意我大堂姊，才在那裡找碴，也不照照鏡子看看自己女兒長什麼樣子，能跟我大堂姊比嗎？」

聞言，喬老夫人心中有數了。

安老夫人是個明白人，她的態度已經很明白了，只要兩府有這個默契，不把此事坐實，任由別人再怎麼說都沒用。

喬老夫人看向廉郡王妃身後的月珠縣主，笑著問道：「我往日時常看到縣主跟在冉公子身後，不知如今兩府可是喜事將近？」

廉郡王妃臉色頓時變了。她今日這般當眾下永昌侯府的面子確實是為了女兒，女兒一心只想嫁給冉玠，可那小子看都不看女兒一眼，她想著若是永昌侯府的嫡長女嫁給梁家那窮小子，或者名聲臭了，說不定女兒就有機會了。

喬老夫人脾氣一向不好，尤其是在別人招惹她之後，戳人心窩子，誰不會？她又接著道：「瞧著郡王妃的臉色，不像是喜事將近的樣子，莫不是還沒訂親？」

廉郡王妃簡直要氣炸了，喬老夫人根本不給她反擊的機會，立即又道：「呀，難道是冉家不想跟縣主訂親？可是為什麼呢？莫不是冉公子心裡有人，看不上縣主？」

月珠縣主臉色一下子紅了，廉郡王妃氣得站了起來。

「您這麼說我女兒就過分了！」

喬老夫人神情也冷了下來。「郡王妃剛剛說我孫女就不過分嗎？」

廉郡王算個什麼東西，雖是皇親國戚，卻沒什麼實權，竟還敢說他們永昌侯府的小話，真是好樣兒的！

廉郡王妃吼道：「我說的是事實！」

喬老夫人氣定神閒道：「我哪句話是虛的？是縣主沒跟在冉公子身後跑，還是冉公子已經跟縣主訂親了？」

廉郡王妃比喬老夫人少活了二十年，哪裡是她的對手，氣得說不出話。

誰讓自己的女兒不爭氣呢，日日跟在冉玠身後，還沒把人弄到手。

淑寧公主看看喬老夫人，又看看廉郡王妃，笑著道：「好了好了，我如今算是聽明白了，喬姑娘和月珠都沒訂親，老夫人和郡王妃可別聽了外面的傳言就以訛傳訛，這些話咱們在這裡說說便就算了，莫要傳到外面去。」

喬老夫人道：「公主放心，老身不是那多話的人，只要旁人不在背後議論我們永昌侯府，老身是一個字也不會多說的。」

見狀，廉郡王妃只能按下心頭的憋屈，道：「我也不會。」

眾人連忙站出來打圓場，大家又重新聊了起來。

喬老夫人剛剛吵贏了，心情不錯，看著站在身後的兩個孫女道：「這裡景致不錯，妳們二人去逛逛吧。」

喬意晚和喬婉琪異口同聲道：「是，祖母。」

喬婉琪早就受不了水榭裡的氛圍，一聽祖母發話，連忙拽著喬意晚離開水榭。

聞著外面新鮮的空氣，聽著耳邊傳來的鳥語，喬婉琪重重吐出一口氣。

「總算是出來了，剛剛快把我憋死了。」

喬意晚笑了笑沒說話，喬婉琪看著喬意晚的笑容，道：「大堂姊，妳脾氣真好，剛剛郡王妃那麼說妳，妳此刻竟然還能笑得出來。」

喬意晚道：「何必在意旁人怎麼說，做妳自己認為對的事情就好了。」

喬婉琪琢磨了一下她的話，點點頭。「有道理。」

喬意晚又道：「況且，有祖母和二妹妹護著我，我又怎會被人欺負？」

這話喬婉琪愛聽，她挽著喬意晚的胳膊，笑著說道：「那當然了，大堂姊對我好，我也會護著妳。」

說完，她又湊到喬意晚耳邊輕聲說道：「祖母那個人呢，最是護短，平日裡脾氣不太好，在府中也會訓斥咱們，但出了門從來不會。有她在前面頂著，我們不用怕會被人欺負。」

喬意晚笑了笑。「嗯。」

兩人正說著話，一個婢女走了過來，來到她們面前後福了福身，道：「見過兩位姑娘。表姑娘，我們家姑娘準備坐船遊湖，得知您來了，特意讓船停了停，想邀請您一同前往。」

喬婉琪見是外祖家何府的丫鬟，眼睛一亮。「好啊，我這就去。」隨後看向喬意晚問道：「大堂姊，咱們一同去吧？」

喬意晚看了一眼面前這個小丫鬟的神色，瞧見她似乎有些為難。

既然都要開船了，想必船上已經坐滿了人，加上喬婉琪一個還好，若是算上她，怕是坐不下，於是喬意晚婉拒了。

「不了，這邊我第一次來，瞧著景色不錯，想四處走走，就不急著遊湖了。」

喬婉琪頓時覺得有些可惜。不過，想到大堂姊不認識表姊表妹她們，未必能玩到一起去，就沒再堅持。

「好，那我一會兒再來找大堂姊，若是有人欺負妳，妳就去找祖母。」

喬意晚道：「好，二妹妹快去吧。」

第二十三章

喬婉琪走後，喬意晚在別苑逛了起來。

淑寧公主的別苑著實氣派，比上次去的英華長公主的府邸還要精緻，十步一景，百步一絕。懸泉飛瀑，怪石嶙峋，樹木繁盛，芳草盛開。

大多數人都去遊湖了，喬意晚就這般閒逛著，聽到水聲，她下意識地朝著水聲的源頭走去，來到了一處水潭，一側有水從上面流下，饒富趣味。水潭一旁有個小樹林，樹林裡繁花盛開，她走上木頭棧道朝著小樹林走去，正好聽到了附近有人在談話。

「敬臣哥，你今日怎麼來了？」

「嗯，有些事情要辦。」顧敬臣心不在焉地答了一句。

喬意晚本不是什麼好奇心重的人，本想就此離去，只是這聲音實在耳熟，她忍不住停下了腳步。

顧敬臣的視線穿過層層樹林，看向了遠處遊湖的船，此處離湖邊有些遠，他只能隱約看到一些穿紅色衣裳、黃色衣裳、藍色衣裳的姑娘，揚風剛剛打聽過，她今日似是穿了一件湖綠色的衣裳，也不知那些人裡面有沒有她。

聶扶搖仰頭看著顧敬臣問道：「何事？」

顧敬臣一心想到湖邊看看喬意晚在不在，隨口回道：「私事。」

聶扶搖道：「原來是私事啊，怪不得你今日沒跟太子殿下一同來。」

顧敬臣想盡快結束這個話題。「妳剛剛說有事尋我，是何事？」

聶扶搖笑了笑，說道：「我是想著之前你在皇上面前為我父親求情，所以想謝謝你。」

聶扶搖是鎮北將軍之女，先前鎮北將軍喝酒誤事，被皇上罰了。

顧敬臣說道：「不必，將軍與我父親關係不錯，應該的。」

聶扶搖笑道：「那還是要謝謝你。」

此處位於潭邊，一陣涼風吹過，喬意晚突然覺得有些冷了，她緊了緊身上的衣裳，意識到自己今日此舉不當，轉身避開。

顧敬臣道：「若無事，我——」

聶扶搖看出顧敬臣想走，可她已經許久沒見到他了，不想就這麼跟他分開，而且她還有個問題沒問，若是不問清楚，憋在心裡太難受了，於是她打斷了顧敬臣的話。

「對了，我聽說你幾個月前曾向雲府的姑娘提親，被拒絕了？」

聞言，剛走上棧頭的喬意晚停下了腳步。

木質棧道已修建多年，走在上面時不時發出咯吱咯吱的響聲，顧敬臣聽到聲音，微微皺眉。

聶扶搖一直盯著顧敬臣的臉，瞧他皺眉，她心中有了個猜測，頓時鬆了一口氣。

「我就說嘛，敬臣哥怎麼會做這樣的事情，一定是外面的人……」
顧敬臣抬眸看向棧道的方向，瞧見一抹隱約的湖綠色，他心頭一跳，打斷了聶扶搖的話。「確有此事。」
「亂說的」這三個字聶扶搖還沒說出來，憋了回去。
聶扶搖此刻的臉色很難看。她一直懷疑這個傳聞的真實性，直到此刻聽顧敬臣親口證實，仍舊不相信。
「真……真的？你向雲府的姑娘提過親？」
顧敬臣突然不急著走了，耐心解釋道：「嗯，確切地說是兩次，兩次都被拒絕了。」
聶扶搖眼底滿是震驚。顧敬臣會向女子提親本身就夠令人震驚的了，然而他不僅提了，還提了兩次親。
「為……為什麼？」
顧敬臣道：「妳覺得呢？一個男子為何要向一個女子提親？」
聶扶搖臉色蒼白，說不出話來。
顧敬臣又道：「自然是愛慕她，想和她生兒育女，攜手走完這一生。」
他這番話聲音大了些，也不知是說給樹林裡的人聽的，還是說給樹林外的人聽的。
聽到這孟浪的話，喬意晚的臉一下子變紅了，再也不想待在這裡，匆匆離開了。
瞧著那一抹湖綠色的影子走了，顧敬臣連忙抬步想追上，但又被人攔住了去路。

「敬臣哥，顧伯母是不是中毒了？」聶扶搖問道。

顧敬臣停了腳步，訝異地看向聶扶搖。

看著他探究的目光，聶扶搖知曉自己猜對了。她穩了穩心神，說道：「我這幾個月常常去府中探望伯母，伯母若是病了我肯定會知曉的，可她先前都好好的，就這陣子突然病了，還一病不起，如此來勢洶洶頗不尋常，所以我才想可能是中了毒。」

原來只是猜測，顧敬臣微微有些失望。

「不確定是不是中毒。」說完，他又問了一句。「妳去探望母親時可有發現府中有何異常之處，抑或者奇怪之物？」

聶扶搖聽出顧敬臣對這件事感興趣，她很想多說些什麼，可惜實在想不出有什麼不對勁的地方。

她在說謊和說實話之間思索許久，最終還是決定說實話。

「沒有，伯母上個月還好好的，後來除了有些精神不濟，其他我什麼都沒看出來。」

顧敬臣道：「嗯，多謝。」

也是，母親身邊的婢女、府中的管事們都沒能覺出異樣，旁人又怎會發現？

聶扶搖想到剛剛那個問題，忍不住再次問了出來。「敬臣哥，你以前從未對任何姑娘表現過愛慕之情，伯母也都說你忙於政務，無心成親，你怎會突然想跟一個不認識、不了解的姑娘成親？你可是受到了威脅，或者有什麼難言之隱？」

她怎麼想都覺得不可思議，因為父親和定北侯關係不錯，所以她打小就認識顧敬臣，從她認識顧敬臣的第一天起，顧敬臣就是這種冷淡的性子，尤其是對投懷送抱的姑娘向來冷漠，不假辭色。這樣的他怎麼可能突然對一個姑娘動了情？會不會有什麼內情？

顧敬臣見喬意晚已經走遠，心頭微微有些急躁。

「我沒有受到任何威脅，提親只是因為喜歡。」

喜歡……聶扶搖心頭最後一絲希望也破滅了。

顧敬臣知道她的心思，但不想讓她有不必要的期望，於是直說了。「扶搖，多謝妳對我母親的照顧，聶將軍一直很操心妳的親事，若京城之中有合適的兒郎，妳可以去看看。」

說完，顧敬臣對她點了點頭，轉身離開了。

聶扶搖自小習武，身子康健，可此刻身形卻搖搖欲墜，有些站不穩。

他朝著喬意晚剛出現的方向尋去，可這裡的路並非橫平豎直，到處都是彎道，也不知她走去了哪裡，一時無處可尋。

喬意晚早已沿著棧道離開了水潭邊，此刻她看著突然出現在眼前的內侍，微微蹙眉。

「姑娘，太子殿下在前面的水榭裡等著您。」

別苑湖多，水榭也多，內侍說的這一處顯然不是淑寧公主在的那一處，內侍說的那處人少，令她有些遲疑。

她素來與太子殿下沒交集，他為何要尋她？可是有什麼目的？

喬意晚想到了夢裡太子和婉瑩在一起的情形，總覺得有些不對勁，難道婉瑩也在，太子殿下是想為婉瑩出氣？

可據她所了解的，太子殿下不像是這樣的人，所以，是為什麼呢？

喬意晚忍不住問了出來。「臣女身分低微，不知殿下為何突然要見我？」

內侍態度甚是倨傲，微抬下巴，用尖細的嗓音說道：「太子殿下想見誰就見誰，還需要什麼理由嗎？姑娘別磨蹭了，趕緊過去吧。」

瞧著面前的幾個內侍，拒絕顯然是不可能的了，喬意晚琢磨了一下，道：「這可是天大的榮幸，不知見殿下有沒有什麼規矩，我怕惹惱了殿下。」

聞言，內侍臉色放鬆了些。

「我們殿下也沒什麼規矩，只要老實聽話就行。」

喬意晚道：「哦，這樣啊，那我就放心了。」

說著，她佯裝順從地隨內侍往前走，但剛走了兩步，她突然驚呼一聲。「呀，我的香囊怎麼不見了？」

內侍有些不悅。「不就是一個香囊嗎，姑娘莫要誤了殿下的大事。」

喬意晚說：「嗯，您說得對，還是見殿下要緊，不過，那是我隨身之物，若是被人撿去了，恐名聲受損，不如讓我的婢女去找一找？」

內侍見她十分堅持，終於很不耐煩地點點頭。

見狀，喬意晚轉身對紫葉道：「紫葉，我腰間的香囊似是掉在小樹林那邊了，妳去幫我找找吧。」隨後，低聲快速對紫葉道：「去找定北侯。」

紫葉微微一怔，看著那三個面容嚴肅的內侍，她機靈地回道：「好，姑娘您先過去，我馬上去找您的香囊，找到了就去找您。」

喬意晚道：「嗯，去吧。」

吩咐完之後，喬意晚對內侍道：「辛苦您了，請帶我過去吧。」

內侍朝前走去，不多時，喬意晚隨著內侍來到了水榭處。

此處水榭與淑寧公主待的那處不同，淑寧公主所處的水榭四面是空的，只有半遮的捲簾，視野甚為開闊，這處水榭是間房子，四面都是封閉的。

到了門口，內侍躬身對裡面說道：「殿下，人來了。」

很快，裡面傳出一個聲音。「嗯，讓她進來吧。」

內侍轉身看向喬意晚。「姑娘，請。」

喬意晚越發覺得此事不簡單，她穩了穩心神，抬步走了進去，剛一進門，門就被人從外面關上了，那幾個與她一同前來的內侍並未跟進來。

喬意晚回頭看了一眼緊閉的門，心中的不安越發濃重，危急時刻，她腦海中竟然浮現出顧敬臣的身影，不知他是否還在附近，不知紫葉能否找到他，不知他會不會趕過來……

這時，身後傳來了一道男聲。

「雲姑娘，哦，不對，孤應該稱妳一聲喬姑娘。」

喬意晚緊了緊拳頭，極力克制住內心的緊張，轉身，頭微微垂著，從容地上前，在距離太子殿下數公尺遠的地方福了福身。「臣女見過太子殿下。」

她眼角餘光瞥了瞥周圍，好像沒看到雲婉瑩，所以這一次不是她在背後攛掇的？

周景禕細細打量起面前的這位姑娘。

從前他一直沒怎麼注意過她，聽說顧敬臣兩次求娶，他方記起有這麼個人，此刻看著她纖細的身段、從容的氣度，不得不讚嘆一聲，表哥眼光不錯啊。

「抬起頭來，讓孤看看。」

太子這是想幹什麼？喬意晚心怦怦直跳。

「嗯？沒聽到孤的話？」周景禕又重複了一遍，語氣裡有著濃濃的不耐。

喬意晚眼眸微動，抬眸看向周景禕。

看著喬意晚的這一張臉，周景禕眼裡流露出一抹驚豔之色。

眉如遠黛，眼含秋水，面似出水芙蓉，氣質猶如空谷幽蘭，好一個俊俏的姑娘！

怪不得顧敬臣兩次求娶，怪不得那號稱京城第一美男的冉玠也傾心於她，被退親後仍舊念念不忘。

這確實是一張讓人見之忘俗的臉，也是一張讓人印象深刻的臉，他從前怎麼就沒注意到她呢？

「從前都怪孤，沒能注意到妳，讓妳受了委屈。」

周景禕的聲音較之剛剛柔和了幾分，喬意晚滿心驚訝。太子這話從何說起？

周景禕道：「孤知道妳一直傾心於我，想嫁給我做太子妃，可惜造化弄人，妳的身分揭露時，孤已經娶了正妃，馮家在遼東頗有勢力，馮大人又手握兵權，這太子妃之位既然給了馮家，就不好再收回了，不過，孤的側妃位置還空懸，不如妳嫁給孤為側妃吧？」

喬意晚忍不住抬眸看向太子，滿眼的震驚。

太子這是怎麼了，怎地無端說這些話，莫不是聽了誰的讒言？

看著喬意晚的反應，周景禕笑了，這姑娘是太過驚喜了吧？

他朝著喬意晚走了幾步，喬意晚垂眸，連忙後退。

周景禕停下了腳步。「孤知道永昌侯不願讓女兒成為側妃，不過妳不用擔心，孤可以想辦法。」

喬意晚終於忍不住說道：「殿下何出此言？臣女聽不懂。」

周景禕又道：「妳兩次拒絕定北侯，不就是因為想嫁給孤嗎？」

門外，顧敬臣已經趕到，聽到太子的話，他的眉頭緊緊皺了起來。

喬意晚道：「太子殿下龍章鳳姿，想嫁給您的女子如過江之鯽，臣女自然也仰慕您，然而臣女自小體弱多病，自知卑微，從未想過入東宮。」

喬意晚雖句句都在誇讚太子，但話裡的拒絕之意也很明顯，周景禕看著她認真的神情，有些詫異。

「定北侯位高權重，樣貌英俊，又鍾情於妳，這般良配妳都能狠心拒絕，不正是因為想嫁給孤嗎？」

顧敬臣可是京城中無數貴女想嫁之人，他若是上門求娶，幾乎沒人捨得拒絕，若拒絕，最大的原因定是有了更好的選擇，滿京城看下來，比顧敬臣好的選擇不就是他嗎？

喬意晚蹙眉道：「臣女之所以拒絕定北侯，是有其他原因。」

她表現鎮定，看來不似作戲，周景禕都有些懷疑自己是不是判斷失誤了，不過，想到她之前做過的事、說過的話，他又覺得自己的判斷沒有問題。

「既然不想嫁給孤，那妳當初為何想盡辦法要去參加圍獵？」

那是因為她想接近永昌侯府的人，探查喬氏對自己冷淡的原因，可這個原因沒必要讓太子知道。

喬意晚抿了抿唇，沒說話，周景禕卻覺得這算是默認了。

欲拒還迎？他嘴角露出一絲玩味的笑。

「既然不想嫁給孤，那日婉瑩逼妳為她刺繡時，妳又為何當眾說想嫁給孤？」

拜良好的記性所賜，喬意晚清晰地記得自己當日說過的話，她的確這樣說過，但那是為了刺激喬氏才故意說的，並非真的想嫁給太子。

原來太子誤會了，以為自己傾心於他，所以今日才會讓人把她叫過來。

「那次是因為臣女不願造假，故意說的，沒想到竟然讓您誤會了，都怪我。」

周景禕半個字也不信。「是嗎？一次是誤會，兩次三次也是誤會？這裡沒有旁人，妳承認愛慕孤，沒什麼丟臉的。」

喬意晚有些苦惱，到底如何才能讓太子明白自己對他無意？她細細琢磨了一下，說道：「馮姑娘知書達禮、端莊賢淑，和您是天造地設的一對，臣女也無意插足你們二人之間，正如您所言，父親曾囑咐我，將來不可為側。」

周景禕細細打量著喬意晚，在思考她話裡的真實性。

既然誤會已經解釋清楚了，喬意晚覺得此處不可久留，福了福身。「臣女無意入東宮。若殿下無事，臣女便先告辭了。」

周景禕卻沒發話。

喬意晚垂眸許久，見太子始終不說話，抬眸看向他，只見周景禕正死死盯著自己，像是盯著一頭獵物一般，她心頭咯噔一下。

周景禕再次朝她走近，一步一步都像是重重踩在喬意晚心頭，她心中湧上了強烈不安，連連後退，退到了門邊。

周景禕微微瞇了瞇眼。「喬姑娘雖無意，孤卻看上妳了，想娶妳為側妃，妳說該如何呢？」

喬意晚心中驚駭，原來太子早有預謀，不管自己對他是否有意，他都要娶她為側妃！想到夢裡他曾對婉瑩下藥，怕他來硬的，喬意晚藏在衣袖下的手握緊了拳頭，已經是死過一次的人了，今生也了卻最大的心事，再死一次也沒什麼。

就在這時，門口傳來了內監的驚呼，接著，門「砰」的一聲被踹開了，顧敬臣的身影出現在門口。

喬意晚提著的心一下子就落了下去，腿有些軟，險些站不穩，她看向顧敬臣的視線漸漸模糊起來。

周景禕有些驚訝，但也不意外。「喲，表哥來了，你來得正巧，瞧一瞧孤新娶的側妃如何？」

顧敬臣看也未看太子一眼，走到喬意晚身邊，抓起她的手腕，朝著外面走去。

身後，周景禕說道：「表哥，你這是做什麼？這位喬姑娘可是答應孤要做孤的側妃，你這是要跟孤搶女人嗎？」

顧敬臣理都沒理他，沈著臉，大步朝前走去，門口過來幾個內監攔住了他的去路，顧敬臣一腳一下把人踢飛了。

周景禕揚聲道：「表哥，你想要便跟孤直說嘛，憑咱們兩個人的關係，你想要什麼孤都會給你的，沒必要動武啊！」

顧敬臣腳步未停，身影很快消失在水榭外頭。

周景禕看著兩個人離開的背影，眼底滿是陰鷙。

顧敬臣愛慕的女子果然是喬意晚，這麼明目張膽地跟他搶女人，看來是壓根兒沒把他這個太子放在眼裡。

多虧了顏貴妃幫他一把，在他前往皇陵祭祖之前透露了關於顧敬臣身世的秘密，否則他恐怕至今還十分信任顧敬臣。

太可惡了，原來最危險的人就在自己身邊，貴妃說得沒錯，顧敬臣一定打從一開始就知道那件事了，所有人都知道，只瞞著他一個，枉他從前待顧敬臣那般敬重和信任，顧敬臣竟然敢欺瞞、背叛他，真是可惡至極！

顧敬臣臉色難看得很，一般人瞧見了都遠遠地躲開，他一路上緊緊握著喬意晚的手腕，沈著臉往前走，直到喬意晚沒跟上他的步伐，踉蹌了一下，他這才意識到自己走得太快了，於是停下了腳步。

他轉頭看向喬意晚，心頭仍舊蓄積著怒火。

喬意晚垂眸站著，一言不發，顧敬臣張了張口，正欲說些什麼，手上突然被什麼冰涼的東西砸了一下。

他低頭一看，手背上有一滴水花，接著又落下一滴。

意識到這是什麼，顧敬臣心裡的火一下子消散去，只剩下心疼。

喬意晚是個安靜的姑娘，即便是哭，也如小貓一樣，只有細小的抽噎聲，可就是這樣的聲音，卻讓顧敬臣的心如同被什麼東西啃噬了一般生疼。

這是他第二次見她哭了，上一次是在太傅府上，她剛剛被永昌侯府認回來。

他伸出手想安撫一下面前的姑娘，但想到自己的身分，連忙又把手收了回來，他想了想，從懷中拿出一方深藍色的帕子遞給她。

喬意晚看著面前的帕子，頓了頓，抬手接了過來，抹了抹臉上的淚，等心情平復了一些，這才抬眸看向顧敬臣。

喬意晚眼圈紅紅的，鼻尖也有些紅。眼眶濕漉漉的，像是被水洗過一般，一副楚楚可憐的模樣，讓顧敬臣忽然想到了無數個夢境裡的她。

不過，夢境裡她看向他的眼神雖是動情的，卻是陌生的，相較於夢中的她，此刻她望向他的眼神裡似乎多了些什麼。

「妳不願嫁給我是因為太子嗎？」

聽到這句話，喬意晚秀眉微蹙，感受到手腕上的力道似乎加大了一些，她垂眸看向手腕。

顧敬臣也意識到自己還抓著她的手，此舉有些不當，然而，他竟有些不捨得放開。

喬意晚見顧敬臣遲遲不動，抬手扯了扯他的衣袖，提醒道：「侯爺。」

顧敬臣這才鬆開了她的手，雙手負在身後。

「與太子無關。」喬意晚解釋。

「那是為何？」

喬意晚抿了抿唇，沒說話。

顧敬臣說得更直白了些。「喬姑娘剛剛與太子說有其他原因，顧某想知道這個原因是什麼。」

他太想知道她為何不肯嫁給他了，第一次是因為她那個養母故意隱瞞，那這一次呢？看得出來永昌侯府上下對她極好，尤其是永昌侯夫人，這等事侯府中的人定會告知她，難道是老夫人、侯爺，抑或者侯夫人不同意？

「是跟妳的家人有關嗎？」顧敬臣又問。

喬意晚詫異極了，依照她對顧敬臣的了解，既然被拒絕了應該就不會再多問，此刻他為何一直不停地追問？

她抬眸看向顧敬臣，一眼便望進了他看向自己的眼睛。

「侯爺為何不娶聶姑娘？」喬意晚問。

顧敬臣眼眸微動，道：「我與她從小便認識，只當她是個妹妹。」

喬意晚又問：「侯爺為何不娶承恩侯府的姑娘呢？」

顧敬臣皺眉。「也是妹妹。」

喬意晚道：「這便是我的答案。聶姑娘和秦姑娘很好，家世好，樣貌好，才學好，侯爺卻不想娶她們，反倒是想娶處處不如她們的我，我也知侯爺處處都好，只是……」

顧敬臣眼神一下子黯淡下來。

想到前世的那些事，喬意晚頓了頓，垂眸小聲道：「可能不適合我。」

接下來，顧敬臣許久都未再開口，氣氛充滿了尷尬。

「我知道了，打擾了。」

屢次被拒，饒是再想和她成親，此刻他面子也有些掛不住，說完，他抬步便要離開。

「等一下。」

他幫了自己這麼多回，她早就想回報他了，之前沒想到怎麼回報，此刻倒是有了主意。

顧敬臣停住腳步。「喬姑娘還有事？」

語氣比剛剛冷淡了些。

喬意晚抿了抿唇，不安地看看周圍。「可否借一步說話？」

這個地方雖然沒什麼人，但她想說的事跟太子有關，她不想被人聽去了。

顧敬臣心裡又燃起一絲希望，瞥了一眼旁邊的假山，點了點頭，抬步朝著假山走去。

喬意晚喚來一直在不遠處跟著的紫葉，囑咐道：「妳守在外面。」

紫葉應道：「是，姑娘。」

隨著顧敬臣走到假山裡頭的山洞，喬意晚這才發現此處的尷尬，地方太小了，她和顧敬臣之間只有數尺的距離，若是動作大了都可能會碰到。

她正想換個地方，只聽頭頂上傳來了顧敬臣的聲音。

「喬姑娘想與顧某說什麼？」

喬意晚只好歇了離開的心思，看向顧敬臣，輕聲問道：「你喜歡雲婉瑩嗎？」

顧敬臣的臉色一下子黑了。「顧某喜歡誰，喬姑娘難道不清楚嗎？」

「我……」

喬意晚感受到顧敬臣的不悅，想到顧敬臣向她求親兩次，剛剛又在樹林裡跟聶姑娘說那些話，她的心忽然亂了一下，但很快地，她收回思緒，說起正事。

「太子可知此事？」

顧敬臣先是詫異，很快又反應過來。

「太子從前的確以為我喜歡雲婉瑩。」他直勾勾盯著喬意晚。「不過，我也已經跟他解釋清楚了。」

看著他灼灼的眼神，喬意晚心跳似乎也有些加快了。

「我相信你已經解釋清楚了，但是，你覺得太子信了嗎？」

剛剛她也跟太子解釋過自己不喜歡他，可太子並未相信。

顧敬臣思索片刻後道：「似是沒有完全信。」

聞言，喬意晚對自己的猜測又多了幾分把握。

「去年秋天圍獵，太子明顯對馮姑娘更感興趣，沒有特別注意到雲婉瑩，之前對於雲婉瑩刺繡造假一事，太子也是站在馮姑娘那邊的，可你有沒有想過，為何太子會突然對雲婉瑩感興趣，甚至把她收入房中？」

顧敬臣的神色逐漸變得凝重，但並非是因為喬意晚說的事情，而是現在一細想才覺得太子將雲婉瑩納入房中的時間點非常詭異，恰好與母親身體有狀況的時間吻合。

喬意晚看出顧敬臣的重視，又道：「說起來，太子也見過我許多次了，即便是在圍場上射箭那次，我比馮姑娘更出眾，但太子也未曾表現出對我的喜歡。他今日突然找上我，要我做他的側妃，我在想，他之所以對我感興趣，似乎並不是因為我的身分轉變，而是因為⋯⋯你。」

顧敬臣緊緊盯著喬意晚，聽著她從容說出口的話，看著她淡定的模樣，他的心徹底淪陷了。這輩子她別想再嫁給別人了，只能嫁給他！生同衾，死同穴。

喬意晚不知他心中所想，繼續說道：「所以我想提醒你小心太子，以目前的狀況看來，太子可能是為了跟你作對才這樣做的，本以為你喜歡婉瑩，便去勾搭她，如今誤以為你心繫於我，就又來對我示好⋯⋯」

「不是誤會。」顧敬臣沈聲道。

「啊？」喬意晚詫異。

顧敬臣道：「顧某的確喜歡妳。」

他不在意太子如何，只在意她。

喬意晚瞧著顧敬臣認真的神色，她錯開目光，不敢看他。

顧敬臣也不說話，就這麼兩眼直勾勾盯著她。

喬意晚感覺心漏跳了幾下，連忙把最重要的部分說完。「你仔細回憶一下，這幾個月是不是發生了什麼事情，你得罪了太子，所以他才反常做出這樣的事情？」

這便是她想到的報答方式，顧敬臣多次幫了她，她想提醒他，讓他看清楚太子的真面目。

前世她嫁給顧敬臣之後，發現顧敬臣跟太子的關係並不好，可今生她親眼看到顧敬臣時常跟在太子身側，與太子的關係不錯，但從今天發生的事情看來，兩人的關係有些改變了。

顧敬臣眼睛看著喬意晚，心裡已經掀起了驚濤駭浪。

太子最近的確對他冷淡，大概是從兩個月前開始的。之前他去了邊境，太子時常給他寄信，詢問邊關的戰事，後來信件漸漸少了，回京之後，太子就很少來找他。

若母親生病是他所為，難道，他知道了那件事……

顧敬臣的臉色變得難看起來，喬意晚細細觀察著顧敬臣的神色，知道他聽懂了自己的暗示。

假山空間狹小，顧敬臣剛剛又說了那樣的話，兩個人此刻沒說話，空氣裡似乎流動著曖昧和尷尬的氛圍。

該說的話都說完了，喬意晚覺得自己沒必要再待在這裡了。

「我離開許久了，估摸著祖母和二妹妹要尋我了，我先回——」

顧敬臣打斷了她的話，沈聲道：「喬姑娘剛剛說的很有道理，但顧某有些沒聽明白，可否請妳再細細說一說？」

喬意晚一愣，他這麼聰明怎會聽不懂她說的話？但既然是自己的恩人，她還是再說清楚些吧。

喬意晚再次開口，這一次把自己的懷疑說得更直白了，細細分析了一通，最後總結道：「太子可能是想報復你，才故意接近你喜歡的姑娘，他嘴上說要娶我為側妃，未必是真的，畢竟這樣會得罪我父親，他可能是想哄騙我，讓我跟了他，然後再嫁給你，讓我為他做事，說不定他當初也是這樣對婉瑩說的。」

後面這句喬意晚是根據夢裡太子對婉瑩做過的事推測的。

「那妳會照他的話做嗎？」顧敬臣盯著她的眼睛問，似是想要一個承諾。

「啊？」喬意晚疑惑。

顧敬臣重複道：「妳會為了太子來對付我嗎？」

顧敬臣的樣子實在是太過認真了，跟剛剛似乎有些不同。

喬意晚直覺回道：「當然不……」

說到一半，她怔住了，她差點被顧敬臣帶偏了。

像是得到了承諾，顧敬臣忽然笑了。「嗯，我知道了。」

知道什麼啊？喬意晚有些氣惱地道：「首先我不喜歡太子，不會跟他在一起；其次，我也不會嫁給你。」

顧敬臣仍是一副心情很好的樣子。「哦，我知道，喬姑娘剛剛已經說過了，不必特意再解釋一遍。」

喬意晚蹙眉，他怎麼變得有些無賴？

「我剛剛說的事情你聽明白了嗎？」

顧敬臣笑道：「聽明白了。喬姑娘口齒清晰，思維敏捷，顧某第一次就聽明白了。」

喬意晚瞪大眼。既然聽明白了為何還要她說第二遍？簡直莫名其妙。

「嗯，聽明白就好，我先走了。」

顧敬臣道：「我送妳。」

喬意晚婉拒。「不必。」

顧敬臣提醒道：「可是太子好像還在附近……」

喬意晚一頓，想到剛剛面臨的險境，隨即說道：「多謝。」

紫葉一直守在假山外面，她看看時辰，姑娘已經進去許久了，為何還不出來？這令她很是著急。

揚風靠在不遠處的一棵樹等著侯爺出來，神色輕鬆自在。

他們家侯爺今日又英雄救美了，喬姑娘還把侯爺約到了假山裡面去幽會，想來侯爺好事將近了吧，這可真是天大的喜事，想到侯爺這些日子的不容易，他忍不住笑出了聲。

紫葉心裡正煩著，聽到笑聲，轉頭看向揚風。「這位大人，您笑什麼？」

揚風正了正臉色。「沒笑什麼。」

紫葉皺眉，有些無語，目光再次看向了假山方向，心裡既擔憂，又不敢過去看看。

揚風看出她的擔憂，出聲安撫。「不用著急，我們家侯爺可是正人君子，不會做出有損喬姑娘名聲的事情。」

紫葉想到剛剛的畫面，忍不住嘀咕了一句。「我可沒見過哪個正人君子拉著姑娘的手不放的。」

揚風一愣，隨即又想到一事。「可是，這次是妳家姑娘主動把侯爺叫過去的，要擔心，也應該擔心我家侯爺。」

紫葉翻了個白眼。侯爺堂堂男子漢，上戰場殺敵無數，武功高強，他怕什麼啊？他們家姑娘估計連他一根小指頭都動不了。

「我家姑娘就是一個柔弱的女子，如何能對你家侯爺造成威脅？」

揚風道：「那可說不準。」這姑娘可把他們侯爺折磨得不輕，自從遇到喬姑娘，他們家侯爺的心緒就隨著她起起伏伏。

紫葉罵道：「莫名其妙。」

兩人正說著話，喬意晚和顧敬臣從裡面出來了，喬意晚在前，顧敬臣在後，喬意晚的臉色紅撲撲的，眉頭微微皺著，似是有什麼煩心事。顧敬臣眼睛雖一直盯著喬意晚，但臉色卻有些凝重。

揚風看著這二人的神色，收起玩鬧的心思，朝著顧敬臣走去。

「侯爺……」

顧敬臣道：「回去再說。」

揚風沒再多言。

紫葉上前挽住了喬意晚的胳膊，回頭輕輕瞥了顧敬臣一眼，小聲問道：「姑娘，定北侯剛剛有沒有欺負妳？」

紫葉不問還好，一問，喬意晚的臉又紅了幾分。

欺負？這個詞怎麼聽起來這般曖昧。

看著喬意晚的反應，紫葉瞪大了眼睛，不會吧，他們家姑娘剛剛真的被定北侯欺負了？

喬意晚察覺到紫葉的心思，拍了拍她的手。「妳想到哪裡去了？沒有的事，我剛剛在跟定北侯說正事。」

紫葉鬆了一口氣道：「那就好、那就好。」

顧敬臣一直遠遠跟著喬意晚，等到確認她跟喬老夫人身邊的人會合了，他才停下腳步，和揚風一同離開。

「姑娘，您去哪裡了？老夫人剛剛一直在尋您，找不到您，她可著急了。」
喬意晚道：「我剛剛四處走走，不小心迷了路，這就隨妳去見祖母。」
喬意晚跟著婢女朝前走去，走了幾步，想到顧敬臣，她回頭看了一眼，結果發現後面已經沒有人了，顧敬臣不知何時已經離開，這倒是省了不少麻煩。

喬意晚前去找祖母時已快要開席了，眾人已經落坐。
見孫女來了，喬老夫人抬眸看向她，瞧著她微紅的眼眶，臉頓時拉了下來。「妳這是哭過了？有人欺負妳？」
喬意晚琢磨了一下，覺得太子見她之事應告知祖母，輕聲道：「確有一事，不好在此處提，等回去再跟祖母說。」
喬老夫人猜不透是何事，點了點頭。
很快，飯菜端了上來。
今日主題是賞荷，飯食多半與荷花有關，就連餐具也都與荷花有關，要麼盤子上有荷花的圖案，要麼盤子就是荷葉的形狀。
飯食有荷香雞、酥炸荷花、蓮子扣肉、涼拌蓮藕等等，樣子甚是美觀精巧，聞起來也是香氣撲鼻，吃進嘴裡更是滿口生香，眾人交相稱讚。
還有些菜色是和荷葉有關的，像鮮蝦荷葉飯、荷葉粥等，飯後的甜品蓮子涼粉、桂花糯米藕亦是呼應賞荷的主題。

喬婉琪道：「哇，這些東西可真好吃，尤其是這道桂花糯米藕，好糯、好香。」

喬意晚也贊同地點了點頭。

喬老夫人看向喬婉琪，皺眉道：「注意吃相。」

喬婉琪吐了吐舌頭，不敢說話，小口小口吃著美食。

喬意晚為喬婉琪解圍。「主要是味道太好了，我剛剛也忍不住大吃了幾口，不過沒被祖母發現，以後我和二妹妹定會注意。」

喬老夫人道：「妳們若是喜歡，我跟公主要個方子，回頭讓廚房給妳們做，沒得讓人笑話。」

喬意晚道：「多謝祖母。」

喬老夫人又瞥了一眼喬婉琪。「少吃點，注意形象。」

喬婉琪笑道：「好，孫女記住了。」

吃完飯，喬老夫人準備去見淑寧公主。

從前在雲府時，喬意晚隨著喬氏在外做客，吃過飯便會隨著喬氏離開，如今卻是不同了，侯爵公府，大家都是有講究的，飯後不會立即離開，多半會坐在一處再說說話。

喬婉琪不願跟長輩們在一起說話，覺得過於拘束了，她扯了扯喬意晚的胳膊，示意她別去。

喬老夫人瞧出孫女的意思，道：「既不願意去，妳們二人便在前面和小姊妹們說說話吧，別亂跑，等我出來咱們一同回去。」

喬意晚道：「是，祖母。」

喬老夫人離開後，喬婉琪拉著喬意晚去見了自己何家的表姊妹們。

喬意晚如今可是京城的風雲人物，幾乎滿京城的人都想見見她，看一看當年被人掉包的侯府嫡長女究竟長什麼樣子。當然，有些人是存著看熱鬧的心態，畢竟她們可是聽說喬意晚從小在一個小門小戶長大的，未必懂規矩。

不過，這些看熱鬧的人注定要失望了，不說別的，單是喬意晚的相貌和氣質就讓她們驚嘆不已，一個心直口快的姑娘忍不住說道：「這位姊姊長得好生漂亮，氣度也是頂好，真看不出來是在雲府那種小門小戶長大的。」

面對這種直白的話，喬意晚笑了笑，沒說什麼。

何家表姊見到她，笑著說道：「從前一直聽婉琪提起妹妹，卻不曾見過，如今一見，果然生得好，比婉瑩強多了。」

何家表姊之所以對婉瑩有敵意，一是知道婉瑩常欺負婉琪，二則是不滿婉瑩明明對自家兄長無意，卻還一直吊著他。

喬意晚朝著何家表姊福了福身，道：「見過表姊。」

喬意晚生得好，性子也好，眾人對她的印象還不錯，且她如今畢竟是永昌侯府的姑娘，出身尊貴，旁人也不敢多說什麼。
不過，也有例外。
月珠縣主剛剛被喬老夫人說了一通，丟盡了顏面，卻不敢多說什麼，如今長輩們不在，她就沒什麼顧忌了。
「有些烏鴉飛上枝頭披上了好看的外衣，便以為自己成了鳳凰，殊不知，烏鴉飛上枝頭也還是隻烏鴉，永遠不會變鳳凰的。」
這話嘲諷的意味甚濃，眾人看看月珠縣主，又看看喬意晚，沒人說話。
喬婉琪哪裡受得了這樣的話，立馬就要上前跟月珠縣主理論，喬意晚抬手拉住了她，給她一個稍安勿躁的眼神。
她雖然性子平和，但不代表她會任由旁人欺負她。
「縣主的話我聽明白了，妳的意思是，如果本就是隻鳳凰，即便是跌落枝頭，沒有穿上好看的外衣，也依舊是隻鳳凰，對吧？」
喬婉琪頓時就安心了，還是大堂姊會說話。
月珠縣主皺了皺眉，明白了喬意晚的意思，頓時便有些不悅。
安國公府的二姑娘安欣茹也在旁邊，嘲諷了一句。「妳這是拿自己當鳳凰了？」
月珠縣主笑了，看向安欣茹道：「欣茹妹妹說的這是什麼話，有些人也不照照鏡子，看看自己究竟配不配當鳳凰。」

聽到這話，喬意晚突然笑了。「縣主和安姑娘誤會了，我是人，從來不覺得自己跟鳳凰或烏鴉有什麼關係，剛剛不過是順著縣主的話回了一句罷了，難道縣主和安姑娘覺得自己是隻鳳凰……抑或者烏鴉？」

喬意晚把話丟了回去。吵架這種事，誰情緒穩定，誰思維敏捷，誰不被人帶走了思路，誰就能贏。

月珠縣主簡直要氣死了，安欣茹也沒有好到哪裡去，直覺她以烏鴉在暗諷她黑，立刻就炸了。「妳這小嘴叭叭的，倒是挺能說的！」

喬意晚道：「不及縣主和安姑娘。」

月珠縣主抬步要上前，喬婉琪也往前走了一步。

二對二，誰也不怕誰。

何家姑娘見狀，往喬婉琪那邊挪了一步。

月珠縣主瞇了瞇眼。「有些人不會以為自己以後就是真正的侯府嫡長女了吧？這件事都過去多久了，怎麼沒聽永昌侯府的人宣佈？怕是並不承認妳的身分吧！」

喬意晚張了張口，還來不及反駁，就聽身後傳來一個聲音。

「有勞縣主關心，侯府之所以還沒宣佈是因為太重視此事了，還在選良辰吉日，想必這幾日就能有結果了。」

是喬老夫人。

喬老夫人看了看小姑娘們，又看了看身邊的夫人們，道：「屆時我給諸位下帖子，大家定要賞光前來才是。」

她本來不想舉辦宴席大張旗鼓說這件事，可她這個人最不能受氣，一受氣就想找回場子。

諸位夫人笑著說道：「一定一定。」

喬老夫人看向喬意晚道：「意晚、婉琪，走吧。」

喬意晚和喬婉琪連忙朝著喬老夫人走去，喬老夫人臉色不太好看，還故意指桑罵槐責備她們。「妳們也真是的，讓妳們好好跟各個府中的姑娘相處，沒讓妳們誰都去結交，一些粗鄙不堪、不懂規矩的人理她們做甚？下次遇到了定要躲得遠遠的，免得沾上她們身上的不良氣息，被她們帶壞了。」

喬婉琪笑著說道：「是，祖母，孫女記住了。」

廉郡王妃和月珠縣主氣得夠嗆，安老夫人臉色也不好看，看了一眼不爭氣的孫女，道：「還不趕緊跟我回去？」

她這孫女也太不懂事了，之前在永昌侯府鬧了那麼大的事，永昌侯府看在國公府的面子上沒有宣揚，她竟還敢再招惹他們？

那喬老夫人哪裡是個好相與的，是個有什麼說什麼的主兒，沒理也要爭三分，若她哪日心情不好把那日壽宴的事情抖落出來，吃虧的還是孫女。

安欣茹看見祖母神情不悅，連忙小跑過去，嘴裡嘀嘀咕咕說著喬意晚的不是。

安老夫人停下腳步，瞪了孫女一眼，眼神甚是凌厲。

「以後莫要招惹永昌侯府的人。」

安欣茹嚇了一跳。

「是……是她先招惹我們的，月珠縣主一向跟孫女關係好，我怎能眼睜睜看著她被欺負？」

安老夫人斥道：「妳忘了妳之前在永昌侯府做過的事情了？」

安欣茹忽然想起了那件事，臉色有些蒼白。

「她跟月珠縣主如何是她的事，與妳何干？月珠縣主那就不是個好脾氣的，少跟她待在一處。」

安欣茹抿了抿唇，沒敢再多說。

安老夫人嘆氣。

娶妻還是得娶賢，史氏是個目光短淺的，生的女兒也這般不懂事，她又想到了自己的姪孫，長長嘆氣一聲，可惜了。

第二十四章

剛回到府中，喬老夫人就讓人把陳氏叫了過來。

「妳趕緊找人算算最近的好日子是哪一日，府中要舉辦宴席，正式公開意晚的身分。」

陳氏有些驚訝，前幾日她跟婆母提的時候，婆母還一臉不高興的樣子，礙於面子不想當眾宣佈這件事，如今怎地突然改變了主意？

陳氏看向女兒，喬意晚朝著她點了點頭，陳氏心中明白了，看來此事是確定的。

「是。」

「好好辦，往熱鬧了辦，把該請的人都請過來。」

「好。」

「對了，下個月就是西寧成親的日子，很多親朋好友應該還在路上，到時候可以再當眾宣佈一次。」

「兒媳記住了。」

交代完兒媳，喬老夫人心情總算好了些。她瞥了一眼坐在身側的長孫女，越看越覺得順眼。

孫女不光長得好看，刺繡技藝也是一流，騎射亦不弱，比婉瑩還要強上一些，這麼優秀的孫女，當然要讓所有人都知道，不僅如此，她還要風風光光把孫女嫁出去。

對了，這宴席不能忘了請定北侯府的人，她要好好跟顧夫人說一說，說不定這門親事還能再續一續，但這事不能跟兒媳說，萬一兒媳為了避嫌不請定北侯府的人就不妙了，她自己親自給顧夫人下帖子。

喬老夫人心中有了想法，心情更好了。

她忽而想起一事，看向喬意晚問道：「對了，剛剛在宴席上可是有人欺負妳了？」

聞言，陳氏立即看向女兒，眼神中流露出擔憂的神色。

喬意晚道：「孫女倒不是被人欺負了，而是被太子叫了過去。」

陳氏不解道：「太子？他為何單獨找妳？」

喬老夫人的臉色一下子沈了下來。「可是婉瑩那死丫頭在太子面前嚼了舌根，讓太子把妳叫過去的？當初就該把她攆出京城，跟她那個上不得檯面的娘一起滾回雲家去！」

喬意晚搖頭。「不是的，太子似是跟婉瑩斷了聯繫，說想娶我為側妃。」

喬老夫人和陳氏驚訝不已。

婉瑩和太子斷了聯繫一事雖然讓人驚訝，但她們更關注的是喬意晚後面說的那句話。

「什麼？太子要娶妳為側妃？」喬老夫人頓了頓，問道：「妳如何回答的？」

喬意晚說：「孫女沒答應，後來定北侯來了，此事便不了了之。」

喬意晚之所以會告訴祖母和母親，是因為此事干係重大，太子一次不成，不知會不會來第二次，與其被太子悄無聲息的設計害了，不如先跟家人說一聲，到時候也好早做準備。

喬老夫人皺了皺眉。「太子這兩年越發不像話了。」

陳氏道：「確實不像話，前些日子我聽父親說，皇上名義上讓太子去祭祖，實則是懲罰他在朝堂上手伸得太長。」

聞言，喬老夫人點了點頭。她琢磨了一下，說道：「妳不必怕他，這些日子先少出門，避避風頭，若真要出門也找個伴，不要單獨行動。」

他們永昌侯府也不是什麼無名無姓、任人欺負的府邸，祖上是立過功的，在皇室面前也有些面子，莫說是太子，就算是皇上，誰也別想隨意強娶侯府女子。

陳氏附和道：「妳祖母說得對。」

喬意晚道：「是，祖母、母親，意晚記住了。」

另一邊，在雲府，雲意晴耳邊聽見雲婉瑩正在說的話，心沈入谷底。

「妳不會真的以為妳還能嫁入國公府吧？意晚走了，沒有人會像她一樣傻，為了妳的親事犧牲自己的一輩子。」

雲意晴死死瞪著雲婉瑩，雲婉瑩嗤笑一聲。「妳不用看我，我是絕對不會幫妳什麼的，相信父親也知曉咱們姊妹倆誰才更有可能成為家中的助力。」

雲意晴道：「妳怎麼會變得如此尖酸刻薄，從前妳明明不是這個樣子的，妳待我很好的。」

雲婉瑩快要被雲意晴愚蠢的樣子笑死了。「我那時待妳好是因為我以為那幾件繡品是妳繡的，如今妳還有什麼價值？腦袋空空，蠢貨一個，多看妳一眼我都覺得難受。」

雲意晴頓時就怒了。「妳以為自己很厲害嗎？還不是個假貨！就只會拿大堂姊的東西充當自己做的，如今謊言被戳破了，成了沒人要的破鞋，也是妳活該！」

聽到「破鞋」這個詞，雲婉瑩的臉色頓時變得猙獰。

「妳說誰呢？誰給妳的膽子敢這樣說我！」說著，她抬手「啪」地給了雲意晴一巴掌。

這一巴掌打得雲意晴頭暈眼花，差點摔倒。

雲婉瑩居高臨下地說：「憑妳也敢罵我？一直在利用意晚的人不是妳嗎？如今承認她是妳大堂姊了？我告訴妳，晚了！她也不會感謝妳，妳別以為妳是我妹妹我就會讓著妳！」

「我也不會讓妳！」

雲意晴被雲婉瑩戳中心底的陰暗面，站起來就跟她扭打在一起，小院裡頓時亂作一團。

這樣的事情最近時常發生，兩位姑娘脾氣不好，下人們也不敢上前相勸，就怕若是幫了這個，就要被那個記恨。她們兩姊妹也曾鬧到大人那裡，大人有時站在大姑娘這邊，有時站在二姑娘那邊，搞得他們這些下人們也無所適從，如今也只能站在一旁，不知所措。

顧敬臣一回府，李總管就過來了。

「侯爺，我查了許久，把前段時間夫人接觸過的東西以及送東西來的人都查了一遍，沒有發現任何異常。」

顧敬臣道：「宮裡送來的東西呢，查了沒有？」

李總管頓了頓。「宮裡的東西是皇上身邊的齊公公親自送來的。」

顧敬臣又道：「在齊公公接手之前呢？可有人碰過？」

李總管道：「這個就不清楚了，時間過去太久，又是宮裡的事，怕是查不出來了。」

顧敬臣思索片刻，道：「嗯，不用查了。」

宮裡的事情沒那麼好查，況且已經過去幾個月了，追查確實有難度。

「記住，以後宮裡送來的東西不管是吃的還是用的，全都得檢查一遍，不管最後是否有問題，檢查完了把吃的全部扔掉，用的就鎖在一個院子裡，不要讓母親碰到。」

李總管應道：「是。」

說完此事，李總管又道：「夫人今日問起您去了哪裡，我跟她說了實話。」

「知道了，你下去吧。」

顧敬臣今日心情實在靜不下來，一安靜下來腦海中就全是喬意晚的影子，他索性來到書房看起書。

不多時，外面傳來了匆匆的腳步聲，有人來了。

「侯爺，是我。」

他抬頭吩咐道：「進來。」

啟航恭敬地進入書房，把一封密信遞給了顧敬臣。

顧敬臣看完信後，臉色頓時變了。

他回京不到一個月，梁國那邊竟然又有了異動！

坐在書房思索片刻，顧敬臣出了門。

李總管道：「侯爺，您去哪兒？」

顧敬臣道：「你跟母親說一聲，我進宮一趟。」

皇上此刻正在顏貴妃的朝陽殿。

用過飯之後，皇上坐在榻上跟顏貴妃說著話，順便考校一下兒子的功課，對於考校結果甚是滿意。

「祺兒長大了，越發用功讀書了，朕心甚慰。」

周景祺看了一眼母親，笑著說道：「父皇謬讚，兒子愧不敢當，要是說起用功，那還是太子哥哥最厲害，我聽母妃說，太子哥哥從前讀書時甚是用功。」

提及太子，思及他最近做過的一些事情，皇上臉上的笑淡了幾分。

「嗯，太子以前是很勤勉。」

周景祺道：「太子哥哥最近也很勤勉，他日日忙於朝事，為父皇分憂。」

為他分憂？也沒少添亂。皇上心中如是想著，他正欲說些什麼，忽然意識到一點，看向了兒子，眼神裡有幾分探究。

「說起來，你年紀也不小了，可想參與政事？」

周景祺心中激動不已，剛想開口，就聽到了母妃的咳嗽聲。

顏貴妃道：「咳咳，皇上，祺兒還小，又不懂事，哪裡能處理好政務？」

周景祺失望不已，但想到母妃的交代，便順著母妃的話說道：「母妃說得是，兒子還小，況且有太子哥哥為父皇分憂，著實用不著兒臣。」

對於顏貴妃和四兒子的態度，皇上很是滿意。

「嗯，朕知你跟太子交好，有時間的話不如跟著他學一學吧，多了解了解政務，將來朕也好安排你做事。」太子最近雖然有了些小心思，但處理政務多年，經驗豐富，能力也是有的。

周景祺道：「多謝父皇。」

就在這時，一個內監進來了。

「皇上，定北侯來了，正在前殿候著。」

聽到「定北侯」三個字，皇上立即站起身。

「貴妃好好歇著吧，朕去處理政務了。」

顏貴妃一瞬間臉色微變，但很快又恢復如常，笑著問道：「皇上剛剛答應臣妾今晚宿在朝陽殿，那臣妾等著您？」

皇上腳步微頓，道：「不必了，朕今晚不過來了。」

言畢，皇上大步離開了朝陽殿。

顏貴妃道：「恭送皇上。」

皇上一走，顏貴妃的臉色立即沈了下來。

周景祺不知顏貴妃心中所想，還在想剛剛的事情，好奇地問道：「這麼晚了，定北侯怎麼突然進宮了？」

顏貴妃看著消失在殿門口的皇上背影，不悅地道：「想必是有什麼軍務吧。」

她沒說出口的是，即便沒什麼軍務，皇上也定會去見定北侯的。

在皇上心中，那個人始終是不一樣的，看來早早把定北侯的事透露給太子知情並沒有錯。

顧敬臣在殿中候了兩刻鐘左右，皇上過來了。

一進殿中，皇上便問道：「敬臣，你怎麼這麼晚過來，晚膳可用了？」

顧敬臣跪在地上朝著皇上行禮。「臣見過皇上，多謝皇上關心，臣已經用過晚膳。」

皇上道：「和你母親一起吃的嗎？晚飯吃了什麼，你母親身子可還好？」

顧敬臣回道：「一切都好。」

皇上笑道：「那就好、那就好，快起來吧。你過來可是有事？」

顧敬臣正色道：「臣接到密信，梁國又有異動。」

聞言，皇上臉上的笑容沒了，臉色變得嚴肅起來。

「你細細說來。」

「是。」

此事商議完已經是一個時辰後了。

「你母親身子剛好，朕著實不放心你出征，可放眼整個朝廷，朕最信任的人就是你了，只能派你前去。不過你放心，朕一定讓人照顧好你母親，上次的事情定不會再發生了。」

「多謝皇上。」

說完正事，皇上想到了最近聽來的傳言，問道：「對了，朕聽聞你母親曾為你向永昌侯府的嫡長女求親，結果被拒絕了？」

顧敬臣面有難色道：「確有此事。」

皇上眉頭微皺，這永昌侯府未免太不識抬舉了！

「你若真喜歡那位姑娘，朕即刻就為你賜婚。」

顧敬臣婉拒道：「多謝皇上好意，不用了，此事臣心中有數。」

皇上盯著顧敬臣看了片刻，最後只能道：「也罷，就依著你吧，你若實在沒轍，再來找朕。」

顧敬臣道：「多謝皇上。」
說完，顧敬臣離開了皇宮。
這一日發生了太多的事情，喬意晚和顧敬臣同時失眠了。
想到前世那些事，喬意晚心中很不淡定，心中的疑惑越來越深。
顧敬臣對她到底是抱持著什麼樣的想法？他心中究竟在想什麼？她對他提及太子之事時，他初時有些意外，不過很快就恢復如常，似乎已知曉太子為何這般待他，對太子的態度轉變雖有意外，但情緒變化不大。
他心中似乎藏著什麼秘密，到底是什麼秘密呢？
顧敬臣腦海中也想了許多事情，他想到了邊境之事，想到了太子的態度變化，想到了喬意晚……
三日後他便要離京去邊境了，從前京城中覬覦她的人就有很多，如今她身分變了，想必有意求娶的人更多。他這一去不知道要多久才能回來，得先想個法子才行。
想著想著，兩個人漸漸各自入睡了。
毫不意外的，喬意晚又作夢了——
她夢到自己回到了定北侯府，一眼就看到了正好從外面回來的顧敬臣。
見顧敬臣從外面回來，李總管匆匆趕了過去，說道：「侯爺，夫人今日去小院裡了。」

李總管雖未說院落名字，顧敬臣卻一下子就明白他說的是哪裡，神色立馬變了。

「她看到那個孩子了？」

李總管望著主子凌厲的目光，心一緊，回道：「看到了。」

顧敬臣閉了閉眼，重重呼吸了幾次，說道：「我知道了。」

隨後，顧敬臣來到了沉香苑中，她熟悉的那一幕正在上演著。

顧敬臣道：「我說過了，小院那邊妳不要靠近。」

喬意晚道：「我身為孩子的嫡母，只是想照顧孩子。」

顧敬臣冷臉道：「不用，孩子身邊有婆子和婢女，妳只需處理好府中其他事務便好。」

喬意晚垂眸不語。

看著面前重演的熟悉畫面，喬意晚越發確定自己心中的那個猜測沒錯。從前覺得顧敬臣盯得這麼緊是因為深愛著婉瑩，同時又不信任她這個新婦，可如今以旁觀者的姿態瞧著他的表情，更覺一切是另有隱情。

很快的，顧敬臣離開了沉香苑。

李總管知曉侯爺和夫人又因為孩子吵了起來，忍不住道：「侯爺，您不如跟老夫人及夫人解釋清楚，那個孩子不是您的……」

李總管話未說完，就看到了顧敬臣欲殺人的目光，他連忙閉嘴，不敢再多說一個字……

夢境顯現到這裡，喬意晚從夢中醒了過來，她坐起身看著漆黑的帳內，心中的疑惑越發深了。

顧敬臣為何要容忍妻子和別的男人生的孩子，他心裡究竟藏著什麼秘密呢？

另一邊，顧敬臣的狀態則不太好，滿頭大汗，似是夢魘了。

顧敬臣夢到了一場喪事。

他一身鎧甲，騎著戰馬，顯然剛從戰場上歸來，很快，他回到了侯府，卻見府中掛滿了喪幡，所有人看向他的目光都是悲戚的，耳邊時不時傳來哭泣聲。

難道是母親……

他心急如焚，快步走了進去，轉眼間來到了靈堂，母親正好端端地站在那裡。

不是母親，還能是誰？對了，意晚呢？她怎麼不在？

接著，他看到了棺材中的屍首……

離開前，因為懷孕，她的臉色看起來比從前鮮亮許多，臉上也長了些肉，然而，此時躺在裡面的她臉色慘白。

怎麼會這樣？

他的心頓時如針扎一般，不相信這是真的，他覺得這是夢，他一直在夢中掙扎，然而，卻怎麼都醒不過來。

他眼睜睜看著自己跪在靈堂前，三天三夜沒合眼，親耳聽著母親勸慰他節哀，聽著意晚身邊服侍的人低聲抽泣，聽著李總管告訴他這些日子發生的事情……

他張開嘴想大聲告訴大家這一切都是假的，然而卻發不出一丁點聲音，就這樣掙扎到天亮，他才終於醒了過來。

醒來後，他大口喘著粗氣，久久不能回神。

他怎會……作這樣的夢？

顧敬臣略躺了一會兒便起床去練劍，早飯過後，他仍舊覺得心神不寧，想到母親最近一直看經書安神，他也去藏書閣找經書。

雖然他從來不看經書，但定北侯府的藏書閣中有許多經書。

瞧著那一排經書，他心中竟莫名其妙有些熟悉感，尤其是那一本《度人經》，更是讓人覺得似乎曾在哪裡看到過，他下意識地把它拿了出來。

李總管看著侯爺手中的書，笑著說道：「原來侯爺是來為夫人找書的？」

最近這些日子夫人很喜歡看經書，說是可以安神，每天都要讀上一會兒。

顧敬臣沒有解釋，打開經書看了一眼。他平日不喜看經書，也從未翻看過這本書，可不知為何，他對書裡的內容很熟悉，像是印在腦海中一樣，看了上句就能想起來下句，閉上眼睛，甚至整本書的內容都在眼前，很是奇怪。

他看了片刻，轉身回了書房，打開經書，開始抄寫上面的經文。

他只看了一句，之後的內容像是看了千百遍也寫了千百遍一般，筆下流暢地抄了出來，沒多久就抄完了一本經書。

看著自己抄寫的內容，顧敬臣閉上眼，身體靠在椅子上，心緒漸漸平復下來。母親果然說得沒錯，多看經書，修身養性。

他眼前浮現出第一次見到喬意晚的情形。

姻緣殿前，姻緣樹下，一位容貌姣好、氣質清冷的姑娘正閉上眼虔誠地祈禱著，口中似乎正默念著希望兄長中舉、家人平安。

姻緣殿是專門求姻緣的，來這裡求這些有何用？她當真是……嗯，可愛極了。

陳氏知道婆母的性子和心結，生怕婆母又改變主意不為意晚辦宴席了，便選了最近的一個好日子，也就是三日後。

這一日午飯前，陳氏把宴請的賓客名單遞給了喬老夫人，喬老夫人看了一眼賓客名單，果然沒有定北侯府。

陳氏道：「兒媳想著，西寧的婚事就在下個月，如今府中雖然已經在忙他成親的事情，但還不算太忙，若是再過些時日，府中怕是抽不出人手辦宴席了，所以想趁這個時候趕緊把意晚的事情辦了。」

喬老夫人點了點頭。「嗯，妳考慮得很周到，就按妳說的辦吧。」

陳氏應下。「是，那兒媳就去給各府下帖子了。」

喬老夫人接著道：「給我兩張空白的，我前些日子聽說有幾個遠房親戚在京城，我看看他們能不能過來。」
陳氏問：「不知是哪個親戚，不如兒媳讓人一併寫出來？」
喬老夫人道：「不用麻煩，我自己來就行。」
陳氏點頭道：「好，兒媳一會兒就讓人送過來。」
陳氏回到正院，把女兒叫了過來。
「在忙什麼呢？」陳氏問。
「繡了個荷包。」喬意晚解釋。
陳氏笑道：「歇一會兒，三日後府中要設宴，妳幫母親一起操辦宴席可好？」
喬意晚聽出陳氏的意思，這是有意教她處理府中的事務了，她頓了頓，道：「好。」
陳氏又道：「我正準備讓人寫請帖，妳過來看看吧，順便了解一下咱們侯府的親朋好友都有哪些。」
喬意晚道：「嗯。」
一直到快用晚飯前，陳氏都在教喬意晚如何置辦宴席，喬意晚聰慧，聽得也認真。
「剩下的事情咱們明日再說。」
「好。」
瞧著女兒乖巧懂事的模樣，陳氏摸了摸她的頭，笑著說道：「秋意院那邊已經收拾好了，明日妳就可以搬過去了。」

喬意晚已跟著陳氏住了許久，心中有些不捨。

「住在這裡也挺好的，不必急著搬過去。」

好不容易找到女兒，陳氏自然也想跟女兒住得近些，但她不能這樣。

「我也想讓妳住在正院裡，不過，三日後就要舉辦宴席，屆時很多賓客都會來，若被人知道妳沒有自己的院子，難免要被人說閒話，妳祖母想為妳在人前爭一口氣，妳可莫要拂了她的好意。」

喬意晚略一思索便明白過來了。「嗯，女兒明白了，剛剛是女兒把事情想得太過簡單了。」

陳氏道：「妳也不用擔心，旁邊的小跨院給妳留著，妳想何時來住就何時來。」

喬意晚道：「多謝母親。」

第二日一大早，喬意晚就搬去了秋意院。

秋意院很大，這裡離正院近，原是老侯爺為孫姨娘挑選的院子，但老夫人不同意，堅決反對孫姨娘住進來，兩個人因此事鬧了很久，這院子也就一直空置，後來，老夫人為了斷絕老侯爺的心思，讓兩個兒子住進了這個小院中。

等到永昌侯和喬二爺長大了之後，兩個人搬去了外院，這個小院又閒置下來了。

如今小院重新佈置了一番，已經看不出原本的樣子。

院子裡除了北面，其餘三面都有房間，足足有十來間，有正屋，也有幾間客房，除此之外，有幾間放置雜物的房間和下人住的房間，東側有兩間廚房，可以做些吃食。

院子裡有一段路鋪滿了青石板，石板中間留了縫隙，裡面長出嫩綠的小草，看起來頗為雅致。

北面有座木頭搭建起來的涼亭，上面爬滿了葡萄藤，綠意盎然。旁邊還種了幾棵桃樹，角落則種了一些名貴的花。

紫葉之前一直跟著在收拾這個院子，不過，此刻看著偌大的院子，心頭仍舊不平靜。

「姑娘，您總算是有個家了。」

黃嬤嬤張了張口想說些什麼，但最終什麼都沒說，抬起袖子悄悄抹了抹淚。

「見過大姑娘。」院子裡的丫鬟們都過來了。

喬意晚道：「以後就辛苦妳們了。」

為首的一等丫鬟說道：「姑娘這是說的哪裡話，能伺候您是咱們的福氣。」

這個丫鬟名叫綠枝，原是陳氏院子裡的，如今被陳氏安排到女兒身邊照顧女兒。

喬意晚看過院子，收拾好東西，又去了正院。

宴席的事情還沒弄完，喬意晚這一整日都跟在陳氏身邊學習如何置辦宴席，晚飯也是跟陳氏一起用的，吃過晚飯，喬意晚回了自己的小院。

到了小院裡，喬意晚看到了站在院中的人。

「二表哥。」

喬桑寧正盯著面前的桃樹，聞言，轉過身看向喬意晚。

「還叫二表哥，妳應該叫我一聲二哥哥。」

喬意晚剛剛叫出口後就察覺自己叫錯了，此刻聽到喬桑寧的話，連忙福了福身。「是妹妹叫錯了，見過二哥哥。」

喬桑寧道：「妳我既是親兄妹，以後便無須講究這些虛禮。」

說著話，喬意晚把喬桑寧請到了屋裡。

丫鬟們極有眼色，很快就把茶水端了上來。

喬桑寧沒想到自己離開侯府不過數月，府中竟然發生了這麼大的事情。他端起茶水輕抿一口，道：「沒想到妳竟然是我的親妹妹。」

喬意晚道：「確實，我從前也沒有想到。」

喬桑寧看向喬意晚，瞧著她安靜坐在那裡的模樣，笑了笑，說道：「挺好的。」

聞言，喬意晚抬眸看向他。她記得喬婉琪和她說過，婉瑩小時候對二哥哥並不好，時常欺負他，把他當成府中的下人，長大後雖不欺負他了，但也不把他當哥哥看。

喬意晚問：「二哥哥不是在外面讀書嗎，今日怎麼回來了？」

喬桑寧說：「府中發生了這麼大的事情，我怎麼可能不回來呢？」

喬意晚又道：「那二哥哥還走嗎？」

喬桑寧點頭道：「走，等宴席過後我便要離京。」

喬意晚勸道：「大哥的婚事在即，這樣來回會不會太折騰了？」

喬桑寧笑道：「無礙，左右兩日就能回來，這也是母親的意思。」

喬意晚有些驚訝。

喬桑寧解釋道：「府中要置辦大哥的婚事，會有些煩亂，母親怕影響我讀書。」

喬意晚了然地點了點頭。

喬桑寧端起桌上的茶喝了一口，頓了頓，看著她說道：「對了，行思想見妳一面，不知妳意下如何？」

喬意晚愣了一下。

喬桑寧道：「就是曾和妳訂親的梁家公子。」

梁府不說和侯府相比，即便是和雲府比，也相差甚遠，祖母和父親怕是不會同意這門親事，他也不確定妹妹對梁兄是什麼態度。

喬意晚反應過來了，原來是梁大哥想見她，她想也沒想就回道：「好。」

喬桑寧微微有些詫異，但又鬆了一口氣。「他其實也沒有別的意思，只是想見見妳，我和他相識多年，最是了解他，他是個品行端方的君子。」

喬意晚道：「嗯，二哥哥安排吧。我最近要跟著母親處理家事，怕是不能出府，可以等到宴席那日，或者其他時候在侯府門口見一見也行。」

喬桑寧想了想，宴席那日人太多，梁兄為了妹妹的名聲，恐怕不會來侯府。

「那就明日吧，在侯府後門見一面。」

喬意晚同意道：「好。」

第二日傍晚，天色將黑之時，喬桑寧過來正院找喬意晚了。

陳氏瞧著女兒跟二兒子相處融洽，心中很是寬慰。

喬意晚如今幫著掌管家事，手中有對牌，她和喬桑寧便從後門出去了。

不遠處，梁行思正站在那裡。

喬桑寧對喬意晚道：「我就不過去了，在這邊等妳。」

喬意晚道：「好。」

聽到腳步聲，梁行思轉過身來，看向喬意晚。

不管是第一次見還是第二次見，梁行思始終會被喬意晚這一張臉吸引。

「喬姑娘。」

「梁公子。」

梁行思道：「謝謝妳願意出來見我。」

喬意晚笑道：「梁公子並未做過傷害我的事情，又和二哥哥是朋友，我為何不見你？」

喬意晚這般大方，梁行思心中更覺遺憾。

「妳放心，妳我曾訂過親一事，我不會對任何人說的。」

喬意晚一愣，道：「你我親事雖充滿了算計和利益，但我從未覺得和你訂過親是一件丟臉的事情，事情並不是你做的，你也不必為此感到愧疚。」

梁行思怔怔地看向喬意晚。

喬意晚笑了笑。「還有幾個月就要科考了，你莫要為了這樣的事情分心，祝願你此次能夠順利考中，前程似錦。」

梁行思這一輩子都會記得這個傍晚、這一張如花般的笑靨。

「好。」

梁行思走了，喬意晚也轉身朝著後門處走去，但剛走了兩步，路就被人堵住了。

喬意晚看著突然出現在眼前的顧敬臣，嚇了一跳。

他剛剛藏在哪裡，怎會突然出現？

顧敬臣冷不防地說道：「我明日一早就要離京了。」

喬意晚馬上想到了前世的事情，她記得七月時，秦氏病重，顧敬臣從邊關趕回來，也就是說，邊關現在還在打仗，顧敬臣要回邊關了。

「祝侯爺回邊關一路平安，旗開得勝。」

顧敬臣微微有些驚訝，他只是說要離京，並未說要去哪裡，她是如何猜到自己要回延城的？

喬意晚看著顧敬臣的反應，有些不解。難道她剛剛那話說得不對？

喬意晚正琢磨著自己剛剛說的那句話，只聽顧敬臣開口問了一個問題。

「我的帕子呢？」

喬意晚微怔。

顧敬臣道：「就是那日在淑寧公主別院中我借妳的那條帕子。」

借……不過是一條帕子罷了，他竟還特意過來跟她要。

喬意晚故意說：「髒了，就隨手丟了。」

顧敬臣說道：「那條帕子對我很重要，既然喬姑娘丟了，那麻煩妳再為我繡一條吧。」

喬意晚一時不知該怎麼回應，她認識的顧敬臣沒這麼愛計較啊。

顧敬臣又道：「怎麼，妳不願意？沒想到喬姑娘這般小氣。」

喬意晚聽出來了，他話裡陰陽怪氣的，似是不悅，幸好那日她沒把帕子扔掉，洗乾淨後隨手放在荷包裡，不然自己就真成了他口中說的那種人了。

她把腰上繫著的藍色荷包摘了下來，解開荷包，準備拿出帕子還給他，就在這時，顧敬臣伸手把荷包拿走了，他看了一下。「嗯，是我的帕子。」然後，順手把荷包揣入了懷中。

喬意晚提醒。「荷包。」

顧敬臣恍若未聞，岔開了話題。「那日我為妳尋來證人和證據證明了妳的身分，我記得妳說過，若我有用得著妳的地方，妳將赴湯蹈火在所不辭。不知喬姑娘是否還記得這個承諾？」

喬意晚看著顧敬臣望向她的灼灼目光，心裡突生念頭，他不會是想讓她答應嫁給他吧？衣袖下，她緊張地握緊了拳頭。「記得。侯爺想讓我為你做什麼？」

顧敬臣看著她的眼睛，認真地說道：「我希望喬姑娘能答應我一件事。」

喬意晚心頭微跳，不會真的是她想的那樣吧。

顧敬臣沈聲道：「在我回京之前，妳不可答應任何人的親事。」

喬意晚眼神明亮，眼底微微有些錯愕，很快又變得了然。

夜風微起，吹皺了一池春水。

今日定北侯府收到了永昌侯府的帖子，顧敬臣看出來了，永昌侯老夫人以及永昌侯是贊同定北侯府這一門親事的，不贊同的那就只有陳氏和喬姑娘了。

陳氏如今溺愛喬姑娘，所以，關於親事，真正做決定的人一定是喬姑娘，故而他要求喬姑娘一定要親口答應他這件事。

「怎麼，喬姑娘忘了自己的承諾？」

顧敬臣的眼神太過灼熱，說出來的要求又是那樣的，喬意晚如何察覺不出他的心思？他這是怕自己嫁給別人？

「若侯爺一直不回京，難道我就一直不能成親嗎？」

顧敬臣琢磨了一下，道：「我今年一定會回來，若我回不來，那必是戰死沙場了，若真如此，喬姑娘自可以嫁給任何人。」

聽到他說自己會戰死沙場，她心中有一種異樣的感覺，脫口而出。「不會的，你一定會贏的！」

聽到這話，顧敬臣忽而笑了起來。

「有喬姑娘這句話，我一定會平安回來。」說完，又補充了一句。「嗯，儘早回來。」

他話裡暗示的意思很明顯，喬意晚不解，他今生怎麼跟前世這般不同，這樣的話竟然張口就能說出來。

喬意晚的臉色微微有些泛紅，好在此刻天色暗了，應該看不清楚。她卻不知，顧敬臣眼力極好，早就看出她的變化，心中正歡喜著。

看來她對自己也並非無意，從前不是自己會錯意，定是用錯了方法，說不定下次提親她就會答應了。

喬意晚道：「我不是那個意思，我是想說，希望青龍國得勝。」

青龍國得勝，不就是他得勝嗎？

顧敬臣道：「好，我一定會帶著大軍得勝歸來。」

喬意晚看了他一眼，想說的話又嚥了回去。罷了，這個爭執也沒什麼意義，若他不贏，青龍國也不會取勝。

喬桑寧一直離得遠遠地等著妹妹，他一轉頭，才發現梁行思已經離開了，喬意晚身邊竟然站了一位陌生男子，他連忙快步走去，離得近了，這才看清楚男子竟然是定北侯。

「見過侯爺。」

顧敬臣瞥了一眼喬桑寧，認出他的身分，微微彎了彎身子，道：「喬二公子。」

喬桑寧著實受寵若驚，要知道顧敬臣是侯爺，位高權重，雖和他年歲相當，但從未與他們一同玩耍，平日裡大家見了面也都是打一聲招呼，顧敬臣應一聲，雙方並未有過其他的交流。

今日顧敬臣竟然對他很客氣，還對他行平輩禮，這是鬧哪一齣啊？

再看自己妹妹，早已沒了剛剛的淡定自若，看起來有些心不在焉的，似是在為什麼事情困擾著。

「侯爺可是來找父親和大哥的？」

顧敬臣看了一眼喬意晚，道：「不是，我今日是特意來找喬姑娘的。」

喬桑寧眼睛微微瞠大，驚訝不已。定北侯與意晚有交情？

就在喬桑寧在為剛剛聽到的話震驚時，顧敬臣說起了別的事情。「皇上已經決定今年加恩科，喬二公子放心準備吧。」

喬桑寧眼中的驚訝轉為驚喜，雖早已猜到此事，但畢竟皇上沒有下詔，所以他也不敢完全確定，只能一直準備著，又擔心著，害怕沒有恩科，還要再等上兩年。

可顧敬臣是何人啊，皇上身邊的近臣，又極得皇上信任，他既然說要加恩科，那就一定會加。

「多謝侯爺告知。」

顧敬臣道：「客氣了，我府中還有要事，先走了，天色已晚，喬二公子快些帶著喬姑娘回府去吧。」

喬桑寧道：「是，侯爺。」

喬桑寧和喬意晚一同回了府中，兩個人都在想著剛剛顧敬臣說過的話，沈浸在自己的思緒中。

顧敬臣回府後，把李總管叫到了書房中。

「安排幾個人暗中保護喬姑娘。」

李總管微微有些驚訝，侯爺這是把喬姑娘當成府中的女主子了？

顧敬臣又道：「若太子那邊敢有異動，就讓人去請陳太傅。」

陳太傅是太子的老師，太子對他又敬又怕，恰好陳太傅又是喬意晚的外祖父，喬意晚有難，他一定會出手相助。

李總管道：「是，侯爺。」

顧敬臣最後吩咐道：「以後母親若是出門，一定要多派一些暗衛跟著，還有，京城這邊若有事，你及時寫信告知我。」

「是。」

「嗯，下去吧。」

李總管走後，顧敬臣起身準備去正院，他看了一眼桌上的經書，對揚風道：「把這本書收在行囊裡。」

揚風應下。「是，侯爺。」

兩日後，永昌侯府舉辦了宴席，喬意晚全程都跟在喬老夫人身側，喬老夫人為她介紹著各個府中的夫人和小姐，也為眾人介紹自家的長孫女意晚。

到場參加宴席的賓客都是平日與永昌侯府相熟的人家，相熟人家是會給面子的，不停地誇著喬意晚，長得好看、氣質好、性格溫柔、知書達禮，這大概是喬意晚收到讚美最多的一日了，一整日下來，她感覺自己的臉已經笑得僵硬。

雲婉瑩從月珠縣主口中得知了永昌侯府為公布喬意晚的身分，特意辦了宴席，心中煩悶不已。這才短短數月，永昌侯府竟然把她忘記了，讓喬意晚徹底取代了她的位置，她不得不懷疑之前侯府待她的好是不是假的？

兩個人聚在一起罵著喬意晚，罵盡興了，雲婉瑩道：「縣主，妳能幫我給太子送一封信嗎？」

月珠縣主回道：「沒問題啊，不過我不確定何時能見到太子。」

雲婉瑩道：「沒關係，縣主肯幫忙，我已經感激不盡了。」

月珠縣主道：「說什麼客氣話呢，咱們認識了這麼多年，這麼點小忙我還是能幫的。」

月珠縣主和雲婉瑩相識多年，兩個人都是高高在上、捧高踩低的性子，或許正是因為如此，兩個人關係不錯，再加上她們二人有共同的敵人，即便雲婉瑩身分不如從前了，月珠縣主倒也沒有完全棄了這個朋友，只不過不像從前聯繫得那般頻繁。

雲婉瑩把信件交給了月珠縣主，月珠縣主很快就找到機會把信件交給了太子。

只是太子接過信件之後，轉頭就燒掉了，看也未看。

第二十五章

轉眼間，時間走到了七月，喬意晚來到永昌侯府已經三個月了，漸漸適應了侯府的生活。

如今已到秋日，白日裡依舊熱，早飯過後，喬意晚和喬婉琪來到府中的水榭，簾子半拉，遮住了太陽，水榭四面環水，微風襲來，倒是有幾分涼意。

「今日我教妳繡牡丹。」喬意晚道。

跟著喬意晚學了幾個月，喬婉琪已經可以繡一些簡單的花草，她早就見過喬意晚繡的牡丹，一聽這話，頓時來了興致。

「真的嗎？大堂姊終於肯教我了！」

喬意晚失笑道：「從前不多教妳是因為妳基礎沒打好，學太複雜的過於困難，如今妳有了些基礎，再學就簡單不少。」

喬婉琪道：「嗯嗯，我知道，我跟姊姊開玩笑呢。」

經過幾個月的相處，兩個人又比從前熟絡了許多，喬意晚開始手把手教著喬婉琪。

過了一刻鐘左右，溫熙然過來了。五月時溫熙然嫁給了喬西寧，如今已經進府一個多月了。

喬意晚和喬婉琪同聲喚道：「大嫂。」

想到溫熙然一大早就去了正院忙活，喬婉琪感慨了一句。「哎，當人媳婦可真難啊！嫂嫂每天早上都要忙那麼久。」

溫熙然看了喬意晚一眼，連忙道：「我倒也沒忙什麼，都是母親在做，我在旁邊看著，母親才是真的辛苦。」

成親前溫熙然多快活自由啊，如今卻變得小心翼翼，生怕說錯了話惹得夫家人不快，惹得婆母不快。

喬婉琪看出溫熙然的緊張和不適，笑著說道：「嫂嫂不必多想，大堂姊不會往心裡去，我也知大伯母脾性好。」說著，又嘆了口氣。「哎，大伯母脾性那麼好，那般體貼兒媳，小輩們都要跟著忙，若是遇到脾氣不好的婆母，那日子才叫真的難啊。」

喬意晚和溫熙然對視一眼，兩個人都笑了，這一笑，溫熙然心裡的拘束倒是減了不少。她未嫁入侯府前就跟喬婉琪關係不錯，兩個人時常在一處玩，從小就認識，此刻也忍不住開起她的玩笑。「三妹妹還沒說親呢，就開始想婆家了？改明兒我跟祖母和二嬸嬸說一聲，趕緊為妳尋個婆家。」

喬婉琪聽出溫熙然在打趣她，臉一下子紅了。「哼，自從妳嫁了人就不知害臊了！」

溫熙然道：「我都嫁人了，還有什麼可害臊的？」

最讓人害羞的事情都做過了，其他事也就那樣了。

喬意晚和喬婉琪怔了怔，兩人同時笑了起來，尤其是喬婉琪，笑溫熙然不知羞，幾個人嘻嘻哈哈笑著。

喬西寧昨日宿在後院裡，有個帖子落在院中，正欲去尋，他走在橋上，聽著湖邊水榭的笑聲，側頭看了過去。因為離得遠，他只看得到衣裳，看不清人。

「誰在水榭中？是意晚和婉琪嗎？」

管事道：「好像剛剛世子夫人也過去了。」

喬西寧略感詫異。他新娶的夫人是個溫和的性子，人也老實，平日裡很少說話，兩個人一晚上也說不了幾句，想必那笑聲是兩位妹妹的吧。

不過，意晚是個安靜的性子，應該不會笑那麼大聲，只有婉琪會這般肆無忌憚的笑，空氣裡明明傳來兩個人的笑聲……或許是丫鬟們？

喬西寧也沒太在意，朝著院中走去。

溫熙然刺繡雖然比喬婉琪強上一些，但也沒多好，瞧見喬意晚在教喬婉琪繡牡丹，她也在一旁學了起來。

三人繡了半個時辰左右，紫葉帶著幾個小丫鬟過來了，丫鬟手中端著的盤子裡放著一些切好的蜜瓜。

「世子夫人、大姑娘、二姑娘，歇一會兒吧，吃點蜜瓜。」

喬婉琪看著色澤鮮亮的蜜瓜，眼睛頓時一亮。這瓜看起來就很甜。

「甜嗎？」

紫葉笑著答道：「甜。冰鎮過的，有些涼，主子們少吃一些。」

喬婉琪淨了淨手，立馬從盤子裡拿起一塊蜜瓜吃了起來，一邊吃一邊讚嘆。「哇，好甜啊！大嫂嫂和大堂姊快嚐一嚐。」

溫熙然和喬意晚謙讓了一下，從盤子裡拿了一塊蜜瓜。

「果然好吃，不過，這蜜瓜格外甜，倒不像是京城產的，像邊關那邊產的。」說著，溫熙然一臉八卦地看向了喬意晚。

喬婉琪立馬明白了溫熙然的意思，也好奇地盯著喬意晚看。

永昌侯府的人誰不知道啊，隔三差五就有從延城寄過來的東西，那些東西也不貴重，不是櫻桃就是葡萄，抑或者是一些果乾、肉乾之類的。

喬意晚吃完嘴裡的蜜瓜，拿帕子擦了擦唇角的果漬，淡定地說道：「妳們也知道延城這半年時常打仗，百姓的日子不好過，出產的東西賣不出去，定北侯就買了一些寄到京城來，也算是幫助當地的百姓生計。」

喬婉琪道：「嗯，定北侯真是個好人。」

說完，她又拿起一塊蜜瓜吃了起來。

溫熙然嚼完口中甜甜的蜜瓜，認同地點了點頭。「對，侯爺是個大好人。」

喬意晚手中的蜜瓜捏得緊了些。大嫂和二妹妹雖然嘴上沒說什麼，話裡話外卻又什麼都說了。

可她又沒說謊，顧敬臣在信裡的確是這樣說的。她一開始也不想收顧敬臣送來的東西，幾次拒絕之後，顧敬臣寫了一封信給她，說明了緣由，能幫助當地的百姓，自然是好事一樁。

罷了，信與不信也無所謂了，她總不好主動再解釋。

喬意晚定了定神，提議道：「既然大嫂嫂和二妹妹覺得好吃，咱們府中也買一些吧？」

溫熙然和喬婉琪同時點頭。「好啊。」

溫熙然道：「我給伯爵府也買一些。」

喬婉琪道：「我問問母親要不要給外祖家買一些。」

半個月後，顧敬臣收到喬意晚送來的一封厚厚的信，激動得差點把手中的刀扔掉。

他迫不及待打開了信，只見上面寫著：永昌侯府蜜瓜五十斤，陳太傅府蜜瓜三十斤，忠順伯爵府蜜瓜三十斤……足足寫了四、五頁。

顧敬臣手指微微捏緊，差點把信紙捏碎了，她這是把他當成瓜販子了？

好在他不死心，看到了最後一頁，只見上面寫著幾個字：瓜甚甜，多謝侯爺！

顧敬臣感覺自己又活了過來。

他仔仔細細將信收好，派人將當地百姓地裡產的蜜瓜全都買了回來，讓人把所有的蜜瓜分成了兩份，一部分送至永昌侯府，一部分運送至定北侯府，讓李總管幫忙售賣。

看著幾十車蜜瓜，顧敬臣琢磨了一下，回到書房寫了一封信——

蜜瓜已送至。另，延城葡萄曬成的果乾粒大又甜，百姓家中囤積甚多，恐會浪費，喬姑娘是否需要？

喬意晚看著顧敬臣的來信和一大袋葡萄乾，沈默了許久，最後讓紫葉帶了些果乾拿去正院給家人們嚐嚐。

不久後，又是一大批延城的葡萄乾運到了京城。

延城的百姓本來很擔心生計受到戰事影響，如今顧敬臣解決了他們的困難，讓他們又有了活下去的動力，倒是比從前要踏實多了。

這幾個月，雲婉瑩一直想要聯繫太子，她想盡了無數辦法，又找了很多人幫忙，然而最後還是沒能見到周景禕。

從前她總是能看到太子的身影，如今想見他一面卻這麼難，她不得不面對一個現實，那就是太子是故意躲著她，不想見她！

既然如此，她決定利用另一個人來達到自己的目的。

雲婉瑩摸了摸自己的肚子，眼神滿是堅定。

八月秋闈，對讀書人而言是十分重要的一件大事，而在七月，同樣也有一件大事——

太后娘娘六十歲壽辰。

永昌侯府在受邀之列。被太后娘娘邀請是一種榮耀，府中的主子除了馬上要參加科考的喬桑寧，所有人都會去。

進宮就得遵循宮中的規矩，永昌侯府的人時常進宮，對宮裡的規矩甚是熟悉，在大家眼中，唯一對宮中規矩不熟的人就是喬意晚，陳氏特意為女兒請了一位從宮裡出來的嬤嬤教她宮中的禮儀。

喬意晚前世嫁給顧敬臣後曾進過宮，當時婆母請人教過她禮儀，所以她其實頗熟悉宮中規矩，只是此事不好跟旁人講，這回她又跟著嬤嬤學了一遍。

因為從前學過，所以這一次她學得又好又快，嬤嬤跟陳氏對她是誇了又誇。

很快，太后娘娘的壽辰到了。

一大早，永昌侯府的人就坐著馬車朝著宮門方向行去，路上，陳氏又對女兒交代了一番。

「此去宮中定會遇到太子，記住不管任何人叫妳，妳都不要離開，在宮中就跟在我身側，哪裡也不要去。」

喬意晚道：「好，女兒記住了。」

不多時，永昌侯府的馬車到了宮門口。

此次宴席並未分男賓席和女賓席，是按照府邸來劃分座位的，永昌侯府的席位在左側靠前的位置，一共留了五張桌子，老夫人獨坐一桌，永昌侯和陳氏坐一桌，喬二爺和何氏坐一桌，喬西寧和喬琰寧坐一桌，喬意晚、喬婉琪和溫熙然坐一桌。

喬意晚她們坐在最後一排，後面站著的是宮女內監，喬婉琪嘀咕了一句。「這位置真不錯，咱們能看見貴人，貴人們看不見咱們，吃吃喝喝，也沒人約束。」

喬意晚提醒道：「二妹妹，說話還是注意些好，這些宮女和內監保不齊就是太后或者皇上身邊伺候的。」

溫熙然認同地點了點頭。

喬婉琪瞥了一眼身後面無表情站著的人，頓時洩了氣。

之前因為喬意晚的緣故，喬琰寧曾被拘在前院，直到公布喬意晚身分的宴席，才被放了出來。如今他瞧著喬意晚，真的是哪哪都不順眼。

「妳們倆別這麼沒規矩，莫要在那裡說些閒言碎語。」

往日喬琰寧說喬婉琪時，喬婉琪就很不高興，如今他竟然把大堂姊說上了，她就更不高興了。

「哥，你聽到我跟大堂姊說什麼了嗎？你又沒聽到，怎知我倆說的是閒言碎語？你這人也太討厭了！」

喬琰寧道：「不用聽也知道，妳平日裡就喜歡道些家長裡短，這裡是在宮裡，小心給侯府惹禍。」

溫熙然皺了皺眉，想出言反駁，不過，她是長嫂，不好跟小叔子多交流。

喬婉琪真的好氣啊！她正欲再反駁兄長，被喬意晚勸住了。

「三哥哥說得對，我和二妹妹記住了。」

喬婉琪瞧著她哥那得意的表情，心裡特別不舒服。

「大堂姊，妳怎麼不罵他，妳看他那得意的樣子。」

喬意晚道：「這是在宮裡，沒得讓人笑話咱們侯府。」

喬西寧看了一眼坐在身側的喬琰寧，道：「三弟，謹言慎行。」

喬琰寧道：「大哥，我哪句說錯了？」

喬西寧看著他的眼睛，認真地問道：「你忘了之前為何被關了起來？」

喬琰寧頓時有些心虛，沒敢再多言。

他之所以被關起來是因為替婉瑩打抱不平，想要幫婉瑩，而他剛剛之所以看喬意晚不順眼，也是因為這事。

喬婉琪見狀，心裡總算是舒服了，還不忘跟喬意晚和溫熙然嘀咕道：「我哥這個人最近越發陰陽怪氣了，搞得好像婉瑩離開是我們的錯一樣。」

溫熙然看了一眼喬意晚，道：「這跟妳們有何關係？她是誰生的就該回到哪裡去，要說委屈也是意晚委屈，平白被人占了十來年的位置。」

喬婉琪見溫熙然認同自己的觀點，不住點頭。「就是就是，是我哥那人是非不分。」

過了兩刻鐘左右，皇上和顏貴妃一左一右扶著皇太后來到了宴席上。

眾人見過禮後，皇上說起了祝賀詞，隨後，太子為首，諸位王爺、皇子公主紛紛獻禮，太后笑得合不攏嘴。

自從太后來到這裡，喬意晚就一直盯著她看。

這位太后娘娘看起來非常的慈祥，她平日裡就待在自己宮中，很少出來，也從不管宮中的事情，對誰都是一副和藹可親的模樣，對她尤其好。

前世她每次進宮，太后都會賞賜她好些東西，拉著她詢問她過得如何、詢問顧敬臣在忙什麼。

唯獨對婆母秦氏，皇太后從來不見，甚至不許任何人提起，甚是奇怪。

她記得有一次隨口提到了秦氏，太后的臉色立即變了，沒再跟她說話，還把她攆了出去……

「大堂姊，大堂姊，叫妳呢。」

喬意晚正想著事，只聽喬婉琪的聲音在耳側響了起來。

她回過神來，收回望向太后的目光，這才發現祖母、父親、母親……周圍的一圈人都在看自己。

剛剛發生了什麼？

喬老夫人笑著說道：「意晚，太后娘娘叫妳呢，快過來。」

喬意晚不明所以，連忙起身朝著前面走去。

待走到喬老夫人身側，喬老夫人笑著對太后說道：「太后娘娘有所不知，那幅百壽圖是我這孫女繡的。」

原來，剛剛太后娘娘收下兒女和孫子孫女的禮之後，想起今日收到的各個府中的禮，她特意點出一幅百壽圖，想知道是出自誰之手。

太后娘娘一臉驚訝。「竟是一個小姑娘繡的？」

那百壽圖繡得極為精妙，繡它之人當是一位繡技高超之人，沒想到竟然這般年輕。

喬老夫人一臉的驕傲。「可不是嘛，我親眼看著她繡的。為了湊齊一百個不同的『壽』字，還去請教了她外祖父太傅大人。」

陳太傅笑著捋了捋鬍鬚，也是滿臉的驕傲。

太后娘娘道：「原來是太傅的外孫女，當真是家學淵源。」

陳太傅道：「太后娘娘謬讚，這是她自己鑽研學的，老臣沒幫得上什麼忙。」

太后娘娘看著宮女們抬過來的百壽圖，越看越喜歡。她轉頭望向站在那裡的喬意晚，瞧著她低眉順眼的模樣，抬了抬手，喚她過去。

喬意晚看了一眼喬老夫人，朝著太后娘娘走去。

到了跟前，太后這才發現喬意晚的容貌這般好看，她笑著說道：「沒想到妳不光刺繡技藝好，長得也是這般好看。」

皇上也看向了喬意晚，想起這小姑娘應該就是拒絕敬臣的那個姑娘。不得不說，長得的確好看，看起來穩重端莊，刺繡技藝也高超，也怪不得敬臣屢次向她提親。

這小姑娘樣樣都好，就是眼光不太好。

「母后，不如看看歌舞吧，舞姬們已經準備許久了。」

太后目光從喬意晚身上挪開，點點頭道：「好。」說完，還不忘讓人賞賜喬意晚。「賞玉如意。」

如意如意，顧名思義，如了自己的心意，太后這是告訴大家，她很滿意喬意晚。

喬意晚恭順地彎腰接了過來。

此事到此本該結束，然而，一側卻響起一道聲音。

馮老夫人道：「咦，竟然是蜀繡，我記得喬姑娘擅長的是蘇繡。」

聞言，喬意晚看向了馮老夫人。她不記得馮老夫人看過自己的繡件，所以應該不知道自己擅長蘇繡才是，馮老夫人為何會突然說出這樣一番話……

喬意晚看向了坐在馮老夫人身側的馮樂柔。

那次雲婉瑩曝露刺繡造假一事是馮樂柔設計的，她定然看過自己的刺繡，知曉自己擅長蘇繡。所以，馮老夫人這番話是為了自己的孫女說的。

第一次見馮老夫人時，她還是個萬事不理的老太太，心中惦念著何時可以離京回遼東，數月不見，馮老夫人早已沒了之前的灑脫，眼神也變得複雜了。

喬老夫人頓時就怒了。她和馮老夫人幾十年的友情早在馮樂柔揭發雲婉瑩時化為烏有，兩個人的關係一直沒有恢復。

她們二人相識多年，她自然是知曉馮老夫人的性子，這話分明就是在懷疑這幅百壽圖不是意晚所繡。

「誰規定一個人只能擅長一種刺繡？妳們學不會那是妳們蠢笨無能！」

馮老夫人道：「在座的諸位貴人、夫人、小姐，有哪一位擅長兩種刺繡？難不成都是妳口中的蠢笨之輩？」

喬老夫人太過憤怒了，被馮老夫人抓住話中的漏洞。

「我自然不是那個意思。」

馮老夫人又道：「咱們那麼多年的交情了，妳是個什麼樣的人我自然是清楚的，妳也不用多解釋了，妳從前養在膝下的那個假孫女在參選太子妃時就鬧出過笑話，如今還想再來一次嗎？」

家醜被揭露，又被冤枉此次刺繡造假，喬老夫人快要被氣炸了。

皇上看了一眼太后面前的百壽圖，眉頭皺了起來。

難不成這小姑娘真的造假了？若真如此，這品行……

一側的冉妃輕笑出聲，皇上聽到熟悉的笑聲，看向了冉妃。

「朕記得愛妃也擅長蜀繡？」

冉妃道：「皇上謬讚，臣妾不過是學了些皮毛罷了。皇上有所不知，其實我跟意晚妹妹相識多年，還是跟同一位師傅學蜀繡的，只不過臣妾學藝不精，但意晚妹妹天賦極好，很是擅長。」

說著，冉妃看向了喬意晚。

皇上心中的懷疑頓時沒了，他甚是感興趣地問道：「哦？這麼巧，愛妃竟跟永昌侯府的姑娘是同一位師傅？」

冉妃笑著點了點頭。「正是如此。」

顏貴妃看著皇上跟冉妃眉來眼去，手中的帕子攥得緊了些。她閉了閉眼，壓住內心的怒火，看向了馮府方向。

冉妃的兒子尚小，暫時構不成威脅，關鍵是太子，她不能失態，她今日還有事要做。

「既然未來太子妃的娘家懷疑，那就讓永昌侯府的姑娘當場繡一幅不就清楚了？」

顏貴妃故意提及了馮府的身分。

皇上順勢看了一眼馮府的方向，琢磨了一下，道：「也好。」

喬意晚知道她要成為宮裡人鬥法的工具人了，不過，她今日樂得當個工具人，馮老夫人那般說祖母，她怎麼也要為祖母找回面子。

很快地，宮人送上了針線，喬意晚拿起便繡了起來。

因刺繡需要一些時間，在等待的時間皇上宣佈開始歌舞表演。

太后娘娘實在是好奇那百壽圖是不是喬意晚繡的，一會兒看看歌舞表演，一會兒看看喬意晚，眼睛都快要忙不過來了。

兩首歌舞結束，喬意晚也繡好了，趁著下一首曲子響起來之前，她把繡好的帕子遞給了一旁的內監。

太后娘娘接了過來，看著上面的「壽」字，連連稱讚。「繡得可真好啊！跟剛剛百壽圖中間的那個壽字一模一樣。我剛剛一直盯著妳，那百壽圖就是妳繡的沒錯。」

有了太后這句話，任何人都不會再對喬意晚產生懷疑了。喬意晚笑了笑，沒說什麼。

只見太后又低頭看了看，疑惑地問道：「我剛剛注意到妳用了粉色的絲線，怎麼看不出來了？」

喬意晚看了一眼帕子的背面，正欲開口解釋，一旁的內監驚呼一聲。「背面還有！」

聞言，太后娘娘把帕子翻了過來，看著上面大大的壽桃，她的眼中流露出一絲驚豔。

「妳竟然還會雙面繡？短短時間內竟然能繡出這麼好的東西，好好好，真好！」

太后仔細摩挲著手中的繡件，對喬意晚的喜歡已經溢於言表。宴席上的人聽到太后說的話，紛紛議論起來。

皇上好奇地拿過帕子看了看。他雖然不懂刺繡，可也能看得出來這帕子繡得好極了，再看那小姑娘，站在中央，臉上無怒無喜，不管是剛剛被人質疑，還是此刻被太后稱讚，她看起來神色都很平靜。

寵辱不驚，怪不得敬臣會看上她。

喬意晚跪在地上。「多謝皇上賞賜。」

「賞！」

不知是不是她的錯覺，她感覺皇上對她的態度忽然變了。

接了賞賜，喬意晚在眾人好奇又羨慕的目光中回到自家座位上。

喬老夫人見孫女得了賞，心中得意不已，忍不住對馮老夫人道：「遼東那個地方窮鄉僻壤的，想必沒見識過高超的技藝，妳以後可好好長長眼睛，莫要再隨意質疑旁人。」

馮老夫人心情正不好，聽到這話，道：「老姊姊，妳這是何意？我不過是隨口說了一句，妳還當真了不成？」

喬意晚在沒見過喬老夫人之前就知曉了她的性子，因為喬氏總是會在府中罵她、說一些往事，如今接觸了幾個月，對她更是多了幾分了解，喬老夫人最受不得別人激她。

看著喬老夫人的臉色，喬意晚搶先跟馮老夫人說道：「老夫人，您跟我祖母相識多年，她是否當真您定是知曉的，而您剛剛究竟是不是隨口說說，我祖母自然也明白。」

說到這裡，她頓了頓，又道：「祖母最是疼愛晚輩們，是見不得我們這些小輩被人欺負，所以才那樣說了您，說貴府的人蠢笨無能、繡不出蜀繡。」

剛剛馮老夫人把喬老夫人罵人的話擴大到了在座的所有人，喬意晚又把此事縮回到馮府上頭。

「說起來這件事是因我而起，是我的繡件令您質疑，才有了後面這些事，都是我的不是，您要怪就怪我吧，請您莫要再說我祖母。」

說著，喬意晚朝著馮府眾人的方向微微福了福身。這一番話、這一動作，看似認錯，實則牢牢占了上風。

此事畢竟是馮府挑起，如今他們被打了臉，丟人現眼的是他們。

永昌侯看著女兒，滿意地點了點頭。

馮老夫人如何看不出這一點，她看了一眼坐在身側的孫女，只能就此作罷。

馮樂柔抬眸看向喬意晚，神情無怒無喜，看不出情緒。

喬意晚回去後，喬婉琪和溫熙然同時朝著她豎起大拇指，喬西寧也誇了喬意晚幾句，就連喬琰寧也不得不承認，他這個堂妹很厲害。

顏貴妃瞥了一眼默不作聲的馮樂柔，嘴角露出一絲笑。這就受不了了？一會兒有她難受的。她招了招身邊的宮女，耳語了一番。

歌舞間隙，一群宮女端上來新鮮的果子，眾人嚐了嚐新鮮的果子，很是清甜可口，就在這時，一個宮女忽然暈倒在地。

皇上有些不高興，皺眉道：「哪個宮裡的？拖下去。」

這姑娘恰好暈倒在太醫院的王太醫家桌前，王太醫道：「微臣瞧著這姑娘臉色不太好看。」

顏貴妃道：「上天有好生之德，今日又是母后壽辰，可不能出什麼事，你給她瞧一瞧吧。」

皇上琢磨了一下，看了一眼太后，同意了。

王太醫把完脈，撲通一聲跪在地上。

皇上皺眉道：「怎麼了？」

王太醫支支吾吾。

顏貴妃追問道：「王太醫，你快說啊，這姑娘如何了？」

王太醫道：「這姑娘已有身孕。」

頓時，整個宴席都安靜下來。

宮裡的宮女有了身孕，會是何人的呢……不是皇上的，就是跟人私通了，不管是哪一種，都不是什麼好事。

皇上從未臨幸過宮女，他的臉色頓時變得很難看。

就在這時，那個暈倒的宮女醒了過來，待她站起身來面向大家，大家終於看清楚她的樣貌。

竟然是她，雲婉瑩！

雲婉瑩走到太子面前，跪了下去。

「殿下，您救救我們的孩子吧……」

聞言，周景禕神色驟變。

皇上目光看向太子，臉上浮現怒容。

周景禕察覺到皇上的目光，頓時心中一凜，斥道：「妳胡扯什麼，此事跟孤有何干係？」

雲婉瑩滿臉悲戚，哭哭啼啼地說道：「殿下，臣女肚子裡的孩子是您的啊，您難道都忘了嗎，那日在酒樓之中……」

太后看看雲婉瑩，又看看孫兒，一時也不知該說些什麼，皇上沈著臉道：「把此女帶去偏殿。」

顯然，皇上想遮掩這一樁醜事，顏貴妃看著皇上的臉色，心裡輕鬆了許多，她暗暗對著站在場中的雲婉瑩微微點頭。

當初她便有意讓雲婉瑩成為太子妃，因此抓住了雲婉瑩的把柄，想助其登上太子妃之位後好以此拿捏她。可惜太子更想娶擁有兵權的馮家之女，此事最終還是被馮樂柔破壞了。

原以為雲婉瑩這一步棋成了死棋，沒想到竟然有盤活的那一日，要怪就怪周景禕管不住自己，在外面留了種！

雲婉瑩很快就被帶走了，太子也灰頭土臉的先行離場。

顏貴妃看向馮樂柔，她倒要看看這位足智多謀的太子妃還有什麼計策！

接下來的歌舞表演沒了之前的熱鬧，大家時不時在下面嘀嘀咕咕說著方才的事情。

自從雲婉瑩出現，喬琰寧的神色就變了，當雲婉瑩跪在太子面前說懷了太子的孩子時，他更是一言不發，臉色難看至極。

大妹妹在他心中一直是個善良識大體的姑娘，端莊懂規矩，人又聰慧，他著實沒想到她竟然會做出這樣的事情。

難道……她從前都是在騙他的？

喬婉琪道：「我就說嘛，她心術不正，這麼短的時間內竟然跟太子搞在一起，無媒無聘的，也不知丟人。」

說著，她不忘看向兄長，想到兄長剛剛斥責她與大堂姊的話，補了一句。「什麼叫沒規矩，這才叫沒規矩！」

往日喬婉琪若是敢這樣說喬琰寧，喬琰寧早就懟回去了，今日他安靜得很，一個字也沒反駁。

溫熙然看著祖母、公爹和婆母的神色，小聲道：「二妹妹，別說了。」

喬婉琪張了張口，還是閉上了。

宴席結束，皇上和顏貴妃扶著太后回宮，隨後，各個府也都各自出宮了。

太后回到宮中，瞧著皇上臉色難看，道：「那畢竟是你第一個孫輩，若查明是太子的，你能不能把他留下來？」

看著母后祈求的目光，皇上沈聲道：「母后，您身子康健，以後能見到更多的重孫，太子馬上就會娶太子妃，到時候會生更多的孩子。」

這種來路不明的孩子，要來做甚！

太后聽出皇上的意思，微微嘆氣。

顏貴妃道：「皇上，今日畢竟是太后娘娘的六十壽辰……」

皇上瞧著母后頭上的白髮，看著母后疲憊的神色，有些心軟了。

「好，兒子答應您，若是太子的，就留下。」

顏貴妃眸光微閃，太后立即轉悲為喜。

皇上道：「母后好好歇著吧，兒子處理一下這件事。」

太后笑著點了點頭。

不多時，皇上和顏貴妃去了偏殿中。

雲婉瑩言辭懇切，把整件事說得完完整整，毫無破綻，太子又是一臉心虛，太子身邊的內監和侍衛也證實了那日在酒樓確實發生了某些事情。

皇上臉色越發陰沈，拿起桌子上的茶盞朝著太子砸了過去。

「瞧瞧你幹的好事！尚未成婚就先有了庶長子，你如何跟馮家交代！」

太子跪在地上，一言不發。

顏貴妃覺得時機差不多了，站起身來跪在皇上面前。

皇上不解道：「貴妃，妳這是做什麼？」

顏貴妃一臉悲戚道：「皇上，此事都是臣妾的錯，您要怪就怪臣妾吧，莫要再責怪太子殿下。」

皇上道：「跟妳有何關係？」

顏貴妃道：「您把後宮交給了臣妾，臣妾卻沒能好好約束太子，及早察覺此事，這是臣妾之過。太子年輕氣盛，難免會犯些錯事，還望皇上能原諒他，莫要責罰他。」

皇上皺眉，看著跪在面前的顏貴妃，沈著臉道：「妳平日裡確實太過縱容太子，不過，今日這件事是他自己的錯！朕若不給他個教訓，不知他還會做出何等事來！」

顏貴妃又道：「皇上，您莫要罰太子，您要罰就罰臣妾吧。」

皇上更氣了。「妳還在為那個孽障求情！」

顏貴妃哀求道：「皇上……」

說完，見皇上沒什麼反應，顏貴妃又看向了太子。「太子，您快跟皇上認個錯啊！您快說您知道錯了，不該在和太子妃成親前和別的女子有了孩子。」

本來周景禕已經準備低頭認錯，聽到最後一句話，火氣一下子又上來了。

「兒臣不過是要了個女子罷了，何錯之有？」

當年父皇不也在和母后成親前生下一個孽種嗎？父皇自己行為不端，憑什麼斥責他！

聞言，雲婉瑩心下鬆了一口氣，只要太子肯認了，她的命運就能改變了。

皇上大發雷霆。「你竟還不知錯！」

周景禕梗著脖子說道：「兒子著實不明白自己錯在哪裡，這種事有什麼要緊的？何況兒子也不會讓自己的骨肉流落在外。」

這話有幾分意有所指，皇上臉色一下子變得陰沈，嘴唇哆嗦了幾下，眼神也變得凌厲。

顏貴妃看了看皇上的神色，垂眸，一個字也沒說。

皇上道：「來人，把這個孽障帶回東宮去反省，大婚之前不許踏出東宮半步！」

說完，皇上怒氣沖沖地抬步離開。

顏貴妃裝作勸解的樣子站起身來輕輕喚了一聲。「皇上……」

說完，瞧見皇上離去的背影，又看向了太子。

「太子……」

周景禕臉色也難看得很，道：「多謝貴妃娘娘求情，不過妳不用多說了。」

接著，周景禕也離開了偏殿。

偏殿中只剩下顏貴妃和雲婉瑩，雲婉瑩看向顏貴妃，不知自己該何去何從。

顏貴妃道：「既然妳腹中有了太子的骨肉，那就是太子的人了。來人，送雲姑娘去東宮。」

雲婉瑩眼睛一亮，叩謝顏貴妃。「多謝貴妃娘娘。」

顏貴妃說道：「說什麼傻話呢，咱們都是女人，本宮自然明白妳的不容易，以後定要好好服侍太子，為殿下孕育子嗣。」

雲婉瑩道：「是，臣女記住了。」

顏貴妃想到剛剛皇上和太子的神情，心情頓時舒展開來。太子果然沒令她失望，觸怒了皇上的逆鱗，有了此事，父子之間的關係會越來越差。

她心情極好地吩咐宮人。「走吧，去看看祺兒在做什麼。」

「是，娘娘。」

雲婉瑩自此入了宮門後就再也沒有出來，宮裡也沒有對她的位分做解釋，她就這般無名無分地住進了東宮之中。

這件事在永昌侯府很是討論了一些時日，不過，大家很快就忘記了，因為從邊關傳來了喜訊。

邊關大捷，梁國軍被青龍軍擊退，梁國戰敗投降。此事傳到了京城，京城中一片喜氣洋洋，哪還有人記得太后壽辰上發生的那一點小插曲。

紫葉把邊關大捷的消息告訴了喬意晚，說完，她問道：「既然已經打了勝仗，定北侯應該也快回來了吧？」

「大概吧。」

喬意晚若有所思地想到了前世，當時他從邊關回京後就成親了，是在七月辦的婚事，所以最遲這個月底他就該回來了，也剩沒幾日了。

可如今婉瑩已經跟了太子，顧夫人也好端端地在府中，前世的一切都變了，這次他回京後會有什麼變化呢？

她腦海中不期然想到了顧敬臣離開前說過的話，再想到這幾個月他寫給她的信、送過的東西，心裡有些東西悄然發生了變化，天氣轉涼了，她卻覺得有幾分燥熱。

紫葉瞧著自家姑娘的神色，眼睛亮亮的，看來他們家姑娘終於有心思了。

顧敬臣打了勝仗，作為青龍國的子民，永昌侯府的人自然也是歡喜的，不過，他們的歡喜比普通的百姓還要多上一層，尤其是永昌侯。

上次拒絕定北侯的提親時，他著實心痛了許久，但瞧著定北侯這些時日給女兒送來的東西，對女兒花的心思顯而易見，他又覺得此事未必不可能。若能得了定北侯這個女婿，他們永昌侯府必可再保百年繁榮。

因為心情好，永昌侯晚上因此多喝了兩杯，但有個詞叫「樂極生悲」，永昌侯得意了沒幾日，就發生了一件令他無比沮喪的事情。

馬上就是秋闈了，永昌侯之前曾得到消息，皇上有意讓他去遼東任主考官，然而現在只剩不到半個月就要科考了，皇上卻始終沒有通知他出發去遼東，遼東和京城相距甚遠，再晚可就來不及了。

後來，他打探到了具體消息，原來皇上取消了他擔任主考官的資格，今年的考試他沒有當任何郡的主考官，甚至也不是副考官，要知道，自從他入朝為官以來，一直都是科舉的考官，最近幾次甚至都是各地的主考官。

很顯然的，他不知什麼地方觸怒了皇上。

雖心中如此想，永昌侯還是對此事抱有一絲希望，心想或許皇上是想派他去近一些的地方任主考官？兒子在京城科考，他定然不會在京城任主考官，最有可能的就是京城附近的那幾個郡。

等啊等，等到秋闈前一日，永昌侯終於死了心。兒子第二日就要參加科考，任考官的消息不可能到這時還不公布，他因此沒心情去見兒子，也沒心情送兒子去科考。

等到秋闈開考，永昌侯心中更煩悶了，始終不明白自己究竟哪裡惹了皇上不快。

喬意晚隨陳氏一同送喬桑寧去科考，待他進入考場，娘兒倆一同坐車回來了。

一下馬車，陳氏便問管事。「侯爺今日可有出門？」

管事道：「回夫人的話，並未。」

陳氏頓了頓，道：「嗯，我知道了。」

喬意晚心中著實不解。父親既然並未出門，為何不去送送二哥哥？二哥哥今日的考試尤為重要，她看得出二哥哥也是盼著父親能去的，原以為父親有事在忙，沒想到父親竟然沒出門。

等到了正院裡，喬意晚忍不住問了出來。

「母親，父親為何不去送二哥哥考試？可是府裡出了什麼事？」

她看得出來，父親對二哥哥雖不像大哥哥那樣重視，但也是十分關心的，前些日子也時常提起二哥哥科考的事情，怎地到了考試這日，父親反倒像是忘了呢？

陳氏抬了抬手，讓屋裡的人都退下了。

她並未瞞著女兒，把此事說了出來。

「妳父親本應是此次遼東郡的主考官，可不知為何被撤了下來，不僅如此，他今年也未能擔任任何一個地方的考官，這是他為官幾十年來的頭一次，他心情不佳，故而沒去送桑寧。」

喬意晚沒料到府中竟然真的出了事，不過……遼東郡？她怎麼記得前世遼東郡在科考上好像出了什麼問題？

她嫁給定北侯之後聽說了此事，似是那遼東郡科考有人舞弊營私，因為主考官是永昌侯，皇上本打算降爵降職，但是定北侯去皇上面前為岳父求情，又去遼東調查了此事，最終永昌侯只被罰俸降職，此事似乎還牽扯到了掌管遼東軍的馮家。

那時她不怎麼關注外面的事情，所以很多事情都記不清，會記得此事，也是因為以為此事是顧敬臣深愛婉瑩的其中一項證明。

「意晚……」陳氏見女兒不知在想什麼，喚了她一聲。

喬意晚回過神，看向陳氏。

陳氏笑了笑，拍了拍女兒的手，說道：「我本不該與妳說這些事的，妳也不必放在心上，不過是件小事，萬事有我和妳父親在前面頂著呢。」

喬意晚點了點頭。「嗯，女兒明白。不過，塞翁失馬焉知非福，遼東如今是馮家的地盤，咱們又和他們家決裂了，父親此時若是去了，說不定還會被人刁難，不去反倒是少了些麻煩，也算是好事。」

陳氏怔了怔。

「意晚說得對啊。」永昌侯的聲音在她們的身後響起。

喬意晚道：「見過父親。」

喬彥成道：「起來吧。」

陳氏道：「侯爺這是終於想通了？」

聞言，喬彥成臉上表情訕訕的。他這幾日是真的沒想通，直到剛剛聽到女兒的那一番話，方覺得心中有了些安慰。

喬意晚見父親母親有話要說，識趣地退了出去。

女兒一走，喬彥成說出了自己的想法。他從書房出來是想讓夫人回娘家打探一下消息，看看岳父是否知曉此事。

陳氏雖然覺得父親未必會知曉，但還是答應回娘家一趟。吃過午飯，陳氏就回了娘家，可惜結果並未盡人意，陳太傅也不知曉此事。

永昌侯很失望，但他還是想知曉緣由，不然萬一自己以後又犯了同樣的錯誤惹龍顏大怒就慘了。最後，在他花了重金多方打探之下，終於打聽到一些內情。

原來皇上竟是因為侯府拒絕了定北侯的求親才待他如此！

永昌侯恨不得立馬衝進宮裡告訴皇上自己很贊成這門親事，然而一想到自家夫人和女兒的態度，又洩了氣，回前院書房獨自鬱悶去了。

不過，永昌侯的心情並未低落太久，因為就在最後一場考試結束時，遼東那邊出事了。遼東府秋闈考場出現了舞弊現象，一個考生竟然將小抄帶入了考場之內，供數名考生抄閱，若無人幫助，他如何能做到這一點？於是主考官及副考官紛紛入獄接受審查。

永昌侯臉上終於露出久違的笑意，他忽而想起了意晚的那句話：「塞翁失馬，焉知非福」！果然，他是個有福之人。

幸虧皇上把他的名字撤了，不然今日倒楣入獄的人就是他了。

說起來此事也是因意晚而起，前幾日他還有些怪女兒沒答應定北侯的親事，此刻他就很慶幸沒答應了，因為若是答應了，皇上就不會因此懲罰他，他也不會被拔了主考官的官職。

意晚是個有福的孩子啊！笑著笑著，永昌侯臉上的笑頓住了，腦海中冒出那年道士說過的話——

「鳳凰涅盤，浴火重生。夫人肚子裡的孩子是有福之人，全家的榮耀就繫在她一人身上，將來會登上后位……」

有福之人、有福之人……該不會是真的吧？從前他和母親一直沒想通為何三妹夫仕途那麼順，年年考核優，還一路晉升順利入了六部。他原以為三妹夫背後有人，但這幾年看下來，他也沒瞧見三妹夫的後臺。

不僅如此，冉家在和女兒訂親前不過是揚州最不起眼的商戶，在和女兒訂親後，長女很快就被皇上看中，入宮為妃，冉家成了皇商，後來又被封了爵位，如今冉家那小子也有了官職，現在他又因為女兒避開了一件天大的禍事。

那道士的預言也真靈……想到這裡，永昌侯緊張地嚥了嚥口水，他想到了皇上和太子，難不成女兒會嫁給他們二人中的一個？

一想到這一點，他頓時覺得心頭很是難受，莫說是女兒不願了，他也不願意，罷了罷了，定是他想太多了，女兒若真的是個有福之人，當年也不會被孫姨娘給調包了，到雲家吃了那麼多年的苦。

永昌侯心情好了，就有心思關心兒子科考的情況了。

他把喬桑寧叫了過來，仔仔細細問了問他答題的情況，聽說了兒子寫的文章，頓時有些失望，兒子的文章寫得過於保守了，而今年的主考官又比較喜歡激進的觀點、華麗的詞藻，這兩樣兒子都不占，兒子今年或許又要落榜了。

「你若能考上那便是天大的喜事，若是考不中，也不要灰心，為父把你推薦到禮部去。」

永昌侯是有蒙蔭的名額的，世子有了爵位，不占名額。桑寧雖是庶子，卻是除了世子外唯一的兒子，這個名額自然要落在他的身上，只不過蒙蔭的總比不上通過科考進入朝廷來的好。

在青龍國，蒙蔭的和科考的兩者晉升管道不同，若是喬桑寧能通過科考，考中進士，再有永昌侯府的出身，晉升得會更快些，通過蒙蔭的晉升會慢一些。

喬桑寧心頭一沈，道：「是，兒子記住了。」

這些年他一直想透過努力來證明自己，卻總是徒勞無功，考了多年只是秀才，沒能考中舉人。

喬彥成也是疼兒子的，見兒子甚是失落，道：「你也莫要失落，這些日子好好放鬆放鬆吧，等年底為父把你的名字報上去，等待朝廷安排。」

喬桑寧垂頭道：「嗯。」

他並未死心，然而，三年後他就二十多歲了，年歲太大了，他不敢跟父親提。

喬彥成道：「你的親事該好好斟酌了。」

喬桑寧臉色微紅道：「但憑父親母親作主。」

喬彥成又道：「你有什麼想法可以跟我說，或者去找你母親說。」

喬桑寧應道：「好。」

這一番對談後，喬桑寧很是失落了一陣子，桌子上的書全都收了起來，放進箱子裡，日日坐在書桌前發呆。

喬意晚瞧出二哥哥的狀態不好，勸了幾句。「二哥哥若是靜不下心來，不妨繼續看看書。」

喬桑寧喪氣地說道：「我讀那麼多書又有何用，還不是個廢物，一個舉人都考不上。」

喬意晚道：「如何沒用？書讀了之後就變成了自己的東西，不管什麼時候讀書都是有用的，咱們讀書也不是完全為了科考。再者，府中有蒙蔭的名額，二哥哥分明可以直接靠著蒙蔭入朝為官，為何要堅持那麼多年？」

喬桑寧怔了怔。

喬意晚又道：「結果尚未出來，二哥哥也莫要灰心，說不定能中呢？再者，你若想考，一邊做官一邊考也是可以的。」

喬桑寧看著喬意晚，漸漸又重拾了信心。

第二十六章

這日，永昌侯突然急匆匆從外面回來，面上滿是喜色。

他先去了外院，又去了內宅，陳氏看著丈夫的臉色，問道：「侯爺這是遇到了什麼喜事？」

侯爺最近因女兒拒絕定北侯一事被皇上不喜，雖也因此躲過了一劫，但皇上那邊對他的不喜仍在，因此最近一直開心不起來。

永昌侯笑著說道：「大喜事！桑寧去哪裡了？我剛剛去了他的院子裡，小廝說他來了內宅。」

陳氏道：「意晚和婉琪想要為母親繡一幅佛經，桑寧在為她們寫呢。」

永昌侯道：「快讓人把他叫回來，速速去準備明年的春闈。」

陳氏眼睛一亮。

「這是……」

永昌侯笑著解釋道：「前幾日遼東府科考不是出了問題嗎？那主考官是禮部的一位官員，為人向來剛正，朝堂中也沒人覺得他參與了此次舞弊，定是受了牽連，只不過因為事情鬧大了，他身為主考官，不得不關起來一併調查。而京城的主考官是從江南來的學政，這二人是連襟關係。」

這些陳氏都知道，只是她不明白此事跟桑寧有何關係。

永昌侯繼續說道：「咱們是覺得沒什麼，可京城的考生知道遼東府的主考官牽涉到科舉舞弊案中，便開始懷疑這位來自江南的學政，這幾日朝廷陸陸續續收到不少舉報，士子們聯合抗議，不許這位學政批閱他們的試卷。」

陳氏想了想，說道：「他們這是害怕這位學政大人也參與了舞弊，怕自己受到不公平的待遇。」

永昌侯點頭。「正是如此。」

陳氏看向永昌侯問道：「所以，皇上換了一位大人批閱試卷？」

永昌侯笑了。「正是。皇上讓周大學士去批閱此次京城秋闈的考卷。」

陳氏略一思索便明白永昌侯開心的原因了。

「那位周大人年近七十，思維保守，不喜激進的言論，更不喜華麗的詞藻，是一位務實的大人，桑寧的文章正好符合他的喜好！」說著說著，陳氏臉上也流露出笑容。

永昌侯道：「夫人聰慧，正是如此，我估計這樣一來，桑寧今年定是沒問題的。」

陳氏吩咐荔枝。「快去把二少爺叫回來。」

荔枝道：「是，夫人。」

一個月後，秋闈放榜。

陳氏帶著喬意晚去看榜，如喬彥成所料，喬桑寧中了舉，而且名次還不差！

陳氏激動地抓著女兒的手，笑著說道：「總算是中了。」

雖然桑寧是自己的庶子，但也是養在自己身邊的。他性格內向，不怎麼愛說話，從小就愛讀書，一直努力證明自己。

喬意晚也為二哥哥開心，隨後，她看向了榜首的位置，果然，梁大哥高居榜首，成了今年的解元。

陳氏順著女兒的目光看了過去，初時沒看出什麼，把這名字在心中默念了幾遍後，突然反應過來了，梁行思，這便是曾與女兒訂親之人。

陳氏什麼都沒說，隨女兒一同上了馬車。

喬桑寧中了舉，這是府中的一大喜事，即便是不怎麼喜歡這個孫子的老太太也是很歡喜。

晚上，全家人聚在一起吃飯，永昌侯喝得醉醺醺的，最後被人扶著回了正院。

想到白日的事情，陳氏道：「侯爺可知今年的解元是何人？」

永昌侯只注意到兒子中了舉，沒怎麼關注旁人，他閉著眼睛，隨口問道：「是誰啊？咱們的親戚嗎？」

陳氏道：「是那位曾與意晚訂過親事的梁家公子。」

聞言，永昌侯的酒醒了一半，他睜開眼睛看向陳氏。「我怎麼記得他上回考了一次沒考中？怎地突然中了頭名？」

陳氏點頭道：「對，確實如此。他和桑寧一同落榜，如今中了解元。」

永昌侯漸漸酒醒了，在榻上坐了起來，抬了抬手，讓屋裡所有人都退了出去。

「夫人可還記得當初那道士說過的話？」

陳氏怔了怔，點頭道：「記得。」

永昌侯道：「妳說他說的話會不會是真的？意晚是有福之人，連帶影響跟她有關的其他人，妳看那梁行思，之前連榜都上不了，短短一年卻中了頭名。」

陳氏道：「應該不是真的吧，聽說那位梁公子上次沒中是意外。」

永昌侯又道：「縱然是意外，妳不覺得跟意晚沾上關係的人運氣都變好了嗎？」

這話陳氏倒不好反駁了，畢竟侯爺確實因為意晚失了主考官的名頭，結果卻因此躲避掉一件禍事，那禮部的官員到現在還被關押著，一路上被押送回京城受審，桑寧也因此事中了舉。

若是意晚沒有拒絕定北侯，侯爺此次定然還是遼東的主考官，那麼京城的主考官不會更換，桑寧也不會中舉，這些倒是有些說不清了。

陳氏想著那道士的話，看向夫婿，認真地說道：「我不管那道士說的是真的還是假的，我絕不會同意把意晚嫁到宮裡去。」

看出夫人的意思，永昌侯連忙道：「妳放心，我也不會的。」

陳氏道：「那就好……其實那位梁公子也不錯。」

有了定北侯，永昌侯哪裡看得上梁行思，即便是梁行思明年中了狀元，入閣拜相，他也看不上。畢竟顧敬臣有權有勢，不是一個普通寒門學子能比的。

他剛想張嘴反駁，又忍住了，保守地說：「確實不錯，學問挺好的，不過，人品究竟如何就不知道了。有些人書讀得是不錯，人品卻差得很，高中之後拋棄糟糠之妻的也大有人在。」

陳氏點了點頭。「侯爺說得對。」

永昌侯笑了，端起茶輕抿一口。

陳氏又道：「若是人品也好呢？」

喬彥成怔了怔，道：「夫人不是說要問問意晚的意思嗎？光咱們喜歡有何用？」

最近女兒似乎沒那麼討厭顧敬臣了，收了他不少東西，想來這二人應該有戲。

陳氏看向永昌侯道：「真的是意晚同意就可以嗎？侯爺不會反對？」

喬彥成爽快道：「對！」

希望女兒不會讓他失望。

第二日，喬意晚過來請安時，陳氏問道：「妳可是喜歡那位梁公子？」

喬意晚怔了一下，隨後搖了搖頭。

陳氏盯著女兒看了許久，道：「如今他中了解元，來年會試想來也不會太差，若是最終殿試能考入前三，妳祖母和父親或許會答應這門親事，妳如果有意的話……」

喬意晚說道：「梁大哥只是我的一位朋友。」

陳氏看得出女兒說的是實話，她點點頭表示了解，沒再提關於梁行思的事，而是想到另一個人。「那位定北侯呢？」

聽到顧敬臣的名字，喬意晚心中微微有些異樣的感覺，突然沈默了下來。

陳氏似乎明白了什麼。「邊關打了勝仗，我聽妳父親說他也快回來了。」

喬意晚道：「嗯。」

但她心裡有些疑惑，顧敬臣不是七月就該回來了嗎？怎地九月了還未歸來，難道是如今秦氏好好的，他便沒急著回來？

回到秋意院，看著榻上、桌子上的肉乾，喬意晚心中仍在思考剛剛那個問題。

顧敬臣到底為何這麼久了還沒回來？如今已經是九月了，她記得前世隔年邊關會再次發生動盪，好像是鎮北將軍誤了事，又有官員棄城而逃了，所以他明年還會再去邊關，如今他再不回來，也不用回來了。

想到這些事情，喬意晚的表情變得凝重起來。

她要不要寫封信提醒顧敬臣呢？可她記不清究竟是哪位官員惹了麻煩，萬一記錯冤枉人怎麼辦？

關於顧敬臣為何一直沒回京的原因，喬意晚只猜到了其一，沒有猜到其二。

顧敬臣之所以沒回來，確切來說是因為她的緣故。

他時常寄延城的東西給喬意晚，當時是以幫助延城農民為藉口，沒想到此舉後來真的幫助了當地的百姓，以致他在當地百姓心中威望甚高，原本的延城父母官反倒是因為沒什麼作為被百姓們抵制。

戰後穩定民心尤為重要，特別是邊關的民心，所以戰後他主動留了下來，幫助百姓做些戰後重建的工作。

此時顧敬臣站在城牆上，望著京城的方向，輕嘆一聲，神色凝重。

幾個月過去了，也不知她是否記得當初的承諾，聽說那梁家的後生竟然中了解元，她向來又喜歡讀書人……

一旁的延城知府聽到這聲嘆息，心中咯噔一下，瑟瑟發抖，小心翼翼地問道：「侯爺，下官可是哪裡又沒做好？」

聞言，顧敬臣瞥了孫知府一眼。

他若是做好了，自己又為何還在這裡？

「此刻站在城樓上，孫大人看到了什麼？」

孫知府直起身子看向顧敬臣，順著顧敬臣的目光看向不遠處，試探地說道：「下官……下官看到了我青龍國土地遼闊。」

顧敬臣皺眉。

瞧著顧敬臣的神色，孫知府試探地道：「下官還看到了……看到了侯爺的英武不凡。」

顧敬臣眉頭緊鎖，看向孫知府的目光很是複雜。

「青龍國土地的確遼闊，你難道不覺得地太空了嗎？」

孫知府終於明白了顧敬臣的意思，收斂起巴結討好之意，連忙道：「確實空，下官之前也想過這個問題，只是延城和別處不同，人均土地多，百姓們都種不過來，也沒人願意買這樣的空地，買來還得開荒，後續還得交田地稅。」

顧敬臣道：「那就免費讓百姓去種，免其五年賦稅。」

孫知府有些猶豫。「這不太好吧，畢竟這不是百姓的私產……」

有時候寧願地空著也不要給百姓，不然就是在給自己找麻煩。

顧敬臣又道：「空著不種也是浪費，倒不如鼓勵百姓去開荒。此事我會稟明皇上，孫大人照做便是。」

孫知府道：「是，是，下官記住了。」

顧敬臣接著道：「還有——」

孫知府的心頓時提了起來。

顧敬臣問：「流放過來的罪奴和官員在做什麼？本侯怎麼不記得看到他們的記錄，難不成來這裡享福了？」

孫知府心頭一緊，感覺後背都濕了。「此事不歸下官管，是鎮北將軍在管的。」

顧敬臣凌厲的目光看了過去。「本侯記得流放的犯人是知府在對接，怎麼不歸你管？」

孫知府有苦說不出。「下官來之前便是如此，下官……下官……」

他不過是偏遠邊關的一個小小知府，哪裡敢跟戰功赫赫又鎮守邊關多年的鎮北將軍說理啊！往年都是鎮北將軍說什麼，他便做什麼，如今又來了一個更厲害的定北侯，他真是兩面為難！

他心一橫，說道：「其實那些罪奴都被鎮北將軍弄過去……」種自己的私田了，這些年一直都是這樣，也沒人敢說什麼。

知府話還沒說完，顧敬臣忽然懂了什麼，他抬了抬手，制止孫知府說下去。

「不管從前如何，從今日起，按照朝廷規定，每人分一塊地，記錄在冊，收入納入府庫中，以備戰時之需。」

孫知府擦了擦頭上的汗。「是是，下官記住了。」

顧敬臣略一思索，道：「鎮北將軍年歲大了，朝廷會委派新將軍過來，在新將軍來之前，把所有的職責劃分清楚。」

鎮北將軍不僅喝酒誤事，私下竟然還做了這些事，顯然已經不適合在邊關守城。

孫知府一臉苦惱，想著走了一個鎮北將軍，還會來第二個，這裡天高皇帝遠，將軍又手握兵權，何人敢不從？他今日劃分清楚職責，明日新將軍來了就能推翻。

顧敬臣看出孫知府的為難，頓了頓，又道：「罷了，你在本侯離開之前完成此事。」

聞言，孫知府心頭一喜，如此一來，他就可以把所有事情推到定北侯身上了。定北侯位高權重，極得皇上信任，不管哪個將軍來，都不敢得罪他。

「多謝侯爺！」

顧敬臣說：「和京城等各處的貿易路線安排妥當，哪些適合水運、哪些適合陸運，爭取把延城特產賣出去，同時可以銷往鄰國。」

孫知府道：「是是是，下官回去就讓人做個方案，明日給您送去。」

顧敬臣擺手道：「你放手去做吧。」

孫知府吃了顆定心丸，激動地道：「下官這就去！」

十年寒窗苦讀，誰當初不是抱著一腔熱血去治國為民，只是多年宦海沈浮，見識過太多爾虞我詐，漸漸忘了初心，變得小心翼翼、明哲保身，如今忽然得到了支持，初心又被點燃了。

他得趕緊去弄啊，不然新將軍來了，又或者定北侯突然走了，就沒人給他撐腰了。

孫知府小跑著下城樓去了，顧敬臣無奈地搖了搖頭。

又在城牆上站了一會兒，顧敬臣回了府中，一入府，揚風便笑著遞來一封信。

顧敬臣瞥了揚風一眼，不解他如此愉悅的原因，他接過來信，看到了上面熟悉的娟秀筆跡。

揚風道：「永昌侯府的來信。」

還用他說嗎？這筆跡一看便知是何人所寫，顧敬臣想立馬拆開信件，但他想了想，忍住了，快步朝著書房走去。

走到門口，看著跟在自己身後的揚風，冷淡道：「你退下吧。」

揚風應道：「是。」

關上書房的門，顧敬臣坐在書桌前，小心翼翼地拆開了信。

這一次的信很薄，只有短短兩頁紙，他一個字一個字地看下去——

侯爺：展信佳……您半月前寄來的肉乾，肉質鮮嫩緊實，味道甚佳，侯府欲購百斤送人，另，其餘親友聞之，亦有此意，一共五百斤……葡萄乾是否還有？若有，欲購百斤……煩請告知所需錢財，和上次的一併給您。

前面一頁依舊在說要買延城的特產，不過，顧敬臣看出了區別。上一次的信紙直接寫了各個府中要多少斤，這次卻是文字描述，未具體說明，第二頁中間來了兩句——

延城是青龍國要塞，常發生動亂，侯爺身處其中，這幾個月定深有感觸。如此重要之地，定要委派一位精明能幹的將軍、一位愛國護民的父母官……

喬意晚寫到此處，怕顧敬臣不明白自己的意思，也怕他覺得自己多管閒事，於是撕掉信重新寫了一遍，多加了幾個字。

……定要委派一位像您一樣精明能幹的將軍、像您一樣愛國護民的父母官，方能守住我青龍國土。

前面囉哩叭嗦說了那麼多，實則這句話才是喬意晚最想說的，她只盼著顧敬臣能重視。

顧敬臣的確重視了這句話，然而，他的重點在另外四個字上：像他一樣……

她在誇他！

為了不那麼顯眼，喬意晚又接著誇了顧敬臣幾句，感謝他給她寄好吃的特產，幫她採購東西……最後按照一般人寫信的格式，詢問了顧敬臣的身體狀況，說了祝福語——

……延城風沙肆虐，望您天冷加衣，天乾多飲水。盼安！

她在關心他！顧敬臣嘴角上揚，眼底的笑意藏不住。

顧敬臣把信反反覆覆看了兩遍，終於將信紙收起來，重新放回信封，隨後打開了放置在書架上的一個盒子，盒子裡放置著一封信，是喬意晚上次寫的。

顧敬臣把剛剛收到的信也放了進去，蓋上盒子，提筆寫了封回信。

他回覆了喬意晚訂貨的事情，又說了自己的近況，寫完信後，心仍舊平復不下來，他眼角瞥到了一旁快被自己翻爛的《度人經》，拿來一張紙，提筆開始抄寫。

寫了一遍後，心終於靜了下來，他把自己抄寫的內容放在一旁的匣子裡，和從前寫的放在一起。

這幾個月，他把《度人經》抄了不下百遍，心情不好的時候抄寫一遍，心情好的時候也抄寫一遍，想念京城的佳人時更要多寫幾遍，每次寫完都能令自己平復下來，而每次寫完都有新的感觸。

顧敬臣靠在後面的椅背上，閉上眼睛，腦海中全都是喬意晚的影子，而她信中所寫的內容，都像是刻在自己的腦海中一樣。

她懂他！

他今日剛剛準備向皇上言明換一位將軍來駐守延城，她便在信中提到了此事。

那孫知府也的確不是一位忠君護國之臣，從前對百姓更是沒什麼仁愛之心，甚為冷漠。不過，據他這幾個月的觀察，這位孫知府倒也不是什麼十惡不赦之人，雖然常常袖手旁觀，但也有熱血之舉，想來是這些年在官場上被壓抑久了才會如此。

孫知府出身寒門，能走到今天的位置實屬不易，輕易捨棄有些可惜，不如再給他一次機會看看結果。

能有這麼一位懂自己，又與自己靈魂相契的女子，真是自己的幸運。

此刻顧敬臣的心已經隨風飛回了京城，越想，越覺得心情美好，他睜開眼，打開一旁已經寫好的信，又添了一句——

喬姑娘的意思顧某都明白，定不負汝之意。

第二日一早，孫知府早早來到了將軍府，看著一身勁裝在演武場上練劍的顧敬臣，他道：「抱歉侯爺，打擾您晨練了，下官一會兒再說。」

顧敬臣道：「說便是。」

孫知府連忙把自己昨日想出來的計策遞給顧敬臣。這裡面既有對於國內外貿易的想法，又有治理延城之策。雖然寫得略顯簡陋，但也能看出來孫知府的用心，以及他的才能。

顧敬臣提了兩條修改建議，把紙還給了孫知府。「顧某是個武將，對如何治理城鎮並不精通，也不如孫大人經驗多，孫大人只要能遵循青龍國的國策，以百姓為本便是，其餘皆可按自己的想法來。」

孫知府最喜歡這種放權的領導，他頓時喜上眉梢。「好，那下官把城內的大小官員召集起來商量商量如何？」

顧敬臣道：「可行。」

孫知府來得匆忙，走得也匆忙。他得趕緊制定出措施，冠上定北侯的名字，這樣不管將來哪一尊大佛降臨到延城，都別想修改。

顧敬臣看著孫知府的背影，道：「去把孫知府的履歷調出來，再查一查他這些年的作為。」

揚風應道：「是。」

既然決定要用他，那就得調查清楚了。

接下來這半個月，孫知府幾乎日日跑來將軍府跟顧敬臣匯報自己的工作進度，匯報完他就去忙，要麼找人修改措施，要麼安排下屬去執行。

孫知府開始勤勉了，顧敬臣倒是閒下來了。

畢竟，當初顧敬臣之所以留下來就是為了延城戰後重建工作，如今這個工作由最名正言順的當地父母官接手，那就沒他什麼事了，想來很快他就能回京城了……

此時，喬意晚看著手中的信，怔了怔，沈默良久。

什麼叫……不負汝之意？

他是真的懂了自己的意思？還是說……他誤解了自己之意，以為自己對他有意思？

喬意晚想到自己上次寫的那封信，她覺得最後那番話似乎有些畫蛇添足了，說不定顧敬臣真的誤解自己愛慕他。

想到這一點，喬意晚發現自己心中的苦惱似乎不像從前那麼多了，心裡有一塊甚至像是被羽毛輕撫過一般，柔柔的、癢癢的。

沒過幾日，喬意晚就聽說皇上在早朝時宣佈派遣余副將接任鎮北將軍的職位，鎮守青龍國北面。

余副將是京北大營的副將，顧敬臣去邊關的日子都是他暫代主將之職。他是顧敬臣一手提拔上來的，說白了，是顧敬臣的人。

喬意晚聽說了這個消息，這才明白自己自作多情了，顧敬臣並非會錯意，以為自己喜歡他，他是聽明白了自己的意思。

雖然是自己想太多了，會錯意，然而，顧敬臣能把她的提議放在心上這件事更讓她心動不已。

原來，他是真的讀懂了自己的意思，還執行了。

余副將接手了鎮北將軍一職，是不是說顧敬臣就要回來了？

喬意晚的目光看向了京城的北邊。

太子此刻快要氣炸了！

因雲婉瑩一事，他被禁足在東宮，上個月大婚之時方恢復自由行動。

前些日子得知皇上有意要換掉聶將軍，他連忙舉薦了馮家的人，然而皇上卻未聽從他的意見，反倒是用了顧敬臣的人。

這表示顧敬臣不在京城之中，父皇的心仍舊繫在他身上，京城防衛交給他，如今駐守北面的將軍又是他的人，若有一日顧敬臣想反，誰都攔不住他。

父皇乾脆把整個青龍國交給他算了，他怎麼能偏心到這個地步？

另一邊，顏貴妃得知皇上的決定，笑了。

太子本就因顧敬臣而對皇上生出嫌隙，如今得知皇上又派了顧敬臣的人去鎮守北邊，他們父子之間的嫌隙定會加大，而太子也會更加忌恨顧敬臣，生生把顧敬臣這個幫手推開。

這樣好，這樣她的祺兒才有機會。

一旁的侍畫道：「娘娘，皇上沒同意顏大人任鎮北將軍一職，反倒是讓定北侯的人去，您如何還能笑得出來？」

顏貴妃悠閒地畫著指甲，看著上面鮮紅的顏色，甚是滿意。

「我大哥本就選不上，他有多少本事我還是了解的，他入不了皇上的眼，讓定北侯的人去才更讓人放心，至少不是馮家的人，若是馮家的人去了，那才是麻煩。」

侍畫是知曉顧敬臣身分的人，她低聲道：「但那位可是……」侍畫指了指天。

顏貴妃看著指甲，慢悠悠說道：「妳不了解秦昔竹，那個女人心特別狠，死都不會把兒子還回來的，若她心不狠，哪裡還有我們什麼事。」

侍畫默了片刻，又道：「可定北侯自己未必對那個位置無意。」

顏貴妃道：「他若有意，這麼多年為何全心全意支持太子？他跟他那個固執的娘一個性子的，說好聽點是有自己的原則，說難聽點就是蠢得無可救藥。」

說完，顏貴妃嗤笑一聲。

侍畫提出來一種可能。「您說，會不會是因為定北侯不知道自己的身世？」

顏貴妃篤定道：「他打小就知道，因為秦昔竹一定會告訴他真相。」

「何以見得？」

「就憑本宮了解她！」

過了片刻，顏貴妃畫好了指甲。

侍畫道：「娘娘的手真巧，比我們幾個畫的精緻多了。」

顏貴妃欣賞了一會兒自己的指甲，陽光下，鮮紅的指甲如滴血一般，熠熠生輝。

「太子此刻心情定然不佳，去給他送一些禮寬慰寬慰吧。」

「是，娘娘。」

此時在東宮，雲婉瑩正自艾自憐著，現如今她的日子並不好過。

當初在太后壽辰上，太子因她丟盡了顏面，更被皇上斥責，故而即便是入了東宮，太子依舊不喜她。

在馮樂柔嫁入東宮後，她的日子就更難熬了，馮樂柔表面上端莊賢淑，實則心機深沈，總是使喚她做一些雜事，故意讓人說些太子嫌棄自己的話，敗壞她的心情，一心想弄掉她肚子裡的孩子。

不過，現在這些都不重要，如今她背後有顏貴妃在支持她，暫時沒人動得了她，而她自己也早就想清楚想明白了，她要的從來都不是太子的喜愛，她想要的是權力，是地位！

雖如今她只是太子奉儀，但若是她生下太子的長子，定能一躍成為太子側妃！只要兒子爭氣，將來可就不好說了。

在東宮的這些日子裡，她還細細回顧了自己身分被揭露一事。

她本就聰慧，從前是被野心迷了眼，此刻靜下心來細細一琢磨，發現很多事情似乎跟自己想的不太一樣。

陳家表哥並不是愛多管閒事的性子，為何突然參與這件事？若是他先發現線索的，為何他不跟母親說，而是自己去調查？顧敬臣又為何恰好也參與其中？這事跟他毫無關係。

初生的嬰孩被調包已是十幾年前的舊事了，一個人突然開始關注此事可以說是巧合，兩個毫不相干的人同時關注，那就不是巧合那麼簡單了，除非是有人故意透露這件事，引誘這二人調查！

這事必和意晚有關，那次去長公主的別苑賞花，當天意晚會出現就很奇怪，她記得三姑母提過不讓她來的，後來，她刺繡造假的事便曝露了，這整件事會不會是意晚和馮樂柔串通好的？

還有更久之前的秋獵，三姑母只說了讓意晴去，誰知道意晚也靠著自己的手段參加了，還在太子面前秀上一箭。她就不信從頭到尾意晚都沒有想要吸引太子注意的心思，這些事足以說明意晚心機叵測，利用自己的容貌周旋於陳伯鑒和顧敬臣之間，又利用自己的柔弱裝可憐，讓永昌侯府的人相信她，如今連太子都對她有意思。

這女人，一步步奪走她尊貴的身分，讓她嫁不成太子，八成是為了自己進宮鋪路，這一切都是她的陰謀算計，她根本不是永昌侯府的嫡長女！

想到這些，雲婉瑩馬上提筆寫了兩封信，一封給雲意晴，一封給喬琰寧，她需要幫手幫她對付喬意晚，除此之外，還有一件重要的事情得做。

馮樂柔最近因為娘家涉入科考舞弊一事陷入了漩渦之中，如今家人又沒能入選鎮北將軍一職，受到太子冷落，也無心處理東宮的事情，這倒是給了她可乘之機，打探到一些消息，速速送去了朝陽殿。

顏貴妃得到雲婉瑩送來的情報，頓時眼睛一亮。

若是科考舞弊一事與馮家有關，那麼太子的臂膀就要斷了！

顏貴妃立刻給其兄長顏大人送了一封信，讓兄長去確認這件事的真假，結果發現此事還真有可能是真的，她琢磨了一下，暗中安排人在朝堂上彈劾馮家。

皇上得知之後當朝大發雷霆，下朝後，顏貴妃刻意做了些點心送去前殿。

「妳怎麼過來了？」

「臣妾聽聞皇上心情不好，特意做了些您愛吃的桂花糕。」

皇上緩緩嘆氣，拿起一個桂花糕吃了起來，吃了兩口後，道：「貴妃今日是受了太子請託前來的吧？想為馮家求情？」

他知曉貴妃和太子素來交情好，貴妃所出的四子又日日跟在太子身邊鞍前馬後。

顏貴妃笑了笑，說道：「怎麼可能呢？臣妾是為了皇上而來的。」

皇上深深地看了顏貴妃一眼，眼中充滿了探究。

「妳今日倒是識大體。」

顏貴妃拿著帕子遮了遮，笑道：「瞧您說的，臣妾哪日不識大體啊。」

吃了喜歡的桂花糕，皇上心情好了些，顏貴妃順勢站在皇上身後為他捏了捏肩膀。

「要臣妾說啊，您就不該這般勞累，若您有所遲疑，那就不查了，就此揭過。」

皇上眼睛突然睜開，臉色變得嚴肅。

顏貴妃又道：「若您懷疑，那就讓下面的人去查，找個您信任的人去查不就好了？」

皇上的神色又放鬆下來。

信任的人……等新的鎮北將軍到了延城，敬臣就該回來了，他是太子表哥，雖然性子剛正，但不乏仁慈，倒是最適合處理此事，回京之前，正好轉道去遼東查一查此事。

皇上拍了拍顏貴妃的手道：「嗯，貴妃倒是說到朕的心坎上了。」

顏貴妃和皇上相處多年，甚是了解他，知道皇上把自己的話放在心上了。

「臣妾就不打擾皇上處理政務了。」

皇上道：「嗯，今晚朕去妳那裡。」

顏貴妃一臉嬌羞道：「臣妾靜候皇上。」

顏貴妃掌管後宮多年，眼線遍布皇宮之中，皇上那邊一有動靜，她便得到了消息，皇帝果然下了密旨給顧敬臣，知曉顧敬臣去了遼東府後，她笑了。

不管馮家是否參與科舉舞弊一事，只要有了這件事，太子就會加倍憎恨顧敬臣，也就會做出更多對顧敬臣不利的事情，皇上也會越發厭惡太子。

喬琰寧收到了雲婉瑩寫的信，但想起太后壽辰那日發生的事情，他憤而把信件丟棄在一旁，並未拆開。

不過過了幾日，他終究還是沒忍住，拆開了信。

看著信上的內容，寫著婉瑩對自己身世的疑慮以及對意晚的懷疑，他想起了那日意晚和婉琪來前院找他去書房看祖母畫像的情形。

喬意晚的性子他如今已了解了一些，最是安靜，也不愛麻煩旁人，既如此，那麼那日她找他去看畫像的行為越發顯得可疑了，尤其是那日大伯父和陳家舅舅也來了，難道是安排好的？

喬琰寧心情很是複雜，一方面他對婉瑩已不再像從前那般信任，另一方面他又對意晚產生了懷疑。

他抬步朝著內宅走去，剛一進入母親的院中，就聽到了二妹妹的聲音。

「母親，我去找大堂姊了。」喬婉琪道。

何氏道：「嗯，去吧，妳要聽意晚的話，好好跟她學刺繡，別光想著玩耍。」

喬婉琪吐了吐舌頭。「知道啦，母親。」

雖然母親總是誇大堂姊，讓她跟著大堂姊學，可不知為何她心裡並不嫉妒，因為大堂姊刺繡功夫是真的很厲害，從前祖母和兄長讓她跟著婉瑩學的時候她可是百般不願的。

說完，喬婉琪轉身朝著門口走去，剛到門口就看到了喬琰寧。

她的態度立即冷了下來。「哥。」

喬琰寧聽說她要去找意晚，一把扯住了妹妹。「妳幹什麼去？」

喬婉琪沒好氣地道：「我愛去幹什麼就幹什麼，關你何事？」

喬琰寧皺眉道：「妳瞧瞧妳如今這副樣子，沒大沒小，無法無天，哪裡還有個淑女的模樣！我看妳就是被人帶壞了。」

喬婉琪一把甩開了他的手。「你莫名其妙，你才被人帶壞了！」

何氏聽到外面的動靜，從屋裡走了出來，看見一雙兒女又在鬧彆扭，勸道：「琰寧，你讓讓你妹妹，別老是訓她，她最近很聽話。」

「母親，您管管二妹妹吧，別讓她總往秋意院跑，那個意晚並非妳們想像的那般良善！」

一聽兄長說喬意晚的不是，喬婉琪立刻炸了。

「你胡說八道！大堂姊就是一個善良的人，你少胡說大堂姊的不是！」

喬琰寧告狀道：「母親，您看看她這副沒大沒小的樣子。」

喬婉琪抬腳狠狠踩在喬琰寧腳上，昂頭離開了院子。

喬琰寧在身後嚷道：「喬婉琪，妳個死丫頭給我站住！」

何氏道：「好了，別喊了，她去跟意晚學刺繡了。」

喬琰寧道：「母親，意晚她——」

何氏肅著臉，打斷了兒子的話。「這樣的話莫要再讓我聽到，出了這個院子也不要再說！」

喬琰寧道：「可是母親，您不知道意晚她從前都做了什麼。」

何氏認真地看向兒子，說道：「我的確不知道意晚做了什麼，但我很清楚婉瑩做了什麼。她利用你給喬氏送信，又利用你偷溜進宮參選太子妃，後來又無媒無聘跟了太子，她這樣的人能是什麼好東西？我沒想到你如今竟然還如此相信她，琰寧，你愚蠢啊！」

喬琰寧動了動嘴，終究什麼都沒說。

何氏道：「我還以為你上次從宮裡回來後就已經醒悟了，沒想到還是這般蠢笨，我告訴你，不管婉瑩跟你說什麼，都不要再相信她，否則別怪我無情！」

喬琰寧耷拉著頭道：「兒子知道了。」

說完，他垂頭喪氣地離開內宅回前院去了。

看著兒子離開的背影，何氏一肚子氣，這個婉瑩，真是個攪家精，離開了永昌侯府還不讓人安生，兒子也是個愚蠢的，看不懂女人的那些把戲。

原本何氏想給兒子找個溫柔賢淑的妻子，此刻她改變主意了，她要給兒子找個厲害的，能制得住他的！聶將軍府上有幾個姑娘，余將軍府上也有幾個適齡的，她得好好看看。

喬琰寧雖然也有些懷疑意晚，但這次他並沒有迫不及待地回信給婉瑩，回到書房，他靜坐了許久，最後拿起婉瑩的信燒掉了。

雲婉瑩見雲意晴和喬琰寧遲遲沒有給她回信，又給二人各寫了一封，這一次寫得言辭懇切，給喬琰寧的信中說了自己如今的日子如何艱難，說自己做這一切都是迫不得已，之所以這麼慘都是因為被意晚算計了。

給雲意晴的信中則是對她許諾，若是找到證據證明意晚不是侯府的姑娘，她就答應給雲意晴一些好處，比如，幫助她嫁入安國公府。

喬琰寧看著婉瑩的第二封信，想到二人從小一起長大的情誼，心中的天平漸漸傾斜，當下就回了一封信。

若婉瑩真的是被算計的，意晚就是做了天大的錯事，做壞事的人理應受到懲罰！他自認自己沒有什麼私心，他只是想尋求一個真相。

另一邊，雲意晴看著手中的信，冷著臉把信燒掉了。

雲婉瑩已經得到了她想得到的一切，竟然還想利用她去對付意晚？婉瑩肯定是母親親生的，這一點毋庸置疑，不然母親不會捨了性命也要救她，畢竟母親是個自私的人，對婉瑩和對意晚完全是兩種不同的態度。

她也很清楚，即便是婉瑩真的成功了，也不會善待她，這一點她早就見識過了，婉瑩就是個涼薄不過的人，虛偽又貪婪、自私，她不會再被這樣的人利用了。

從事情發生到現在，這幾個月她看透了這世間的冷暖，雲府從一個中等之家變成了人人避之不及的地方，國公府的親事更是沒人再提。

而那安國公府的小伯爺也不是想像的那般好，這些日子她從外面聽說了不少關於他的事，這樣的親事不要也罷，靠婉瑩，還不如靠父親和大哥。

看著燃盡的信紙，雲意晴提筆寫了一封信，送去了永昌侯府。

喬意晚正坐在榻上看書，聽到紫葉的話，看向了她手中的信。

沒想到意晴竟然會給她寫信，她們二人的姊妹情誼早在喬氏對付她，而雲意晴毫無反應甚至踩著她上位時就沒了。

只是，想到這些年在一起相處的點點滴滴，喬意晚還是接過了信。

罷了，意晴如今想必過得也不容易，她自尊心強，想來若是沒有太大的難處也不會輕易聯繫她。

打開信，喬意晚細細看了紙上的內容，看完後，沈默許久。

紫葉試探地問了一句。「姑娘，雲二姑娘可是有事求您？您很為難嗎？」

黃嬤嬤知曉自家姑娘的脾性，勸道：「姑娘，雲府的事您還是少管為好，免得黏上身了弄不掉。」

聞言，喬意晚把信遞給了黃嬤嬤。

黃嬤嬤看著上面的內容，嘆了下氣，改了口。「二姑娘還算有良心，也不枉您一直那麼疼她。」

晚上，得知永昌侯今晚宿在正院，喬意晚去了正院。

陳氏看著女兒，有些詫異地問道：「妳怎麼這麼晚過來了？可是遇到了什麼事？」

喬意晚看了看陳氏，又看向永昌侯道：「女兒有話要說。」

瞧著女兒鄭重的神色，陳氏和永昌侯互看一眼，讓服侍的人都退下了。

得到了喬琰寧的回信，雲婉瑩更有自信了，她拿著信去找太子。

若自己能恢復永昌侯嫡長女的身分，對太子十分有利，所以她篤定太子一定會選擇相信她！

可惜她過去的時機不太好，太子剛剛收到了來自遼東府的密信，顧敬臣查出馮將軍的小舅子府上有一位管事曾私下跟參與舞弊的考生家人見過面，此事馮將軍的小舅子參與其中，往嚴重了說，可能是主謀。

周景禕臉色難看極了，茶盞碎了一地。「樂柔，妳不是說岳父大人並未參與其中嗎？」

馮樂柔道：「我父親的確沒有參與此事。」

周景禕道：「那妳舅舅又是怎麼回事？」

馮樂柔抿了抿唇，臉色不太好看，像是有些事難以啟齒。

周景禕看出馮樂柔有事隱瞞，緩緩問道：「嗯？」

馮樂柔深深呼出一口氣，道：「那不是我舅舅，是我母親的庶弟，二姨娘生的。」

聽到這個身分，周景禕皺了皺眉，問道：「妳能確定他沒參與嗎？」

馮樂柔看著周景禕的目光，深深嘆氣，搖頭道：「不能。」

周景禕失望至極，自從知曉了顧敬臣的身分，所有的事情都開始變得不順。

「太子、太子妃。」一個內監進來了。

周景禕瞪了他一眼，不悅地道：「何事？」

內監嚇得縮了縮脖子，想到自己剛剛收下十兩銀子，還是硬著頭皮說了出來。「奉……奉儀求見。」

周景禕道：「讓她滾！」

內監嚇得哆嗦了一下。

「她……她說有要事求見。」

馮樂柔正因剛剛的話題不知該如何面對太子，聽到這話，道：「如今妹妹身懷六甲，殿下不如見見她，安一安她的心。」

周景禕現在對雲婉瑩厭惡至極，不過，想到她鼓起來的肚子，還是答應見她一面。

馮樂柔道：「臣妾先退下了。」

周景禕只是瞥了她一眼，抬了抬手。「嗯。」

雲婉瑩與馮樂柔在殿門口相遇了，看著馮樂柔難看的臉色，雲婉瑩裝模作樣地福了福身。「見過太子妃。」

馮樂柔冷淡地道：「嗯。」

雲婉瑩嗤笑一聲。馮家出了事，馮樂柔想必也不好過，等馮家完了，她早晚會被廢！

「進來！」周景禕的聲音響了起來。

雲婉瑩斂了斂心思，笑意盈盈地進去了，看著殿內的碎瓷片，心情更好了。想必剛剛太子和馮樂柔之間發生了一些不快的事情。

「見過殿下。」

「嗯。」

雲婉瑩道：「殿下，妾身肚子裡的孩子已經六個月了，還有四個月就出生，也不知是男孩還是……」

周景禕捏了捏眉心，神色略有些不耐煩，打斷了她的話。「有事便說。」

雲婉瑩看出太子心情不好，沒再東拉西扯，直接拿出信，說出自己的來意。

周景禕聽著雲婉瑩的話，看著手中的信，臉上的陰霾漸漸消失，嘴角露出一抹詭異的笑。

他還以為喬意晚是個單純的女子，沒想到竟是個心機叵測的，他向來最厭惡那些耍手段故意接近他的人，這個女人不僅故意接近他，還利用他，把他耍得團團轉，若是顧敬臣知曉她是個這樣的人，臉色一定很精彩，真是有些期待了呢！

雲婉瑩以為自己猜對了太子的心思，安心了許多。

「妾身需要您的幫助。」

周景禕道：「妳是孤的女人，孤自然是要幫妳的，需要什麼人手妳儘管提。」

雖然此事不能給顧敬臣造成什麼實質性的傷害，但若是能給他添一添堵，也是極好的。

有了這句話，雲婉瑩覺得心裡踏實多了。

沒過幾日，雲婉瑩就拿到了一些太子的人調查到的證據，確定了幾件事，比如，喬意晚和黃嬤嬤曾私下去見過那位在陳太傅府上出面作證的王大夫；比如黃嬤嬤和紫葉曾在京城打探陳氏生產當日來到侯府接生的大夫和穩婆的下落；再比如，喬意晚故意把馬車停在京北大營附近等著顧敬臣……

這一切都證明揭露兩人身世的安排並非由陳伯鑒主導，而是喬意晚。

除此之外，太子的人還調查到喬意晚品行不端，不僅曾揚言要嫁給太子，更沒停止過私下聯繫陳伯鑒，中間還見過梁公子，又跟冉玠有聯繫……

東宮裡，周景禕和雲婉瑩看著手中的證據，差點要笑出聲。

雲婉瑩喜的是喬意晚是揭露換女一事的主謀，既是主謀，那麼這一切就很可能不是真的，而是她設計的，只要把證據擺在眾人面前，喬意晚很難不被人懷疑。

周景禕喜的則是發現喬意晚「周旋」於幾個男人之間，若是顧敬臣知曉此事，不知會怎樣？

遼東是馮家的地盤，馮家在那裡扎根多年，怕是陳年舊帳頗多，若是讓顧敬臣繼續待在那裡調查，不知又會查出什麼，倒不如利用手頭的這件事催他回來。

當初顧敬臣遠在邊關打仗，還不忘讓侯府的人去為喬意晚查身世，想來喬意晚對他而言極為重要，如今若是他知曉喬意晚馬上要出事，說不定會快馬加鞭趕回來，既能看顧敬臣丟臉，又能阻止他繼續查馮家，這倒是一箭雙鵰的好事。

這般一想，周景禕提筆給顧敬臣寫了一封信，請他十一月初十前務必趕回京城，不然喬意晚恐會出事！

第二十七章

十一月初十，康王府的梅花開得正盛。

去歲，雲意晴為了讓婉瑩有面子，曾請求意晚為她繡一幅梅花圖，讓她可以給婉瑩送給康王妃，當時意晚沒同意。

沒想到時隔一年，喬意晚竟有機會來到康王府賞梅。

馬車裡，陳氏正在交代女兒一些事情。「馬上就到康王府了，今日風雪大，記得把斗篷裹好了。」

喬意晚道：「嗯。」

陳氏為女兒繫緊了斗篷，又摸了摸她手中的暖爐，繼續說道：「若是暖爐不熱了，就讓紫葉去換一些炭火。」

喬意晚回道：「女兒記住了。」

陳氏看著女兒乖巧的模樣，摸了摸她的頭髮道：「妳身子弱，可要好好養著，莫要受了冷，受了累。」

她本不捨得帶女兒出來，可女兒也不是溫室裡的花朵，日日憋在府中也不行，還是要多出來活動活動。

喬意晚點頭，最後，陳氏低聲交代道：「我打聽到太子今日也會來，妳莫要單獨待在一處，身邊至少得跟著幾個人。」

看著母親關切的神情，喬意晚握了握她的手。「母親放心，女兒都記住了。」

陳氏仔細想想還有什麼沒有吩咐的，想了一圈發現該說的都說了，便沒再多言。

到了康王府，永昌侯府一行人下了馬車。今日大雪，老太太沒來，女眷們來的是陳氏、何氏，還有喬意晚和喬婉琪。

一下馬車，喬婉琪就走過來挽住了喬意晚的胳膊，陳氏和何氏走在前面，喬意晚和喬婉琪跟在後面。

喬婉琪道：「大堂姊是第一次來康王府吧？我來過多次了，知道哪裡的梅花最好看，我一會兒帶妳好好逛逛。」

喬意晚笑了笑。「多謝二妹妹。」

喬婉琪笑道：「客氣什麼，應該的。」

來到正殿和康王妃打過招呼後，喬意晚便準備跟著喬婉琪去王府的花園逛逛。

離開前，陳氏仍不放心，喬婉琪笑著說道：「大伯母放心，我一定會時時刻刻跟在大堂姊身邊，絕不離開她半步。」

陳氏頓了頓，道：「嗯，好，妳們玩一會兒就回屋裡歇著，別凍著了。」

喬婉琪說道：「知道啦。」

說完，姊妹倆便說說笑笑地離開了正殿。

一旁的婦人們笑著說道：「侯夫人這般寶貝自己的女兒啊，離開一會兒都要掛念。」

另一人道：「若是我能像侯夫人一樣生個這般好看的女兒，我也寶貝。」

見眾人提及喬意晚，有心之人順勢問道：「不知侯夫人的女兒可有許配人家？」

陳氏想了想，道：「尚未。」

那人試探道：「這麼好看的姑娘，也不知什麼樣的男子才能配得上。」

陳氏道：「只要那孩子人品好又上進，意晚喜歡就行。」

聽到這番話，眾人心思漸漸活絡起來。

喬意晚今日穿了一身朱紅色的斗篷，格外惹眼，這並非她的本意，只是老夫人和陳氏都堅持，為了讓長輩們開心，她便穿上了。

她鮮少穿紅色，這顏色倒是襯得她唇紅齒白，站在梅樹下，像是畫中走出來的人一般。

喬意晚抬頭看著眼前的梅樹，讚道：「這梅花開得可真好。」

喬婉琪見風大，挪了挪腳步，為喬意晚擋住了。

「康王府的梅花也算是京城的一景了，年年都開得這般好看，不過，年年都看，也就不覺得新奇了。」

喬意晚點頭道：「嗯，說得有幾分道理。」

喬婉琪道：「大堂姊，這裡風大，咱們去前面看看吧。」

喬意晚道：「好。」

喬婉琪和喬意晚剛朝前走了兩步，就聽到身後有人在叫她們。

「等一下。」

喬婉琪和喬意晚轉頭一看，只見一位公子匆匆走了過來。

「兩位姑娘且留步。」

喬婉琪看著這位陌生的男子，眉頭皺了起來，挪步擋在了喬意晚身前。「你是何人？」

言鶴道：「在下姓言，剛剛瞧著兩位姑娘站在樹下的樣子煞是好看，忍不住為二位作了一幅畫，如今畫尚未完成，可否請兩位姑娘留步，等小生畫完？」

喬婉琪皺了皺眉。「誰知你說的是真是假，莫不是有什麼陰謀？」

被人懷疑，言鶴連連擺手，為自己辯解道：「小生絕無此意，姑娘請看，小生剛剛真的在作畫。」

喬婉琪道：「畫具呢？」

言鶴轉身看向身後，不遠處，一個小廝揹著東西朝著這邊快步行來。

喬意晚看向言鶴手中的畫，畫中，漫天大雪中立著幾棵梅樹，樹上有點點梅花露出，樹下站著兩位身著斗篷的年輕姑娘。

一位姑娘著朱紅色斗篷，一位姑娘披著墨綠色斗篷，朱紅色斗篷的姑娘正抬頭看向樹上的梅花，看不清相貌，一旁身著墨綠色斗篷的姑娘側臉清晰，赫然便是喬婉琪。

畫上的內容不甚清晰，顯然還沒畫完。

這位公子並沒有說謊，他的確在為她和婉琪作畫，不過，她瞧著這畫風竟有些熟悉，像是曾在哪裡見過，會是在哪裡見過呢？

這位公子剛剛好像說過自己姓言……

喬意晚忽然想起她那裡有一幅畫，是京城四公子共同完成的，那是在燕山一事之後陳伯鑒送過來的，想來這位應該就是那位擅長畫畫的言公子，也就是京城四公子之一，青龍山書院山長之子，言鶴。

不多時，小廝過來了，這小廝身形有些胖，不過走了一段路就累得氣喘吁吁的。

阿盤道：「公……公子，您下回跑慢一些。」

言鶴皺眉道：「你吃太多了，下回少吃些。」

阿盤吸了吸胖胖的肚子，沒敢再反駁。

喬婉琪覺得面前這位公子和他的小廝還挺有意思的，一瘦一胖，一高一矮。

言鶴道：「所以，兩位姑娘可否答應小生剛剛的請求？」

喬婉琪剛欲拒絕，喬意晚拉了她一下，問道：「若是畫完，言公子打算如何處理這幅畫？」

言鶴說：「自然是送給二位姑娘。」

喬意晚道：「好，我們答應了。」

喬婉琪不解大堂姊為何答應，看向了喬意晚，此時言鶴就在二人面前，喬意晚沒好意思當著他的面說原因。

約莫過了一刻鐘左右，言鶴仍在作畫，且沒有要結束的意思，回到梅樹下已站了好一會兒的喬婉琪抬手摸了摸喬意晚手中的暖爐，發現暖爐不如自己的熱了，便強硬地換了過來。

換完後，她有些不耐煩地看向言鶴說道：「你還沒畫完啊？天這麼冷，萬一把我們凍病了怎麼辦？」

言鶴道：「馬上就好、馬上就好。」

喬婉琪湊到喬意晚耳邊嘀咕了一句。「估摸著就是個沽名釣譽的，想乘機搭訕大堂姊。」

搭訕她？

喬意晚笑了，看著言鶴微紅的耳朵，想來是聽到喬婉琪剛剛的話了，她扯了扯喬婉琪的衣袖，示意她別說話。

又過了一刻鐘左右，在喬婉琪快要發脾氣時，言鶴終於畫完了，雙手把畫遞到了喬婉琪面前。

喬婉琪接過畫，暗道，她倒是要看看這個假畫師究竟把她和大堂姊畫成什麼鬼樣子了。

把畫擺正之後，喬婉琪頓時怔住了。沒想到這個呆子畫的畫這般好看啊，尤其是她，她都不知道自己的側顏可以這麼好看。她側頭看向喬意晚，滿臉的驚喜。

喬意晚笑了笑，說道：「言公子畫功又精進了不少。」

言鶴道：「姑娘認識我？」

喬意晚道：「不認識，只看過畫。」

言鶴了然，他也認出了喬意晚，畢竟有他畫的人不多，他隨即點明了這一點。「去歲我便在想，能令幾位好友交口稱讚的姑娘是何人，沒想到今日得以一見，果然如傳聞中的一樣。」

喬婉琪看完畫，看向了言鶴，瞧著言鶴望向大堂姊的目光，頓生不悅。「哼！我就知道你不懷好意，你是故意接近我和大堂姊的！」

言鶴瞟了喬婉琪一眼，耳朵又紅了，慌忙解釋道：「不，不是，不是這樣的。」

喬婉琪道：「你這畫也不過如此啊！害得我和大堂姊在這裡站了這麼久，我大堂姊要是病了，我拿你是問。」

說完，喬婉琪拉著喬意晚的胳膊就要走。

言鶴趕緊出聲攔人。「且慢——」

喬婉琪轉頭看向言鶴。「還有何事？」

言鶴猶猶豫豫地說道：「那個，姑娘不是說若是病了要找我嗎，我……我都不知道妳是誰，如何賠罪？」

喬意晚看著言鶴緊張的模樣，想到剛剛那幅畫上喬婉琪面容清晰、嬌俏靈動，頓時明白了什麼。

「我二人是永昌侯府的，言公子，再會。」

「再會。」

言鶴一直站在雪中，看著喬意晚和喬婉琪的背影，口中喃喃說道：「好可愛啊，像一隻小兔子……」

阿盤無語。

天底下有綠色的兔子？真是聞所未聞，他家公子是不是眼睛有問題？分明是那位紅衣姑娘更讓人驚豔，怎麼他一直盯著那綠衣姑娘。

「公子，陳公子、梅公子等人已經等候多時了。」

言鶴道：「哦，嗯，知道了。」

說完，他抬腳朝著喬婉琪離開的方向走去。

阿盤道：「公子，方向反了。」

言鶴終於回過神來，臉上流露出尷尬的神色，轉身朝著相反的方向走去，一步三回頭。

阿盤看著自家公子的反應，暗想，原來自家公子喜歡這種性格的姑娘，怪不得老爺和夫人為他安排的親事他都不滿意。

喬意晚和喬婉琪走遠了之後，喬婉琪道：「大堂姊，妳為何要告訴那人咱們的身分，萬一他是壞人怎麼辦？」

喬意晚這時才說：「他是青龍山書院山長之子，言鶴。」

喬婉琪瞪大了眼睛。「言……言鶴？四公子之一？」

喬意晚點頭道：「對，若我沒猜錯，應該就是他。」

喬婉琪道：「雖然是四公子之一，但他甚少出現在京城，我還以為他是個隱士，沒想到竟然是個白嫩書生，真是讓人意外啊！」

說著，她停下腳步，打開手中的畫仔仔細細看了起來。

看完後，心情好了不少，她小心翼翼地把畫收起來，交給了一旁的婢女。

「這幅畫如果拿去賣一定很值錢，我回去就裱起來，以後也好跟人炫耀一番。」

喬意晚看著喬婉琪的反應，笑了。「好。」

兩個人說著話，朝著前面的暖閣走去，進了暖閣，總算是暖和些了，婢女們連忙接過主子手中的暖爐，換了一些新炭。

喬意晚看著窗外的大雪道：「坐在這裡看外面的梅花也別有一番風味。」

喬婉琪笑道：「是啊，既暖和又能欣賞美景，何樂而不為？」

兩人正說著話，陳氏身邊的婢女過來了。

「兩位姑娘，太子和雲奉儀來了，康王妃請咱們都去，夫人讓我來叫妳們。」

「她怎麼也來了……」喬婉琪瞧著自己鞋子上的雪還沒烤乾，有些不開心。

這個「她」，指的是雲婉瑩。

喬意晚道：「過去看看吧。」

來人是太子，又是主人康王妃吩咐的，即便再不開心她們也得忍著。姊妹倆重新繫好斗篷，朝著王府的正殿走去。

她們二人到時，正殿裡已經坐滿了人，殿中不知何時安排了歌舞表演，熱鬧得很。

許是因為太子來了，所以把男賓和女賓都安排在了一處，來的人雖然多，但喬意晚一抬頭就跟雲婉瑩的目光對在了一起，看著雲婉瑩眼中藏不住的得意，想到之前意晴信中的提醒，她心中有一種不好的預感。

眾人就這般聊著天，沒過多久，人到齊了，好好的一個賞梅宴漸漸變成了室內覲見太子的宴席。

過了約莫半個時辰左右，午膳時辰到了，康王妃吩咐下人上菜。

席間，周景禕時不時跟眾人說著話，太子難得如此平易近人，大家也都熱切地跟他說話。

飯菜吃得差不多時，歌舞表演停止了，殿內漸漸安靜下來，周景禕突然看向永昌侯府一眾人，對雲婉瑩道：「婉瑩，孤記得妳從前是在永昌侯府長大，如今永昌侯府的人來了，妳不過去打聲招呼嗎？」

雲婉瑩臉上流露出一絲酸澀的神情。「婉瑩早就被侯府掃地出門了，哪裡還敢厚著臉皮再去打招呼。」

永昌侯和陳氏聽得眉頭緊緊皺了起來。

周景禕道：「妳肚子裡還懷著孩子呢，莫要難過，妳最是穩重識大體，侯府怎會做出如此狠心之事？」

雲婉瑩卻不再答，一臉的難過。

在座的眾人誰人不知永昌侯府發生的事情？只不過大家都是聽外面的傳言，並未聽當事人提及，如今瞧著雲婉瑩想要說此事，自然是豎起耳朵來細細聽著。

周景禕故意看向永昌侯。「永昌侯，這裡面會不會有什麼誤會？」

喬彥成站起身來，朝著太子施了一禮，道：「回太子的話，沒有任何誤會，雲姑娘並非我所出，我身邊的意晚才是我生的。」

喬彥成畢竟養育了雲婉瑩十幾年，對她並非毫無親情，可惜這些感情在她一次又一次所做的事情中磨沒了，尤其前幾日意晚已跟他們夫婦坦承收到意晴的提醒，他深覺養女已不是他們養大的那個天真單純的姑娘了。

周景禕看向喬意晚，道：「侯爺確定？」

喬彥成道：「確定。」

周景禕問：「何以見得？」

他一臉好奇的模樣，彷彿只是單純地發問。

喬彥成道：「我親生女兒身上有胎記，足以證明一切，若是在座的有人不信，不妨派一位嬤嬤去裡面驗一驗。」

雲婉瑩是真的不信，若喬意晚身上真的有胎記，為何那日沒有說出來？她還欲說些什麼，被周景禕阻攔了。

雲婉瑩想要的是換回身分，而周景禕想要的是敗壞喬意晚的名聲，給顧敬臣添堵，至於喬意晚的身分，周景禕從來沒懷疑過。

雖然憎恨顧敬臣，但顧敬臣的手段他還是了解的，既然他調查過喬意晚的身分，那麼喬意晚定然就是侯府嫡女。

「原來如此！孤瞧著喬姑娘和侯夫人長得有幾分相像，想來是真的。」

聞言，雲婉瑩心一涼，她求助地看向周景禕，周景禕給了她一個眼神，示意她莫要再提此事。

永昌侯朝著太子施了一禮，重新坐下，只聽周景禕又說道：「不過，此事是如何被發現的呢？」

說完這句話，不待人回答，周景禕目光看向了太傅府一行人。

「孤聽說是翰林院的陳大人發現的？」

陳伯鑒聽到這話，連忙站起身來。

「回殿下的話，的確是微臣先察覺此事的。」

「哦？如何察覺？」他擺出一副非常感興趣的模樣。
陳伯鑒道：「從喬氏平時的所作所為中察覺。」
周景禕道：「哦，原來是這樣啊，虧得陳大人心細。」
說著，他給了雲婉瑩一個眼神，雲婉瑩馬上接過話，笑著說道：「我記得陳大人最是守禮，也跟雲家沒什麼聯繫，你怎會發現一個婦人有異常之處？而且，你也沒見過她幾次，如何知曉她在平時如何對待自己的女兒？你如此關心喬姑娘，僅僅因為她是你的表妹嗎？」
這話意有所指，眾人看看陳伯鑒，又看看喬意晚。
是啊，永昌侯府這是打算和太傅府親上加親嗎？
陳伯鑒快速地瞥了喬意晚一眼，臉微微泛紅，張嘴還沒來得及說話，就聽一道清脆悅耳的聲音響了起來。
「是我告訴表哥的，並且求他幫我調查當年的事情。」喬意晚站起身說道。
她看出來了，今日不僅雲婉瑩有意為難，太子也是，與其讓他們為難表哥，不如她自己說。
聞言，周景禕笑了，雲婉瑩也笑了。
這才是他們最想聽的話。
喬琰寧眼睛直直地看向喬意晚。這事果然是她做的！
眾人聽到這樣的內情也非常驚訝，永昌侯和陳氏神色卻很平靜，喬婉琪則早就受不了了，想起身為喬意晚說話，但是被何氏死死拉住了。

她看出事情不尋常，大哥大嫂今日怪怪的，看起來毫無波動，說不定早就料到了。

雲婉瑩早已忘了周景禕的交代，又說起了自己最關心的事情。「所以這一切不是陳大人自己調查出來的，而是妳主導的？」

喬意晚神色頗為平靜，淡淡道：「對，就是我主導的。」

殿內響起了低聲議論，雲婉瑩道：「既是妳主導，妳拿出來的那些證據如何證明是真的？莫不是妳自己編造出來的吧！」

喬意晚看向雲婉瑩，正想回答時，陳氏搶先說道：「證據如今還在侯府之中，奉儀若是有所懷疑，不如一紙狀書直接告去衙門，相信衙門自會給妳一個結論。」

看著陳氏認真的眼神，雲婉瑩突然心裡一慌，看來，侯府一點都不懷疑喬意晚的身世。

周景禕再次瞥了雲婉瑩一眼。這事是顧敬臣查的，不會有錯，而陳氏又是個較真的人，若真是告去了衙門，丟人的還不是他們嗎？

當雲婉瑩想要繼續問下去時，周景禕拉住了她的手腕，示意她不許再提此事，同時目光瞥向了陳伯鑒的方向。

雲婉瑩猶豫了片刻，還是聽從周景禕的話，說起別的事情。

「既然是調查自己的身世，又為何要託陳大人的關係去參加秋獵？秋獵跟妳的身世應該無關吧？」

喬意晚坦誠道：「因為我平時去不了永昌侯府，所以想去圍場見一見侯府中的人，打探關於自己身世的事情。」

雲婉瑩笑了。「妳究竟是想查身世，還是……對太子妃之位感興趣？」

畢竟，去的人都知曉那一場秋獵的目的是選太子妃。

喬意晚看向雲婉瑩，認真說道：「不管妳信不信，去之前我並不知道那場秋獵是為選太子妃準備的。」

這時，周景禕的目光看向了冉玠，雲婉瑩會意，說道：「又或許，妳是為了冉公子？」

其他人再度議論起來，今日雲婉瑩一會兒提陳伯鑒，一會兒提太子，現在又提冉玠，讓人摸不清頭腦。

喬意晚順著周景禕的目光看向冉玠。

雲婉瑩道：「秋獵那日，我聽人說妳和冉公子……嗯，曾抱在一起。」

這話一出，殿內譁然，大家看向喬意晚的目光變了。這姑娘既有心機又有手段，她到底中意誰？

聽人說，聽誰說？喬意晚的目光看向了月珠縣主的方向。

恰好月珠縣主也看了過來，她張了張口，笑著說道：「可不是嘛，我親眼所見。」

喬意晚眼角餘光瞥見冉玠站了起來，連忙快速說道：「縣主還記得這件事就太好了，那時我和冉公子為何會抱在一起，妳難道不清楚嗎？若非妳當時故意把箭射向我，冉公子又何須抱著我躲避飛來的箭？」

月珠縣主看著眾人的目光，立即反駁。「妳胡扯什麼，我何時幹過這樣的事情！」

冉玠道：「縣主需要我幫妳回憶一下嗎？」

見冉玠向著喬意晚，月珠縣主臉色不太好看。

見此事被澄清，雲婉瑩看向了安國公府的方向，又提及了一名男子。「那妳和梁公子又是怎麼回事？」

喬意晚看向雲婉瑩，她明白了，她這是想要毀了她的名聲。若她剛剛沒看錯，太子也是支持雲婉瑩的，或者說，這是太子的意思，有意針對她，再具體一點說，是有意透過她針對顧敬臣！

陳氏想要起身解釋，喬意晚朝著她搖了搖頭。

既然要說，那她就一次都說清楚了，免得以後再被人指指點點、議論紛紛。

「我和梁公子曾訂過親，訂親之後，我和他一共見了兩次面，一次是在訂親當日，他過來告訴我我二人訂親一事，一次是在退親後，他來告訴我說二人親事退了，當時我的兄長也在場，可以證明我和梁公子從無半點逾矩。」

面對雲婉瑩的刁難，喬意晚沒有任何的退縮，臉上也不曾流露出羞愧，如此大方的模樣，倒是讓人高看了一眼，那些無端的指控顯得非常滑稽可笑。

周景禕沒料到她會是這樣平靜的態度。

喬彥成聽不下去了，起身道：「殿下，這些都是微臣的家事，還是小女的私事，奉儀一直拿出來說不妥當吧？」

周景禕看出永昌侯的不悅，正色說道：「侯爺說得對，婉瑩不該當眾提及此事。婉瑩，還不快跟喬姑娘道歉？」

雲婉瑩心裡憋屈死了，可這是太子的命令，她不敢不從。

「抱歉，我剛剛不該那樣說。」

喬意晚沒說話，背對門口的她沒有看到這時又有人走進大殿。

雲婉瑩坐在上座，一抬頭便看到了朝著殿中走來的人，於是更加大聲強調。「我其實也沒有別的意思，只是作為女子不齒喬姑娘的所作所為。喬姑娘明明拒絕了定北侯，可又一再故意接近他，而同時不僅與陳大人和冉公子有牽扯，還與梁家書生牽扯不清……這態度可真是讓人看不明白。」

話音剛落，一個身著黑色大氅、身形高大的男子站在了殿中，男子高大魁梧，臉上帶了些鬍渣，頭髮微微有些凌亂，一副風塵僕僕的模樣。

眾人看著這個陌生的男子瞧了又瞧，一時沒能認出面前之人。

「婉瑩，妳怎麼這麼說話呢？孤的表哥怎麼會看上這樣的姑娘，他值得更好的姑娘。你說是不是，表哥？」周景禕的聲音響了起來。

什麼？這一身狼狽的男人是那個面容英俊的定北侯？仔細瞧瞧，似乎真的有定北侯的影子，定北侯來了，這下子可熱鬧了。

顧敬臣不關心眾人的議論，只抬眼看向喬意晚，幾個月不見，她似乎更好看了。今日她穿了一件朱紅色斗篷，一張小臉被白色的絨毛圍了起來，甚是可愛，他頓時手有些癢。

「妳說清楚，喬姑娘何時故意接近我？」他好奇地問，這種事他怎麼不知？

雲婉瑩忍住心中的愉悅道：「侯爺竟然不知道？喬姑娘第一次拒絕你的提親之後，過沒幾日就又向人打聽你的行蹤，去了京北大營附近，故意等著你。」

原來是那次，他早就知道了。

顧敬臣道：「還有嗎？」

雲婉瑩道：「還有燕山一事也是喬姑娘主動尋侯爺的，還有淑寧公主府那日，她也曾求助過侯爺吧？喬姑娘分明不喜歡侯爺，一遇到麻煩卻每次都去找你幫忙，轉頭還要拒絕侯爺的提親，侯爺，你莫要被這樣的女子玩弄於股掌之中！」

喬意晚垂下了頭。剛剛雲婉瑩提到別人時，她尚且能冷靜反駁，可說到了顧敬臣，她便頓時沒了底氣，正如雲婉瑩所言，她對顧敬臣的態度的確不單純。

因為每次碰到顧敬臣就會作關於前世的夢，所以之前為了探查自己身世的事情，她確實曾數次故意接近他，一遇到困難，她第一個想到的人也是他。

而在顧敬臣求親之時，她也是放不下前世的情緒狠心拒絕他，這些都是她的錯。

「哦，是這樣啊，知道了。」

顧敬臣只感覺自己的心跳加快了幾分。原來喬意晚遇到麻煩時第一個想到的人不是自己的親朋好友，竟然是他？這足以見得自己在她心中甚為重要，他從前怎麼就沒意識到這一點呢？

他看向喬意晚的眼神更加熱切了。

喬意晚看著顧敬臣望向自己的目光，有些分不清他究竟是何意，只想著自己欠他一聲謝謝，也欠他一句道歉。

「對……」

然而道歉的話尚未說出口，就被顧敬臣打斷了。

「顧某有個問題想要問問喬姑娘。」

喬意晚一愣，抿了抿唇，道：「侯爺請說。」

顧敬臣沈聲道：「既然燕山一事妳會想到去找我幫忙，公主府那日妳也第一時間想到來尋我，為何想要查明自己身世時卻去找陳大人而不是找我？陳大人當時尚未入仕，能力有限，找我不是更好嗎？」

喬意晚看著顧敬臣灼灼的眼神，感覺心中有一塊位置徹底塌陷了。太好了，他沒有誤會她，也不曾因為自己利用他而惱怒，他眼底的情感直白而又濃烈。

此時的她已知道，前世的那些事都是誤會，他心中並沒有瑩表姊，更沒有做過傷害她的事。

一旁的陳伯鑒心裡急得很，從他的位置看不清顧敬臣臉上的表情，也不確定顧敬臣究竟是不是在怪意晚，他忍不住說道：「侯爺莫要怪意晚表妹，其實表妹剛剛騙了大家，關於揭露表妹身世一事，是我主動攬下來的，表妹從未找過我幫忙。那時我正在準備科考，察覺到表妹的身世有問題，因此主動去找她，表妹甚至怕耽誤我的仕途，一度不肯告訴我，後來因為我的堅持，她才和盤托出。」

聞言，顧敬臣心中歡喜更甚，眼底也帶了一絲笑意。

「哦，原來喬姑娘沒去找陳大人幫忙。」

挺好的，她在找人幫忙時第一個想到的還是他。

顧敬臣的眼神太過熱切，喬意晚一時不敢看他的眼睛。

陳伯鑒道：「對，表妹沒有找我。」語氣裡不乏失落。

顧敬臣道：「嗯，如此說來，喬姑娘只找過顧某一個人，並未主動找過其他男子。」

聞言，陳伯鑒怔了怔。

仔細想來，確實如此，除了剛認識時曾找他要過秋獵的帖子，後來再也沒找過他，表妹似乎對定北侯不一般，或許，表妹真正喜歡的人是定北侯。

周景禕的臉色不怎麼好看，沒想到自己的算計都落空了，喬意晚的身世是板上釘釘的事情，顧敬臣又對喬意晚這般信任，絲毫沒有任何懷疑，令旁人沒有興風作浪的空間。

顧敬臣看向太子。「至於周旋於別的男子之間，也是子虛烏有之事，還望太子能好好約束奉儀，莫要再說這樣讓人誤會的話。」
顧敬臣全程看都未曾看雲婉瑩一眼，周景禕深覺沒面子，打哈哈道：「表哥說得對，剛剛婉瑩已經跟喬姑娘道過歉了。」
顧敬臣看向喬意晚問道：「喬姑娘，那妳原諒雲奉儀了嗎？」
道歉歸道歉，被害者是否選擇原諒是另一個問題，他所在意的是喬意晚的感受。
喬意晚抬眸看向顧敬臣，她的臉色依舊泛紅，眼神亮晶晶的。
她沒想到顧敬臣會在這個時候回京，短短時間內又幫了她一次，既澄清了她跟別的男子的清白，又在眾人面前護著她。
他眼底的愛意已經快要溢出來了，她不敢再看顧敬臣，快速挪開目光，看向雲婉瑩，說道：「我從不覺得主動調查自己的身世一事有什麼問題，不管我的親生父母是侯爺、侯夫人，還是出身鄉野，我都想調查清楚，我不是為了榮華富貴，只是想要一個真相。」
雲婉瑩的臉色很難看，她撇了撇嘴，冷笑一聲。「說的倒是好聽，若妳的親生爹娘真的出身鄉野，我就不信妳還會去認親。」
顧敬臣道：「妳不會不代表旁人不會！喬姑娘若真為了榮華富貴什麼都肯做，當初在雲府時就該答應顧某的提親，可她還是拒絕了。」
聽著眾人的議論，跟在後面的揚風忍不住看了他們侯爺一眼。
侯爺這是為了喬姑娘臉都不要了？被人拒絕也不是什麼光彩的事情，侯爺何必說得這般理直氣壯？

喬意晚悄悄瞥了顧敬臣一眼，又收回目光，繼續說道：「這世上最惡毒的一件事就是任意指控他人有不正當的關係，而往往做出這種指控的人，或許做了更骯髒的事情。」

這番話同樣意有所指，指的是什麼，大家心知肚明，眾人想起雲婉瑩是如何入東宮的，嘀嘀咕咕議論起來。

喬意晚的眼神堅定又清澈，雲婉瑩心裡咯噔一下，有些心慌，下意識抬手摸了摸肚子。

喬意晚看著雲婉瑩的肚子，想起前世見過一面的男嬰。「奉儀請多為肚子裡的孩子想想，莫要總是盯著旁人的事情。」

見喬意晚提起自己最寶貝的孩子，雲婉瑩道：「妳這是何意？」

喬意晚道：「沒什麼意思，就是希望奉儀多關注自身。」

雲婉瑩還欲再說什麼，然而顧敬臣凌厲的視線看了過來，令她不敢再多說什麼。

喬意晚收回目光，也不再言語。

顧敬臣從進來後目光就基本上只鎖定一個人，永昌侯是個男人，顧敬臣的目光那般執著熱切，他如何看不出來？再看坐在一旁的女兒，臉色微紅，微微垂頭，一副害羞的模樣，想來這樁親事有譜了。

剛剛太子和婉瑩二人的所作所為著實令人生厭，他也不想再聽這二人廢話，於是開口招呼道：「定北侯一路辛苦了，不如坐下說？」

康王似乎也終於看夠了熱鬧，想起自己才是今日宴席的主人，說道：「對對，來人，給侯爺設座。」

顧敬臣瞥了一眼永昌侯府旁邊的位置，那裡坐著的是宗室的一位王爺，福王殿下。福王殿下旁邊有一張桌子是空著的，沒人坐，他順勢朝著那邊走去。

到了福王殿下面前，他躬身行禮道：「見過王爺，不知王爺這位置是否有人？」

福王笑呵呵地說道：「沒有，本來是珏兒的位置，他開席前有事離開了，侯爺坐就是了。」

顧敬臣看向康王。「王爺，不用麻煩了，我坐這裡就好。」

說著，他便坐下了。

顧敬臣的右邊是福王，左邊是永昌侯，左後方就是喬意晚，兩個人離得很近，近到顧敬臣不用轉身，眼角餘光就能瞥到喬意晚。

顧敬臣此舉說明了一切，外面的傳言都是真的，定北侯愛慕永昌侯府嫡長女，求娶數次未果，如今又腆著臉過去了。

永昌侯心裡別提多舒服了，彷彿顧敬臣已經成了自己的女婿。

太子深深地看了顧敬臣一眼，他著實沒想到顧敬臣竟然毫不在意那些傳聞，也不在意喬意晚周旋於那麼多男人之間，他就那麼喜歡喬意晚？

太子端起桌上的酒一飲而盡，接著，臉上又恢復了如沐春風的笑意，跟眾人說著話。

冉玠的目光看向坐在對面的顧敬臣，又看向永昌侯身後的喬意晚。

他從未像今日這一刻看清楚這一切，他似乎永遠的失去她了……

他端起面前的酒連飲三杯，一旁的董氏看見兒子這模樣心疼不已，她長嘆了一口氣，把兒子的酒杯奪了過來。

見兒子欲搶酒杯，董氏低聲道：「阿烈，人生不如意事十之八九，你看開些吧，人家是定北侯，你比不過的。」

聞言，冉玠微微一怔，哂笑一聲。

定北侯？母親當真是不了解意晚，她從來都不是會在意身分的人，他和顧敬臣比，差的並不是身世，而是一顆愛她、護她、相信她的心。

顧敬臣被拒絕兩次，卻依舊願意無條件相信她、幫助她，反觀自己，在被雲家退親時卻只是惱怒、埋怨她。

他自問做不到像顧敬臣這般，所以，一切都是他自己活該，只能眼睜睜看著自己喜歡的姑娘從眼前溜走。

若是上天再給他一次機會，他一定在雲府來退親時站出來反對，他會牽著她的手，為她查明身世的真相，免她在家中繼續受苦。

「母親，意晚不是那樣的人，您以後莫要這樣說她。」

說完，冉玠站起身，朝著殿外走去。

董氏看著兒子的背影有些著急，但此刻眾人尚未離席，她也不能離開，她連忙吩咐小廝。「跟上去，看緊他。」外面正下著雪，可別摔傷了。

若冉玠此刻的心如墜地獄，顧敬臣的心就如同飄在天上。

幾個月不見佳人，如今終於能見著了，也不枉這些日子他沒日沒夜地趕路。

顧敬臣心情不錯，端起酒杯，朝著永昌侯敬了一杯，永昌侯笑著跟他碰了碰杯。

顧敬臣的目光飄向了永昌侯的後方，正大光明地看向喬意晚。

喬意晚本來在跟喬婉琪說話，察覺到顧敬臣的目光，抿著唇不再說話，顧敬臣收回目光，端起酒杯一飲而盡。

喬婉琪看看喬意晚，又看看顧敬臣，一臉八卦的好奇神情。

喬意晚覺得不論是左邊還是右邊都有一雙熱切的眼神，她都不知該往哪裡看了。

一旁的福王殿下看著顧敬臣的舉動，玩笑似的說道：「定北侯，你這是瞧不起本王嗎？怎地只跟永昌侯敬酒，不跟本王敬酒？」

顧敬臣倒了一杯酒，敬了福王一杯。

福王摸著鬍鬚，笑呵呵地說道：「好好好，沒想到本王還能喝到定北侯敬的酒。」

福王拿著酒杯跟顧敬臣的碰了一下，小聲道：「希望下次咱倆一塊兒喝酒時喝的是侯爺的喜酒。」

顧敬臣嘴角微微上揚。「借您吉言。」

兩人一飲而盡。
不多時，宴席結束了。
陳氏瞧著雲婉瑩在宮女的攙扶下要離開，她看向身側的女兒低聲道：「妳跟我過來一下。」
喬意晚隨母親朝著外面走去。

雲婉瑩從側殿離開，陳氏和喬意晚是從正門走的，不是同一個方向。
二人追上雲婉瑩時，雲婉瑩正準備上馬車。
「婉瑩。」陳氏喚了一聲。
聽到這一聲熟悉的聲音，雲婉瑩停住了腳步，回頭望去，她先看到了陳氏，心中頓時一喜，接著，她就看到了跟在陳氏身後的喬意晚，心裡的歡欣剎那間沒了。
「侯夫人有事？」雲婉瑩冷著臉問。
看著養了十幾年的女兒，陳氏心情頗為複雜，只是，快刀才能斬亂麻，斬不斷的話，對兩個孩子都不好。
「婉瑩，妳不是我的孩子，這一點我想妳比我更清楚，早在妳發現妳祖母和我在調查當年之事時，妳應該就猜到了。」
衣袖下，雲婉瑩攥緊了手，含怨地開口。「妳是覺得如今我只是太子奉儀，而她卻能嫁給定北侯成為侯夫人，所以不想要我？」

陳氏眉頭緊鎖道：「我不明白為何妳仍舊這般想，當初妳們的身世被揭露出來時，妳和意晚都尚未出閣，是一樣的，甚至因為妳從小在侯府長大，所以大家對妳的情感更濃一些，至於如今的局面，皆因每個人選擇不同。」

雲婉瑩心中甚是憋屈，母親一直都是這樣，從來沒有真正理解過她。

「敢問侯夫人來找我有何事？」

陳氏道：「我希望妳以後不要因為身世問題針對意晚，這件事中最無辜的人就是她，她本就是我的親生女兒，是因為旁人之故，導致我母女二人分別多年，她沒做錯什麼。」

雲婉瑩更氣惱了。

陳氏見此處沒有外男，她牽起了喬意晚的手，露出胳膊上的胎記。

「妳看看，意晚胳膊上確實有胎記，跟我當年生產時看到的一模一樣。」

看著喬意晚胳膊上的胎記，雲婉瑩怔了怔，怎麼可能呢……

陳氏知曉婉瑩的性子，之所以來尋她就是為了讓她看看意晚胳膊上的胎記，好讓她死心。不然，這般沒完沒了地糾纏下去也甚是煩人。

天氣寒冷，見雲婉瑩已經看清楚了，她連忙把喬意晚的袖子放了下來。

「妳既已經看到，也該死心了。」陳氏道。

雲婉瑩抿著唇不說話。

陳氏又道：「妳知道的，侯府有孫姨娘和妳母親作惡的證據，之所以不拿出來，就是顧忌妳。若妳仍舊執迷不悟想對付意晚，別怪侯府不留情面，屆時，妳父親、兄長、妹妹都要受到牽連，妳也是。妳向來重利，相信妳能想明白這一點。」

雲婉瑩覺得憋屈極了，曾經的母親竟然不顧情面，站在了自己的對立面，一行清淚從眼眶裡滑落。

「我也曾是您的女兒，我如今過得不如意，您就不能幫幫我嗎？」

陳氏養育婉瑩多年，說一點都沒有感情是不可能的，尤其是婉瑩落淚時，她心中也覺得酸澀。

只是……如何幫？想到她今日說過的話，陳氏問道：「妳想讓我怎麼幫妳，告訴別人妳才是我的親生女兒嗎？」

雲婉瑩不說話。

陳氏繼續道：「還是妳想讓我這個做母親的告訴大家，我的親生女兒跟很多男子糾纏不清，周旋於多個男子之間，玩弄別人的感情？」

雲婉瑩的氣勢頓時弱了不少。

陳氏正色道：「莫說意晚是我的女兒，即便不是，我也做不到。」

她對婉瑩有感情不代表她會任由對方傷害自己的親生女兒，婉瑩可憐，意晚就不可憐嗎？她什麼都沒做，卻要被一次又一次的傷害。

再者，婉瑩如今的情況也是她自己選的，與旁人無關。雲大人是從五品京官，婉瑩若是老老實實的，憑著她的長相和才情，嫁入勛爵之家抑或者上三品之家沒問題，可惜她選了一條離榮華富貴最近，又離心最遠的路。

「路是妳自己選的，好的壞的妳都要接受。」

說罷，陳氏不再看婉瑩，牽起意晚的手離開了。

天氣雖冷，喬意晚卻覺得手心暖暖的，兩人走到永昌侯府馬車前上了馬車。

喬意晚摸著手中的暖爐說道：「母親，謝謝您。」

陳氏抬手摸了摸女兒的頭髮，笑著說道：「我是妳母親，謝我做什麼？」

喬意晚抿唇笑了起來，就在這時，外面突然傳來了一個熟悉的聲音。

「侯爺，我今日剛剛回京，騎了幾日幾夜的馬，有些累了，不知您可否順道送我回府？」

喬意晚的心頭頓時一跳。

外頭的永昌侯看了一眼女兒所在的馬車，笑著答應了。「沒問題，今日下雪，我坐馬車前來，不如咱們同坐一輛馬車？」

顧敬臣道：「多謝侯爺。」

喬彥成伸手道：「請！」

顧敬臣下意識瞥了一眼喬意晚馬車的方向，喬彥成笑著問道：「敬臣，先讓馬車送你回去吧。」

顧敬臣說：「不用，侯爺還是先行回府吧，你們應該都累了，我不趕時間。」

「這樣啊……」喬彥成抬頭看看天色。「瞧著天色尚早，你若是無事的話，不如去我府上坐一會兒？」

顧敬臣收回目光。「卻之不恭。」

外面的談話全都傳入了馬車內，陳氏看向女兒，瞧著女兒愣怔的模樣，開口問道：「妳心中是如何想的？」

喬意晚回過神來，看向陳氏，眼底有幾分迷茫。

陳氏放輕了語氣，柔聲道：「定北侯的想法已經擺在了臉上，我是想問妳，妳對定北侯是什麼想法？」

喬意晚一時沒說話，說實話，她不知道。

剛剛重生回來時，想到前世的事情，她對他避之不及，是想躲著他的。可後來發生的事情，她第一個想到的人也是他。

那時她雖不想跟顧敬臣再有什麼情感糾葛，但也篤定相信他的人品和能力。

再後來發生了更多事情，她漸漸地對顧敬臣沒那麼排斥了，直到前世的事情一一鋪在眼前，她心中對他也沒了芥蒂。但要說她對顧敬臣是什麼想法，她有些說不清。

喬意晚頓了頓，問道：「母親，您覺得他如何？」

陳氏道：「我從前覺得他位高權重，心思深沈，怕他不適合妳。不過，最近幾個月瞧著他為妳做的事，明白他對妳的心意，又有些改變看法了。他位高權重如何，心思深沈又如何，只要他待妳好就行。」

喬意晚想，他今生的確待她極好。

陳氏又道：「冉公子也不錯，伯鑒待妳也是一片真心，那位中了解元的梁公子亦是如此，這幾個月來，別的府上的公子也有看中妳的。」

喬意晚垂眸。自從退了親，她便沒想過和冉玠再續前緣，心中也一直只將陳伯鑒視為表哥。

她前世倒是想過和梁大哥成親，但後來喬氏退了親，把她嫁給了顧敬臣，她也就斷了這種念想。至於顧敬臣……如今想起他，她的心似乎不再平靜了。

陳氏握了握女兒的手，柔聲道：「不急，妳可以慢慢選。」

「嗯。」

後面的馬車在討論顧敬臣，前面那輛馬車裡顧敬臣和永昌侯相談甚歡。

永昌侯處事圓滑，又有巴結顧敬臣之意，顧敬臣地位職位高一些，又有心討好永昌侯，二人自然聊得不錯。

礙於上次陳氏和喬意晚拒絕定北侯府提親一事，永昌侯沒有給顧敬臣什麼承諾，不過，他親切的態度已經表明了一切。

第二十八章

約莫過了兩刻鐘左右，馬車駛入了永昌侯府。

喬意晚先下了車，隨後站在下面扶著陳氏下馬車。

不遠處，顧敬臣已經下了馬車，正朝這邊看過來。

陳氏帶著女兒走了過去，她朝著永昌侯福了福身，道：「侯爺，您若無事，我和意晚就先回內宅了，不打擾您待客。」

待客？這客人究竟來作什麼的，大家心知肚明，可陳氏卻像是不知道一樣，顧敬臣再好，若是女兒不喜歡，她也不會把女兒嫁過去。

喬彥成看了看夫人，又看向女兒，笑著說道：「意晚，我記得妳喜歡看遊記，上次我在藏書閣尋到了一本新的，要不要隨我去拿？」

藏書閣在外院，喬意晚若是去拿的話，就不能回內宅，而得跟著父親和顧敬臣去外院。

喬意晚顯然也明白這一點，有些苦惱。

遊記什麼時候都能去拿，或者讓小廝或是婢女送來也行，沒必要在顧敬臣在的時候去外院。陳氏微微蹙眉，看向永昌侯。

喬彥成看著陳氏的目光，立即改了口。「妳若是累了，為父找人給妳送過去，妳先隨妳母親去內宅吧。」

喬意晚沒回答。她抬眸看向顧敬臣，此刻竟從顧敬臣眼神中看到了一絲希冀。

想到今日顧敬臣在康王府所為，再想到他這幾個月來所做的事，她頓時有些心軟了。

「我隨父親一起去。」

聞言，顧敬臣心中一喜。

陳氏瞥了顧敬臣一眼，交代女兒道：「別看太久了，早些回去。」

喬意晚道：「是，母親。」

喬彥成笑了，轉頭看向顧敬臣，提議道：「敬臣，你還沒去過我們府上的藏書閣吧？不如一同去看看？」

顧敬臣再次說道：「卻之不恭。」

去藏書閣的路上，喬意晚一句話也沒說，都是喬彥成在說，顧敬臣偶爾回應著。

很快，藏書閣到了，喬彥成像是忽然想到了什麼，道：「我突然想起有些公務沒有處理，意晚，妳先自己去找找吧，一會兒我再過來。」

喬意晚抿了抿唇，道：「嗯。」

喬彥成走了，屋裡服侍的人也退了出去，偌大的藏書閣中只有顧敬臣和喬意晚兩個人。

顧敬臣就這麼一直盯著喬意晚看，也不說話。他今日穿了一件黑色大氅，人高馬大，從背後看，整個人把喬意晚擋得嚴嚴實實的。

他臉上帶了些鬍渣，眼神過於犀利，讓人心生懼意。但也不知從何時起，喬意晚不再像前世那般怕他，她抬眸直視著他的目光，然而看了片刻便有些招架不住，敗下陣來，垂眸不再看他。

顧敬臣突然說了一句。「妳穿紅色很好看。」

聞言，喬意晚猛然抬頭看向顧敬臣。

這番話他前世也說過，是在他們二人成親的晚上。

顧敬臣有些沒看懂喬意晚此刻的眼神，他琢磨了一下，又重複了一遍。「是真的很好看。」

襯得小臉白皙柔嫩，讓人想要……親一下。顧敬臣喉結微滾，眼中的情意快要溢出來了。

也不知是屋內爐子裡的炭火燃得太旺，還是其他緣故，喬意晚臉上微微泛起紅色。

「嗯。」喬意晚輕輕應了一聲，隨即瞥了一眼顧敬臣的大氅，補了一句。「你穿黑色也……也挺好，藍色更好。」

其實她並不喜歡顧敬臣穿黑色，她總覺得穿黑色的他極具攻擊性，讓人不敢親近，只是他剛剛誇了她，她總不好不回他一句。

顧敬臣道：「哦。」

兩個人一時無話。

顧敬臣眼睛就這麼看著喬意晚，喬意晚被他看得頗為緊張，想到今日的事情，她克制住內心的情緒，對他說道：「今日你又幫了我，謝謝！」

顧敬臣立即回道：「喬姑娘打算怎麼謝？」

喬意晚抿了抿唇，沒說話，臉上的紅暈越發深了。

顧敬臣看著喬意晚沈默的反應，沒再繼續追問下去。如今她沒像從前那般對他客氣疏離，他就已經很欣慰了。

「妳……」

顧敬臣剛開口就被一個極細的聲音打斷了。

「你想讓我怎麼謝？」

顧敬臣微微一怔，像是聽清楚了，又像是沒聽清楚一般。

喬意晚鼓足了勇氣，看向顧敬臣，反客為主地再次問道：「侯爺想讓我怎麼謝你？」

她小臉微紅，眼睛濕漉漉的，流露出幾分緊張害怕，又有幾分堅定執著。這樣子，真是讓人受不住。

顧敬臣知道自己不該這樣想，可他就是不期然地想到了那無數個旖旎的夢境。

他朝她靠近，再開口時，聲音有些嘶啞。「怎麼謝都行嗎？」

他的目光太過濃烈，像是要把她吃掉一樣，聲音也極具蠱惑力，喬意晚一下子想到了前世無數個夜晚。

她咬了咬唇，眼睛微微動了動，心中更加緊張了。

顧敬臣看到了喬意晚的小動作，心裡癢癢的，他喉結微動，再次開口說道：「算上這次，我已經幫了喬姑娘很多次了。」

喬意晚鬆開咬著下唇的貝齒，輕聲道：「嗯，你放心，我都記得的，斷然不敢忘，你幫了我，我一定回報你。」

顧敬臣眼中的光黯淡了幾分。「我不需要妳的回報。」

喬意晚抬眸道：「嗯？」

剛剛說想要回報，此刻又說不想要，他究竟是想要還是不想要？

顧敬臣道：「喬姑娘可曾記得上次顧某離京時對妳提出來的條件？」

喬意晚頓了一下，隨後點了點頭。

她自然是記得的。那次顧敬臣說，在他回京之前，不可答應任何人的親事。

顧敬臣又道：「喬姑娘記得就好，如今我既已經回來，妳便可以訂親了。」

她可以訂親了……

喬意晚淡淡道：「哦。」

像是怕她會錯意，又像是再也掩不住內心的情感，顧敬臣直白地說道：「喬姑娘若是不嫌棄，也可以考慮一下我。」

喬意晚眼眸微微瞪大了一些，他今日說話怎麼這般直白了？

顧敬臣覺得喬意晚可愛極了，小小的臉蛋，大大的眼睛，臉頰紅紅的，這世上怎會有這般好看又可愛的姑娘？

喬意晚一時沒能回過神來。

顧敬臣這是……在向她提親？

仔細算起來，這已經是他第三次向自己提親了。

喬意晚道：「你為何要屢次向我提親？」

顧敬臣出身尊貴，被拒絕一次理應就罷手，為何仍舊堅持，這一點她始終沒能想明白。

顧敬臣沒再說些模稜兩可似是而非的話，他看著她的眼睛，認真地說道：「自然是因為喜歡。」

聞言，喬意晚心頭一跳，臉似乎更熱了幾分。

「你為何會突然喜歡上我？」

這是她最不理解的地方。前世顧敬臣分明對她並沒有什麼感情，怎麼今生就一下子有了？

喜歡的人，不是應該生生世世都會被對方所吸引嗎？怎麼會前世不喜歡，今生突然喜歡？

「突然？」顧敬臣把這兩個字放在嘴裡咀嚼了片刻，又繼續說道：「不，顧某不是突然喜歡喬姑娘的，從第一次見到喬姑娘，我便忘不掉了。」

喬意晚眼中流露出驚訝。

第一次……寺中那次？

前世她也曾去過寺中上香，若顧敬臣是那日喜歡上她的，為何前世他沒去提親？

「哪一次？」喬意晚問得更加詳細了，這對她很重要。

顧敬臣道：「崇陽寺。妳隨喬氏去上香，站在姻緣殿前祈禱姻緣。」

砰！

有什麼東西在喬意晚耳邊炸開了。

所以，顧敬臣前世今生喜歡的人一直都是自己！

前世即便是顧敬臣向她提親了，喬氏也不會告訴她的，就像顧敬臣第一次提親，她也是很久之後才知曉的。雖不能確定前世顧敬臣是否有向她提親，但他說喜歡她應該是真的，因為，他後來續弦時娶了自己。

當時那麼多人排著隊想要嫁入定北侯府，他卻娶了她。從前她還以為是因為他需要她嫁過去照顧他的兒子，可她在侯府時，他卻不讓她靠近兒子，所以定不是這個原因。

顧敬臣又道：「遇到喬姑娘之前，顧某從來不知道什麼是喜歡，直到那日遇到了妳方才明白。所以，如果顧某再次向妳提親，妳可會答應？」

顧敬臣非常認真地問。他已向喬意晚提過兩次親，第一次是舅母去了雲府，被拒；第二次母親親自來了永昌侯府，再次被拒。

這一次他不想再讓別人提親了，他想親自問問她。

喬意晚垂眸，沒有回答。

她的眼睛瞥到了顧敬臣的腰間，那裡繫著一個荷包，看起來像是灰色的，上面繡著桃花，心中頓時驚訝不已，他一個男子怎會帶這種荷包？

再仔細一瞧，那花樣頗有些熟悉，不是自己繡的荷包嗎？她曾放過顧敬臣的帕子，後來被他拿走了，可她記得自己用的是淺藍色的，怎麼變樣了？

顧敬臣察覺到喬意晚的目光，調整一下身上的大氅，把荷包遮住了。

喬意晚抬眸看向顧敬臣。

「那次從圍場出來我的馬車壞了，你為何主動幫我？」

顧敬臣道：「因為喜歡妳。」

「那你如何知曉我身世有問題？」

「因為顧某一直關注喬姑娘。」

喬意晚愣了片刻，才答道：「嗯。」

喬意晚感覺自己的臉又熱了幾分，不過，有些話還是要說清楚的。

她再次抬眸看向了顧敬臣。「有件事我想跟你說清楚，免得以後生了誤會。」

誤會？她這話的意思是……

顧敬臣心裡有些猜不透，他強裝鎮定，說道：「好，妳說。」

喬意晚道：「關於我身世之事，當時我的確有意找陳家表哥幫忙，之所以最後沒去找他，是因為他會試在即。我本想著等他考完，再去請求他幫忙，沒想到他自己察覺這件事，主動來找我，所以，我並不是……並不是只求助過你一個人。」

顧敬臣道：「嗯，我知道。」

所以，她到底是何意？是答應還是不答應？

喬意晚的目光落在顧敬臣的身上，他身上的大氅有些髒了，上面沾了泥土和雪水，看起來濕答答的。鞋子更是沾了泥土，頭髮也不像平日裡那般柔順，有幾分凌亂。

「你今日剛回京嗎？」她問。

顧左右而言他，究竟是同意還是拒絕？顧敬臣心中急得不行，但還是耐著性子回答。

「對，兩個時辰前剛到，先去了一趟宮裡，便直接去了康王府。」

喬意晚問：「你那麼喜歡康王府的梅花，一回京就趕著來賞梅？」

顧敬臣眼睛直勾勾看著她，俯身靠近她，反問道：「妳覺得呢？」

此刻二人離得近，顧敬臣又微微俯身，喬意晚清晰地看到他眼裡的紅血絲。

「你……你已經幾日沒合眼了？」

顧敬臣點頭道：「我收到太子的書信，知道妳可能會出事，我便從遼東趕回來了。」

外面下著那麼大的雪，路面定然很滑，他竟為她日夜兼程趕回來……喬意晚的心怦怦跳了起來，臉色也肉眼可見的紅了起來。

她遲疑許久，小聲問了一句。「你喜歡什麼花樣？」

顧敬臣道：「嗯？」

喬意晚再次看向顧敬臣腰間，低聲說道：「你的荷包髒了，我重新給你繡一個。」

聞言，顧敬臣的心怦怦跳了起來，臉再也繃不住了，揚起了笑容。

「晚兒，只要是妳繡的，我都喜歡。」

晚兒……這是前世時，他在無數個漆黑的夜晚最喜歡叫的名字。

喬意晚的臉頓時漲得通紅。這個人怎地臉皮這般厚，大白天的說這樣的話。她再也不敢看顧敬臣，留下三個字，匆匆跑了。

「知道了。」

身後，響起了顧敬臣低沈渾厚的笑聲。

女兒從藏書閣跑了出去，永昌侯那邊很快就得到了消息，他從書房出來，朝著藏書閣走去，一路上有些忐忑不安。

在他看來，顧敬臣家世好，能力卓絕，又深受皇上喜歡，實在是一個良配，京城沒有比他更好的兒郎了。可若是女兒不喜歡，那也是很難辦，總不能強迫女兒答應這門親事。

想著想著，永昌侯看到了從藏書閣方向走過來的顧敬臣。

瞧見顧敬臣臉上的神色，永昌侯安心了不少。「敬臣，你……」

話未說完，就見顧敬臣朝著他行了個大禮，永昌侯頓時一驚。
顧敬臣道：「侯爺，我府中還有些事，就不叨擾了，改日晚輩再來登門拜訪。」
看著顧敬臣匆匆離去的背影，永昌侯有些摸不著頭緒。
這到底是什麼情況啊！等等，顧敬臣剛剛自稱是晚輩，是不是太客氣了？難道……沒成？煮熟的鴨子又飛了？
永昌侯心痛不已。

定北侯府——
秦氏看著出現在眼前的兒子，臉上露出久違的笑容。
「離京這麼久，你總算是回來了。」
顧敬臣跪在地上，給秦氏磕了三個頭。
「兒子不孝，沒能陪在母親身邊，讓您擔心了。」
秦氏笑著說道：「快起來快起來，你能平安歸來就已經很好了。」
顧敬臣站了起來。
秦氏打量著兒子身上的衣裳，瞧著上面的泥土問道：「你這是從京外回來就直接回府了？沒去宮裡覆命？」
顧敬臣頓了頓，道：「已經去過了。」

秦氏心想，兒子這次挺心急的啊，竟然連衣裳都沒換就先進了宮，可見此次事情非常緊急，又很重要。

想到兒子去做的事情，她多嘴問了一句。「可是太子妃的父親參與其中了？」

顧敬臣道：「並未，此事是馮將軍身邊一個姨娘的弟弟所為。」

秦氏有些詫異，既然馮將軍沒有參與其中，那麼此事應不會掀起軒然大波，馮將軍頂多會被安上一個治內不嚴的名聲，並不會有太重的懲罰，那兒子為何要這般著急呢？

「此次可是還有別的事？」

秦氏不是個好奇心重的人，只是兒子今日的行為舉止過於反常，她怕兒子心中有大事瞞著她，便多問了些。

顧敬臣一頓。

看著兒子的神色，秦氏心頭一緊，內心生起一股不祥的預感。「何事？」

顧敬臣抿了抿唇，撩了一下衣襬，再次跪下。

秦氏心中咯噔一下，臉上的神色也變得嚴肅起來。「到底出了什麼事？」

「母親，您能不能再為兒子提一次親？」

秦氏頓時怔住了，許久沒反應過來。

「你說什麼？提……提親？」

她還以為發生了什麼大事，剛剛嚇得她差點魂都沒了，提親是喜事啊，怎麼這般表情？

顧敬臣硬著頭皮說道：「對，兒子想請您去為我提親。」

秦氏心安了不少，開口問道：「這次提的是何人？」

顧敬臣頓了頓，堅定地說道：「永昌侯府的嫡長女，喬意晚。」

秦氏愣住，竟然還是她……不對，果然還是她。

他和他的生父畢竟還是不一樣的，這方面，他更像他的父親。

看著兒子堅定的神色，秦氏頓時鬆了一口氣，她再次坐回了榻上，端起手邊的茶水喝了一口。

顧敬臣看著自家母親的反應，繼續說道：「兒子知道此事讓您為難了，可兒子只想娶她。」

秦氏喝了一口茶水，心情平復了不少，她放下茶杯，問道：「所以，你比原計劃提前了五日歸來都是因為她？」

顧敬臣道：「嗯。」

既然是為她而來，那麼——

「你今日可有去見她？」

顧敬臣神色有些不自然。「見過了。」

秦氏道：「你出宮之後就去見她了？」

顧敬臣有些心虛。按理說，他應該先去皇宮覆命，然後回府拜見父母，再接下來才可以出門，他雖是收到了太子的信件才如此心急，但也是失了禮數。

他沒有辯解，直接認錯。「兒子不孝。」

哎，兒大不由人啊！看著兒子這風塵僕僕的模樣，秦氏也不願說他什麼了。

「知道了，你下去吧。」

顧敬臣沒動，抬眸看向了秦氏。

秦氏又道：「你這幾日都沒合眼吧？快去休息吧。」

顧敬臣道：「那提親的事……」

秦氏嘆氣。「你放心，我明日便去，即便是捨了這一張老臉，我也得為你把這樁親事求回來。」

顧敬臣心裡頓時鬆了一口氣。「多謝母親，讓母親費心了！」

前有冉玠、陳伯鑒，後有梁公子、太子，以後還不知道會有誰，他動作得快點。

秦氏抬了抬手，讓兒子退下了，隨後把李總管叫了過來，問了問兒子今日的行蹤，得知他先去了康王府賞梅，還吃了一頓飯，又聽說他飯後跑去永昌侯府待了半個時辰，頓時有些無語。

兒子是不是太沒骨氣了些，天天追著人家小姑娘跑，罷了，還是趕緊把這小姑娘娶回家吧，省得兒子日日不著家。

顧敬臣已經幾日沒好好睡一覺了，然而此刻躺在床上，他卻開心得睡不著覺，想到喬意晚今日對他的態度，他就如同飄在雲端一般。

這世上怎麼會有那麼好的姑娘，他恨不得立即就把人娶回家日日看著。

想著想著，顧敬臣漸漸睡著了，不知是不是太累了，睡著之後，顧敬臣作了一個夢，夢中他來到了一座道觀——

大雨傾盆，他在道觀前長跪不起，不知過了多久，濛濛的雨霧中出現了一個面容模糊的道士，喃喃道：「罷了，這一切都是貧道的過錯……」

接著畫面一轉，是他坐在書房裡抄寫經書……

不知過了多久，他從夢中醒來，窗外的天色仍舊是暗的，自己的眼角卻有些涼，顧敬臣抬手摸了摸眼角，冰涼一片。

自從記事以來，他再也不曾為任何事流過淚。

夢中的一切有些模糊，他記不清自己究竟夢到了什麼，昨夜似是沒有夢到喬意晚，又似是一夜都是喬意晚。

想到昨日喬意晚的態度，顧敬臣並未把夢境當真，很快就忘了，他叫道：「來人。」

揚風道：「侯爺。」

顧敬臣道：「去查一下是何人在皇上面前提起了馮將軍的事。」

太子為何突然間對他態度丕變？若是因為知曉了當年的事情，又是何人對他提起的，那人的目的是什麼？遼東舞弊一事本已有了定論，卻突然生出事端，很顯然是針對太子而來的，像是有一隻大手在背後操縱著什麼。

揚風應道：「是，侯爺。」

顧敬臣剛從外地辦差回來，皇上給了他幾日假，故而，他今日沒有出門。

兩個時辰後，李總管過來了。

「侯爺，夫人坐馬車去永昌侯府了。」

顧敬臣鬆了一口氣的同時，心又提了起來，不知今日提親能否順利，想到昨日喬意晚的態度，他覺得應該可以，可若是永昌侯夫人不答應呢？

這般想著，他的心靜不下來了，於是他坐在書桌前開始抄寫經書。

時隔半年多，秦氏再次來到永昌侯府，這一次她去瑞福堂見了老太太。

方嬤嬤過來說此事時，喬意晚正在給老太太讀佛經，聞言，祖孫二人都是一怔。

老太太道：「妳說誰？顧老夫人？哪個顧老夫人？」

在顧敬臣繼承爵位時，秦氏就自動成為了老夫人，只因她年紀輕，所以大家不怎麼叫她老夫人，老太太一時也沒想清楚京城有哪位顧老夫人。

方嬤嬤道：「就是定北侯的母親。」

老太太更加驚訝。「定北侯的母親？她怎麼來咱們府上了？」

那位秦氏向來不愛出門，誰的面子都不給，怎麼突然來他們府上了？

老太太一下子想到了之前秦氏來府上提親的事情，思及最近幾個月顧敬臣給孫女獻的殷勤，以及昨日宴席上發生的事情，她想，今日不會也是來提親的吧……

這般一想，老太太的目光挪到了孫女身上。

喬意晚臉色微紅，一個字也沒說。

方嬤嬤也看向了喬意晚，很快轉過頭來，對老太太說道：「不知為何，顧老夫人沒說。」

老太太笑著說道：「快把她請進來。」

方嬤嬤道：「是，老夫人。」

不多時，秦氏進來了，一進門，秦氏的目光就落在老太太身邊的喬意晚身上。

她已經許久沒見過這個小姑娘了，當初也只是匆匆見了一面，如今瞧著，似是比上次見時氣色更好，人也更加奪目了，怪不得兒子一顆心都繫在這個小姑娘身上。

老太太瞧著秦氏的眼神，臉上頓時露出燦爛的笑容。

「見過老夫人。」秦氏朝著老太太行禮。

雖二人品階相同，但秦氏年歲淺一些，是晚輩，而且秦氏今日又是為了兒子的親事而來的，若是將來成了，她就真的是晚輩了。

與此同時，喬意晚也默默朝著秦氏行禮。

老太太笑著說道：「坐。我聽說妳幾個月前生了一場大病，身子不太好，如今可好些了？」

秦氏坐在了老太太的下首，回道：「勞老太太掛心，已經全好了。」

老太太道：「那就好。」

秦氏瞥了一眼站在老太太身後的喬意晚，老太太似是這時才終於想起了孫女，她抬手握住喬意晚的手，笑著為秦氏介紹道：「這位便是我那長孫女，顧夫人還沒見過吧？她性情溫和又孝順，模樣也好看，我疼得不行。」

對於自己喜歡的人，老太太從來不知道謙虛二字如何寫，旁人介紹家中的孫輩都會故意貶低幾句，唯獨她，滿口稱讚的話。

說罷，老太太拍了拍喬意晚的手，為她介紹。「這位是定北侯府的顧夫人，妳去見見禮。」

喬意晚向前走了幾步，再次朝著秦氏福了福身。「見過夫人。」

離得近了，秦氏對喬意晚的容貌看得更真切了些。

烏髮濃密，膚白賽雪，櫻唇瓊鼻，清冷如皓月。縱然這小姑娘多次拒絕兒子，把兒子折磨得不行，秦氏也生不出一絲厭惡，只盼著這小姑娘能看上她兒子才好。

「長得果真好看，這般好看的姑娘，也不知會便宜誰家的小子。」

秦氏這麼多年來甚少與外人打交道，她身分又高，無須巴結誰，因此沒有學會虛與委蛇那一套，委婉地表明了自己的來意。

喬意晚微怔，有些不確定秦氏的意思。

老太太瞬間明白了秦氏的意思，心中別提有多開心了。她本以為定北侯府在被拒絕後不會再來提親，這門親事也成不了了，沒想到竟然又行了。

「我最是疼愛這個孫女，怎麼也要尋個樣貌英俊、人品端方的男子，最好是驍勇善戰的武將。」

兩個人妳一言我一語，瞬間都明白了彼此的意思。

秦氏道：「那得好好選選了。」

老太太看了一眼孫女，道：「上次妳為我抄寫的佛經不知被底下人放在哪裡了，我想著過幾日要供奉在佛堂，不如妳去為我找一找。」

這是支開喬意晚的藉口，喬意晚如何不懂，她朝著老太太福了福身，應道：「是，祖母。」

臨走前，又朝著秦氏福了福身，緩步退下。

喬意晚前腳一走，秦氏便站起身來，直接說出了來意。

「老夫人，不知我那蠢笨的兒子有沒有這個福氣做您的孫女婿？」

喬意晚尚未走遠，聽到這話，怔了一下，差點崴了腳，幸好紫葉扶住了她。

秦氏竟然真的是來提親的，昨日她剛剛軟化了態度，今日就上門提親，他也太著急了吧！不過，蠢笨……顧敬臣哪裡蠢笨了？

瞧著紫葉驚喜的目光，喬意晚臉熱了起來，她扯了扯紫葉，加快腳步離開了瑞福堂。

老太太生怕兒媳會直接拒絕人，所以從秦氏來到秦氏走，她都不曾把陳氏叫過來，直到送走秦氏，老太太這才讓人把兒媳叫了過來，跟她說了此事。

「定北侯府的顧夫人親自過來給兒子提親，問問咱們是什麼意思，若是咱們有意，她就算算日子，找人正式來提親。」

陳氏沒說話。

老太太以為兒媳又要拒絕，繼續說道：「像顧敬臣這樣的青年才俊，家世好、身分尊貴的，打著燈籠都很難再找第二個了，妳別再堅持了。」

陳氏道：「還是聽聽意晚的意思吧。」

老太太頓時鬆了一口氣。

她這兒媳樣樣都好，就是太過方正，對一些事過於執拗，她認定的事情，誰勸都不好使。但意晚不同，意晚雖然性子像她母親，但沒有那麼執拗，萬事隨心，而且，她瞧著她今日的反應，也不像是對定北侯無意。

「這可是妳說的，若是意晚同意，妳不能反對。」

陳氏點頭道：「嗯。只要意晚同意，兒媳絕不會反對。」

老太太道：「好。」

老太太說做就做，立刻就讓人去尋喬意晚過來了。

一會兒後，喬意晚看著面前的祖母和母親，抿了抿唇，垂眸，紅著臉道：「孫女都聽祖母的，此事父親母親決定就好。」

雖覺得顧敬臣過於著急了，但昨日既然答應了顧敬臣，她今日也沒打算再反悔。

得了這話，老太太笑得合不攏嘴。「好好好。」

永昌侯剛進瑞福堂的門就聽到裡面傳來了笑聲，他踏入正廳中，笑著問道：「母親這是遇到什麼喜事了，今日竟然這般開心？」

老太太看了一眼喬意晚，笑著說道：「喜事，天大的喜事。」

喬意晚的臉又紅了幾分。

永昌侯看著女兒的反應，有些不敢確定。

「什麼喜事？」

老太太笑道：「今兒定北侯的母親來了咱們府中，重提了定北侯和意晚的親事。」

永昌侯眼睛瞬間就亮了起來。

煮熟的鴨子……又飛回來了？

他剛想要開口，又想起了之前夫人的態度，他看向陳氏，瞧著夫人臉上帶著一絲笑意，頓時鬆了一口氣，再看女兒微紅的臉頰，頓時明白過來。

「果然是大喜事！」

顧敬臣在府中等了半日，待母親回來，跟他說的結果卻不怎麼明確。

他回到前院書房獨坐了半日，越想越著急，瞧著天色快要暗下來了，他終於忍不住站起身來，朝著外面走去。

李總管道：「侯爺，您這是要出門？」

顧敬臣道：「嗯，去備馬。」

走了幾步，瞥了一眼身上的黑色衣裳，他停下腳步，又轉身回了外院。

他記得她昨日說過喜歡他穿藍色。

換上一件墨藍色衣裳，又重新束了髮，把臉上的鬍渣刮乾淨，顧敬臣總算滿意了些。

出門前，他順手拿起日日帶著的荷包準備繫在腰間，但剛剛拿起，又放下了，找了個匣子收好。

若是不帶，他正好可以索要昨日她答應送他的新荷包。

從屋裡出來時，啟航正準備把顧敬臣剛剛換下的黑色衣裳拿給院子裡的婆子。

顧敬臣瞧見這一幕，道：「不必洗了，扔掉。」

啟航愣住。

侯爺最是節儉，這衣裳也沒穿幾次，怎麼就要扔了？

顧敬臣又道：「把衣櫥裡黑色的衣裳全部扔掉。」

啟航傻了。

黑的全部扔掉，侯爺還有衣裳穿嗎？

喬意晚剛從正院回到秋意院，一個婢女就過來了。

「姑娘，侯爺說在藏書閣找到了幾本遊記，請您過去一趟。」

喬意晚心頭略有些奇怪，父親若是找到了書，讓人直接送過來便是，又或者放在正院也行，她每天都會過去幾趟，怎麼會突然要她去外院拿？

雖心中有疑惑，喬意晚還是跟著婢女去了外院。

一到外院，喬意晚就看到了站在羅漢松樹下的顧敬臣。

顧敬臣原本正面無表情地盯著羅漢松上的雪，聽到腳步聲，他轉身看了過來，一瞬間，臉上的冷漠消散，臉色變得鮮活起來，眼裡逐漸有了溫度。

迎著顧敬臣濃烈的目光，喬意晚抬步走了過去，來到顧敬臣面前，她福了福身道：「見過侯爺。」

顧敬臣應了一聲。「嗯。」

想到昨日二人說過的話，以及今日祖母問過自己的問題，喬意晚在面對顧敬臣時，心態和從前不太一樣了。

「你今日怎麼又來了？」她小聲問了一句，昨日不是來過了嗎？

這是嫌他來得太頻繁，煩他了？顧敬臣心裡有些沒底。

「聽說妳喜歡看書，給妳送幾本過來。」他解釋。

原來是給她送書的，喬意晚瞥了一眼顧敬臣手中的書，天色昏暗，看不清上面的字，想到他從前送的書，她問了一句。「這次還是將軍和貴女的話本子嗎？」

顧敬臣的動作微微一頓，張口想要否定，話到了嘴邊又變了。

「怎麼，妳不喜歡？」

喬意晚抿了抿唇，道：「也不是……」

不是不喜歡，只是前世看多了，但書是他費心找過來的，她也不好拒絕。

顧敬臣臉色微沈。她到底是不喜歡書，還是不喜歡他！

「那妳喜歡什麼樣的？」

喬意晚想了想，道：「才子佳人的吧。」

至少裡面不會有打打殺殺的情節，讀起來使人心情平和。

顧敬臣的臉色黑了幾分，掩在昏黑的傍晚，和天色融為一體。

「才子心思複雜，多半薄情寡義，背信棄義，實非良配。」

這倒是真的，不少讀書人中了舉之後就拋妻棄子，只是，也有像伯鑒表哥和梁大哥那種性情溫和、始終如一的。

喬意晚道：「也並非所有才子都這樣。」

所以，她還是更青睞讀書人？顧敬臣握著書的手微微發緊。

喬意晚見顧敬臣拿了許久書，抬手接了過來，結果抽了幾下卻沒能抽動，她抬眸看向顧敬臣。

顧敬臣手上的力道鬆了一下，喬意晚這才把書拿了過來。

她隨意翻了翻，竟然真的是遊記，並非她以為的關於情情愛愛的話本子。

「謝謝你。」喬意晚眼睛亮亮的，語氣也有幾分輕快。

顧敬臣的心情一下子由陰轉晴，已然忘了自己剛剛在氣什麼。

「嗯，妳喜歡就好。」

喬意晚看著顧敬臣，直接表達了自己的喜歡。「我很喜歡。」

顧敬臣看著喬意晚近在咫尺的容顏，心就像被羽毛拂過一樣，癢癢的。

「咳，嗯，妳若喜歡，我以後再多為妳……」為妳尋幾本。

話說到一半，顧敬臣止住了，想到了什麼，立馬改變了說辭。「妳若喜歡，我以後講給妳聽。」

喬意晚愣住。「啊？」

顧敬臣道：「我行軍打仗多年，去過許多地方，見過很多有趣的事情，以後一一說給妳聽。」

喬意晚神色微怔，她忽而想起了前世。有一日她看了關於江南的遊記，顧敬臣回來後也隨手翻了幾頁，過了沒幾日，晚上躺在床上，她快要睡著時，他突然說起了在邊關發生的事情，先是說了西南蠱蟲，過沒幾日又說到西北的無人墳。

「你是指西南的蠱蟲，還是西北的無人墳？」

顧敬臣眼睛一亮。「妳竟也知道這些？」

果然，他們心意相通。

喬意晚抿了抿唇，沒說話。其實前世聽了顧敬臣講的故事，她被嚇得日日夢魘，那時她以為顧敬臣討厭她，所以才夜夜這樣從身體和心理上折磨她，讓她又累又乏，還不敢睡覺。

「你覺得這些故事有意思嗎？」

顧敬臣點頭。「很有趣啊。」

果然，顧敬臣是覺得這些故事有趣才特意講給她聽的，而非想要折磨她。

喬意晚不想再像前世一般產生誤會，直接說出自己的喜好。「可是我不太喜歡聽過於血腥恐怖的故事。」

顧敬臣有些失望，原來她不喜歡聽這些故事。

喬意晚看出他的失望，立即又說道：「但是我聽說西北有一座消失的古城，有很多故事，西南也有許多罕見的植物？」

這些都是她感興趣又不太了解的事情，若是他想說，她樂意傾聽。這樣，聽的人開心，說的人也得到了滿足。

顧敬臣道：「原來妳喜歡聽這些。」

喬意晚笑著點了點頭。

「好，以後我都說給妳聽。」

在她如彎月的笑眼中，顧敬臣漸漸迷失了自己。

一陣風吹過，羅漢松上頭的雪花紛紛落下，顧敬臣見喬意晚下意識緊了緊身上的襖子，頓時發現他們站的位置不好，他側身擋住了風，隨後解下身上的披風，披在喬意晚的身上。

「風大，以後要多穿些衣裳。」

「嗯。」

看著喬意晚鼻頭凍得通紅，顧敬臣有些後悔自己這般著急來見她，至於自己前來想問的問題，還有想討要的荷包，他突然覺得都不重要了。

「回去吧，莫要凍著了。」

喬意晚點頭。「嗯。」

喬意晚轉身朝著內宅走去，雖然沒有回頭，但她總感覺顧敬臣在盯著她看。

話說，他今日為何又來呢？昨日他們二人剛剛見過面，今日顧夫人又來提了親，難道是……不確定提親的結果，想要問問她？

喬意晚走到內外院連接的小門處，停下腳步，回頭看了顧敬臣一眼。

果然，顧敬臣仍舊站在不遠處看著她。

天色已暗，兩個人之間隔著一段距離，顧敬臣常年習武，耳聰目明，見她轉過身來看著他沈默不語，他索性走到她面前，開口問道：「怎麼了？可是有話想跟我說？」

喬意晚這才發現顧敬臣今日沒有穿他喜歡的黑色衣裳，而是穿了一件墨藍色的。

她昨日方說過喜歡他穿藍色，他今日便換了衣裳。

她的目光停留在顧敬臣的腰間，頓了頓，道：「你先別走，我有東西給你。」

顧敬臣挑了挑眉。「好。」

回到秋意院，喬意晚找到了今日午後剛剛繡好的藍色荷包，又匆匆去了外院。

顧敬臣仍舊站在原處，喬意晚來到他的面前，把荷包遞了過去。

「用這個吧。」

顧敬臣看著她手中的荷包，心怦怦跳了起來。

原來她沒忘……她心裡有他！

見顧敬臣不接，喬意晚道：「你若不喜歡，那就……那就……」

喬意晚正欲收回手，手突然被人握住了。

冬日晚風刺骨，顧敬臣的手掌卻是熱的，而他說出口的話更是滾燙。

「喜歡，怎麼可能不喜歡。」

那種熟悉的感覺再次襲來，喬意晚的心不可控地怦怦跳動起來，比以往更加濃烈。

顧敬臣見喬意晚正使勁兒抽回手，他伸出一隻手把她手中的荷包拿走，這才鬆開了她。

喬意晚臉紅道：「我……我先回去了。」

顧敬臣沈聲道：「好。」

看著喬意晚的背影消失在眼前，顧敬臣拿起荷包輕輕嗅了一下，上面似乎還殘留著獨屬於她的香氣。

至於答案是什麼，他已經明白了。

顧敬臣一回府，就先去正院給秦氏請安。

秦氏中午一回來就跟兒子說了提親的事，一整個下午不見兒子人影，猜想是忙公務去了，也沒多問。

此時她知曉兒子一直掛心提親一事，端起茶來抿了一口，開口安慰道：「我瞧著喬老夫人的意思是很滿意這一門親事，你也不必想太多，靜待結果便是。」

顧敬臣許久未說話。

秦氏看向兒子，只見兒子正坐在椅子上發呆，臉色看起來跟平日不太一樣，瞧著很是愉悅。

她喊道：「敬臣！」

顧敬臣終於回過神來，看向了秦氏。「母親，抱歉，您剛說什麼，兒子沒聽到。」

秦氏道：「我剛剛說讓你不要太著急，靜心等著永昌侯府的回應。」

顧敬臣道：「好。」

秦氏越發覺得兒子的態度有些奇怪，前幾次都很著急的樣子，怎地此刻看起來又不著急了？

這時，秦氏眼角瞥到了兒子腰間的荷包。她記得兒子不喜歡帶這些東西，怎地今日突然帶了一個，好像和昨日帶的還不太一樣。

「你何時喜歡帶荷包了？」

顧敬臣微微一怔，垂眸看向腰間，眼神瞬間溫柔了幾分。

「哦，覺得好看就帶了。」

秦氏仔細看了一眼荷包，怎麼瞧著都像是女子所繡，繡工看起來不差。

她記得今日喬老夫人說過，她那孫女繡技極好，難不成這是那位喬姑娘繡的？

秦氏瞬間打起了精神，仔仔細細打量著兒子。

不僅是荷包，兒子這一身裝扮也跟中午不太一樣，中午他穿的是黑色的衣裳，此刻是墨藍色的，頭髮重新梳過，鬍子刮得乾乾淨淨。

「你剛剛出去了？」

顧敬臣微怔，說了實話。「嗯，出去了一趟。」

秦氏問：「去了永昌侯府？」

顧敬臣頓了頓，點頭。

見狀，秦氏終於鬆了一口氣。怪不得兒子突然又催她去提親，原來已經跟人家姑娘說好了，怎麼不早跟她說，害她擔心了兩日。

「你二人還未正式訂親，這荷包別外露，免得惹人口舌。」

顧敬臣愣了一下，立即道：「多謝母親提醒。」

「行了，你下去吧。」

「是，兒子告退。」

第二十九章

晚上，剛剛睡著，喬意晚就發現自己再次作夢了，許久未作這樣的夢，她都快忘記曾發生過這些事情了。

夢中，她看到顧敬臣坐在書房裡，在他面前的是揚風、啟航以及李總管——

「我打算給夫人講一講行軍打仗經歷過的趣事，你們可有好的提議？」

李總管笑著說道：「可以講西北石窟，裡面有不少佛像，女子想必愛聽佛像背後有趣的故事。」

揚風不太贊同這個觀點，說道：「侯爺，還是講西北的無人墳更有意思，裡面一具具白骨，精彩得很。」

顧敬臣認同地點了點頭。

李總管道：「夫人是女子，未必喜歡這樣的故事吧……」

顧敬臣抬了抬手，道：「我翻閱過夫人在看的那一本《雲州小記》，裡面提到了名妓的墳墓，她很是感興趣，多看了兩眼。」

李總管自認沒有侯爺了解夫人，便沒再多言。

啟航道：「我覺得西南的故事也不錯，比如上次打仗時經過的那個村子，裡面的人都會種蠱蟲，特別有意思。」

揚風興奮地道：「對對對，我也記得那裡，可太有意思了。」

顧敬臣再次點頭。

李總管聽得頭皮發麻，小聲說了一句。「侯爺，要不您再考慮考慮，或者問問夫人的意見？」

顧敬臣臉色一沈，他覺得她不愛與他說話，每次都是他在說，她在一旁聽，臉上也沒什麼多餘的神情，像是他這個人不存在一般。即便是晚上最親密的時候，她神情也始終是淡淡的。

李總管硬著頭皮道：「這些神怪之事，萬一夫人聽了害怕怎麼辦？」

揚風眼睛一亮。害怕好啊！

「那就等晚上熄了燈再講！夫人若是害怕，定會求助侯爺的。」

侯爺的心思在場之人誰人不知，可夫人卻一直對侯爺冷冷淡淡的。

啟航道：「這主意好！」

顧敬臣神色有些不自然，臉色漸漸沈了下來。「好了，都退下吧。」

眾人不敢再多言，靜靜地退下了。

這個夢很短，喬意晚醒來時天色尚未亮，看著昏暗的房間，她裹緊了身上的被子。

原來顧敬臣打的是這個主意，可惜他如意算盤落空了，前世聽了那些可怕的故事，她不僅沒主動靠近顧敬臣，反倒是更加怕他了，躲得遠遠的。

另一邊，顧敬臣也再次夢到了喬意晚。

初時，夢境特別美好，他再次夢到了二人的婚後，喬意晚臉上布滿了紅暈，用如水霧一般的眼睛看著他，那眼神讓人深深地沈入其中，不可自拔。

很快，美夢結束，夢境轉換成一個陰雨天，他在昏暗的書房中抄寫著經書，一遍又一遍。

夢裡，冰火兩重天。

三日後，永昌侯府那邊傳來了同意親事的消息。

秦氏收到消息後，徹底安心了。她得找人去正式提親了，很顯然，自己的娘家不靠譜，思來想去，她找上了福王妃。

福王是宗室，又是皇上的長輩，福王妃在女眷裡面地位也甚高。

聽說是為顧敬臣提親，福王妃一口答應下來。

與此同時，顧敬臣也收到了宮裡密探傳來的消息，關於皇帝之所以派他去查馮家涉及科考舞弊之事，以及東宮那邊的變化，跟顏貴妃的安排脫不了關係。

顧敬臣臉色沈了下來。顏貴妃這些年可真是太閒了，從前四皇子還小，她隱藏得倒是極好，如今四皇子漸漸露出鋒芒，她也穩不住了。

可她愛怎麼跟太子鬥就怎麼跟太子鬥，千不該萬不該挑撥他和太子之間的關係，又把喬意晚扯了進來，還有雲家的那個女兒也是個禍害！

顧敬臣瞇了瞇眼，既然他們閒得沒事幹，那就給他們找點事情做。

第二日一早，顧敬臣去上朝了，朝堂上，皇上宣佈了對馮家的處置。

科考舞弊雖然不是馮將軍所為，但終究是他身邊的人做的，又借了他的勢，因此他也有責任，雖官職不受影響，但責罰難免。

太子的岳父受到牽連，太子臉色自然不太好看，尤其是看向顧敬臣的眼神有些陰鬱，畢竟滿朝皆知，此事是顧敬臣調查出來的。

顧敬臣恍若未覺，下了朝逕自朝著外面走去，發現太子隨後跟了過來，他刻意放緩了腳步。

很快，太子跟了上來。

周景禕道：「表哥。」

雖還親熱地叫著表哥，但語氣卻算不上溫和。

顧敬臣停下腳步，朝著太子行禮。「太子殿下。」

周景禕又道：「孤聽說你向永昌侯府的嫡長女提親了？」

顧敬臣道：「嗯，確有此事。」

想到剛剛朝堂上的事情，周景禕開始陰陽怪氣地提醒他。「表哥，莫怪孤沒有提醒你，那女子不是什麼好姑娘，娶了她，表哥小心府中不平靜，恐怕連帶著定北侯府的名聲都將毀於一旦。」

這話是在暗指喬意晚心機重，又跟別的男子糾纏不清，顧敬臣極力忍住心頭的憤怒，反問道：「殿下覺得自己身邊的女子都是好人嗎？」

周景禕眉頭皺了起來。「你這是何意？」

顧敬臣說：「關於遼東科考一事，微臣聽說皇上本已經有了定論，但又突然間改變了主意，寫密詔給微臣，讓微臣去調查。關於此事，您就沒有懷疑過什麼嗎？」

周景禕微微瞇了瞇眼。

賊喊捉賊！這事分明就是顧敬臣所為，他何時這般不光明磊落了？

「是誰做的，表哥難道不清楚嗎？」

遠在天邊，近在眼前！

顧敬臣道：「微臣遠在邊關，的確不知。」

周景禕一個字也不信。

顧敬臣又道：「微臣不知殿下聽了何人的讒言，竟對我有了這樣的誤會，過去那麼多年，我有無數機會可以對付殿下，可您看我做了嗎？那些只有你我二人知曉的事情，我可有告訴第三個人？」

周景禕神色晦暗不明，顧敬臣又壓低聲音說了一句。「不說別的，單單是您當年對二皇子、六皇子所為，若是微臣告知皇上，您覺得對於皇上而言會比今日的事情輕嗎？」
周景禕臉色驟變。
二皇子跟周景禕年歲相仿，幼時，周景禕沒少對付過這個弟弟，甚至想弄死他。
六皇子是冉妃所出，因皇上甚是喜歡冉妃，連帶著也很喜歡六皇子。見到皇上對六皇子的疼愛，周景禕曾生出不善的想法，只是沒有成功罷了。
手足相殘可是大事，若這些事被皇上知曉，太子之位都可能會動搖。
顧敬臣道：「微臣若想對付您，何須用馮家。」
周景禕突然想通了什麼，這件事絕非顧敬臣所為。
顧敬臣敏銳地察覺到太子的變化，問道：「您想想，身邊的人中，對馮家的事最清楚的是誰？」
周景禕頓了頓，道：「太子妃。」
可太子妃總不會自己出賣自己的娘家吧，顧敬臣這是把他當成三歲小孩子了嗎？真是讓人來氣！
就在周景禕想要反駁時，顧敬臣再次開口了。「既出自太子妃之口，又是何人傳出去的？傳給了誰？誰又傳給了皇上？」
周景禕繼而一想，神色大變。
顧敬臣提醒道：「殿下不妨去查一查身邊的人，或許會有意想不到的收穫。」

總要給太子一些事情做，免得又多心壞了他和喬意晚的親事。這顏貴妃一心想挑撥他和太子之間的關係，不如也讓她嚐一嚐同樣的滋味。

因為顧敬臣的提醒，太子回到東宮將此事和太子妃商量了。

馮樂柔也是個聰明人，和太子二人聯手，不到半日的工夫就查出出賣他們之人是雲婉瑩。

若不是看在雲婉瑩懷了孩子的分上，太子恨不得一刀結果了她。

周景禕看向雲婉瑩，憤怒地道：「妳知不知道馮將軍是孤的人？竟然敢幫著外人對付孤，孤真想殺了妳！」

雲婉瑩沒料到事情竟然會被發現，嚇得縮了縮脖子。「不，不是我，殿下，不是我啊！您知道我有多愛您，怎麼可能做出這樣的事情！」

太子氣得說不出話，馮樂柔冷聲道：「奉儀的確愛慕太子，可馮家是我的娘家，奉儀怕是恨死我了吧。」

雲婉瑩目光看向馮樂柔。「妳莫要血口噴人！」

太子閉了閉眼，咬著牙道：「說，妳把消息傳給了誰！」

女子爭風吃醋可以，但若因此影響了他的大事，那就不能饒恕了。

雲婉瑩始終不說，因為她知曉，若是說出來了，就沒有人支持她和馮樂柔抗衡了，她從未私下見過朝陽殿的人，顏貴妃在宮中又頗有勢力，太子和馮樂柔未必能查得出來。

因雲婉瑩懷著孩子，太子暫時也無計可施，但縱然如此，太子也沒有這般輕輕放過，命人把她關了起來。

「在孩子生下之前，不許她踏出房門半步！」

太子和馮樂柔查了查前段時間和雲婉瑩接觸之人，發現不少宮人有嫌疑，但其中並未有朝陽殿的人，可馮樂柔卻總感覺此事和顏貴妃脫不開干係。

對於這直覺，初時，太子是不想理會的，畢竟自皇后去世之後，太子就在顏貴妃照拂下長大，顏貴妃待他極好，有什麼好東西都緊著他，並未特別偏心四弟。

「樂柔，婉瑩入了東宮之後從未和朝陽殿的人接觸過，妳懷疑誰都可以，但是不可以懷疑貴妃娘娘！」

馮樂柔抿了抿唇，道：「但和她接觸的一個浣衣殿的宮女和朝陽殿的灑掃婆子是同鄉，二人偶有來往，那幾日那個婆子又恰好去過浣衣殿。」

周景禕道：「樂柔，妳不明白，這些宮人在宮中生活了大半輩子了，多半都有些交情，若是按照妳的說法，整個宮裡的人都有嫌疑了。」

馮樂柔知道顏貴妃對太子的重要性，只是身為女子的直覺告訴她此人不簡單，從第一眼見顏貴妃時，她就感到貴妃太會隱藏了，似乎不像表面那般好，而且定北侯也是如此提醒太子的。

定北侯這人是值得信賴的，父親雖然和定北侯沒什麼聯繫，卻很欣賞定北侯，她相信定北侯不會捕風捉影，隨意攀扯旁人。

「可馮家被彈劾那日，顏貴妃的確去過前殿找父皇，之後父皇便查起這件事。」

「貴妃娘娘本就常去前殿，那日去了也不稀奇。」顏貴妃這些年沒少在周景禕身上下功夫，周景禕對其深信不疑，他還是繼續為顏貴妃開脫。「貴妃娘娘妳就不用查了，不如去查一查旁人，比如冉妃、慧妃。」

馮樂柔蹙了蹙眉，見周景禕欲離開，她起身道：「殿下，您可曾記得當初雲奉儀刺繡造假一事？」

太子停下腳步，看向馮樂柔。

馮樂柔道：「當初臣妾就懷疑宮裡有人幫她，不然她刺繡造假不可能順利過關。」

太子的眉頭皺了起來。「或許是永昌侯府的人幫她的，侯府屹立京城多年，和宮裡的人也有千絲萬縷的聯繫。」

見馮樂柔還欲多說什麼，太子抬了抬手，道：「好了，妳不必再說，重點查一查冉妃和慧妃。」

說完，太子便離開了。

馮樂柔微微嘆氣，坐了下來。

嫁給太子究竟是對還是錯，為什麼事情的發展跟她想的不一樣。

成親前她算好了一切，親事也按照自己的想法得到了，她明明得到了自己想要的東西，怎麼又像是竹籃打水一場空？

初雪道：「姑娘，咱們究竟要去查誰……」

馮樂柔瞥了初雪一眼。「進宮前我如何說的？」

初雪嚇得撲通一聲跪在地上。「奴婢該死，太子妃饒命。」

馮樂柔收回目光，道：「起來吧。冉妃和慧妃要查，顏貴妃也要查！」

初雪應道：「是，太子妃。」

顧敬臣一直讓人盯著東宮的動向，得知太子和太子妃並未把矛頭指向顏貴妃，他又讓人去給馮樂柔透露了一些消息。

馮樂柔聽著初雪調查來的事情，震驚的同時心裡也鬆了一口氣。

果然，這些事情跟顏貴妃脫不開干係。

馮樂柔去尋了太子。

周景禕道：「查得如何？」

馮樂柔回道：「有了一些眉目。」

周景禕看向馮樂柔，問道：「是冉妃還是慧妃？」

馮樂柔答道：「都不是。」

周景禕眉頭緊緊皺了起來。「妳又想說是貴妃娘娘？」

馮樂柔道：「殿下，您想過沒有，雲奉儀那日是如何混進宮中，又被人發現有了身孕的？」

聞言，太子臉色嚴肅起來。

這些事情不是一般人能做到的，若說刺繡造假一事是通過永昌侯府作弊，那麼後來她懷著身孕潛入宮那次呢？又是何人幫她的？永昌侯府那時已經和雲婉瑩斷了聯繫，雲府也沒有那麼大的能耐，這種事一般妃嬪可做不到。

太子的眼神不由得看往朝陽殿的方向，但很快，他的目光又收了回來。

「那也有可能是慧妃或冉妃。」

馮樂柔把最新調查到的消息一一告知太子，最後說道：「若一件事可能是巧合，兩件事或許也是，那麼三件、四件呢？」

太子的臉色終於變了。

得知太子和馮樂柔已在調查顏貴妃的事，而顏貴妃也暗中在和太子鬥法，顧敬臣安心了。

這時，提親的東西都備好了，良辰吉日也已選好，福王妃帶著禮登了永昌侯府的門。

雙方早已說定，此事很順利地定了下來，兩府正式開始議親，消息很快傳遍了京城。

定北侯府是青龍國數一數二的府邸，永昌侯府在文臣中也頗有地位，兩府聯姻不僅是門當戶對、天作之合，更像是一個信號，兩股強大勢力的結合，勢必會對京城的局勢造成一定的影響。

想了一年多，提了三次親才成功，事情底定，照理說顧敬臣應該是最開心的那個人，然而，此刻他心裡卻如同放了一塊大石頭，堵得難受。

議親的第二日，傍晚，顧敬臣從京北大營回來，拿著自己親自雕刻的木簪子，又順便去庫房挑了些好茶葉，滿心歡喜地來到了永昌侯府。

結果，他此行受到了阻撓。

議親之前，永昌侯對自己很是熱情，只要他去侯府，永昌侯便會把女兒叫過來和他見面，自己都不用多說什麼。

如今兩人正式議親了，永昌侯反倒像是聽不懂自己話中之意，對自己百般阻撓，不讓他去見意晚。

看著面前笑咪咪地喝茶，始終不正面回應自己的老狐狸，顧敬臣有苦說不出來。

「時辰不早了，你也該回去了。」

永昌侯端起茶，下了逐客令。

顧敬臣無語。

他剛剛坐下不到一刻鐘，時辰尚早，可面前的這位是自己的準岳父，他敢怒不敢言。

顧敬臣滿心歡喜地來，垂頭喪氣地離開。

顧敬臣離開後，喬西寧問出了自己的疑惑。「父親，您不是一直很中意定北侯這個女婿嗎？如今兩家既然已經說定了親事，您為何要攔著他，不讓他去見妹妹？」

喬彥成端起茶抿了一口，滿意地點了點頭，顧敬臣這小子倒是識趣，還知道給他帶些好茶。

「你沒瞧見他剛剛那樣子，急不可耐，萬一讓他見了意晚，不知會不會出什麼事，聽說他房裡連個通房、侍妾都沒有，又是血氣方剛的年紀，不可控。」

喬西寧驚訝地看向自己的父親，父親是不是想太多了，他怎麼看都覺得定北侯不是那種魯莽之人，他們兩個人年紀相仿，從小就認識，定北侯是最穩重不過的，定不會對小妹做出什麼非分之舉。

「父親，定北侯是個有分寸的人，府中又有那麼多人盯著，他不會做這樣的事。」

喬彥成又品了一口茶，滿臉享受的模樣。哎，他如今也有人孝敬了啊。

「你那是沒遇到喜歡的人，當你遇到了，什麼理智、什麼禮教都會拋在腦後。」

說著說著，他不期然地想到了當年初次見到夫人的情形。

落花滿地，她就坐在桃樹下，安安靜靜地看書，那場景他一輩子也不會忘。

只可惜……哎。

「父親……您遇到過？」喬西寧看著父親問道。

喬彥成回過神來，放下手中的茶杯，正色道：「少打聽我和你母親的事，多關心關心少夫人，我瞧著熙然是個好孩子，你多去後宅轉轉，別整日在前院待著，你祖母想抱重孫了。」

喬西寧無語，他也沒說什麼吧？

唸完兒子，喬彥成抬步朝著後院走去。

喬西寧站起身恭送父親離開，想了想，又坐下了，端起茶水喝了一口。

嗯，這茶的確是好茶。

熙然是個好姑娘，只可惜過於無趣了，罷了，天色已暗，他也有幾日沒去過後宅了，今日就去後宅用飯吧。

喬西寧剛走到春木院門口，就聞到了裡面飄出來的陣陣香氣，這味道像是烤肉的味道。接著，院子裡面傳出幾道熟悉的聲音，似乎是妹妹們的聲音，還有他那新婦的聲音。

她們晚飯吃烤肉？剛剛來內院之前他問過管事的，管事的說春木院尚未傳膳。

喬西寧抬步朝著裡面走去，只見院子裡伺候的人都在忙，有人在忙著生火，有人在忙著做肉串，還有人忙著弄調料，沒人注意到他。

喬婉琪拿起一串羊肉串吃了起來，一邊吃一邊說：「哇，熙然，妳烤的羊肉串真好吃啊，比廚房的大廚烤的還好吃！」

溫熙然一臉驕傲。「那當然了，我打小在山中莊子裡長大，常常在院子烤肉吃，我不光會烤肉，還會做叫花雞，改日做給妳們吃啊。」

聞言，喬意晚疑惑地抬眸看向溫熙然。

一個伯爵府的姑娘怎會在山裡長大？

喬婉琪眼睛瞬間就亮了起來。「叫花雞？好吃嗎？」

溫熙然道：「好吃啊！把食材塞進雞肚子裡，外面裹上一層荷葉，再裹上泥巴，放在土裡面烤，別提有多香了！」

喬婉琪嚥了嚥口水。「改日我一定要嚐一嚐。」

喬西寧看著不遠處正滔滔不絕地跟妹妹們說話的夫人，突然覺得自己好像不太了解她。兩人從小就訂下了親事，相識多年，他從未見過她這副鮮活的模樣，她在人前總是低垂著頭，不言不語。

喬意晚瞧著天色已晚，說道：「咱們吃得差不多了，收拾收拾吧，大哥一會兒也該回來了。」

溫熙然笑道：「不用著急，一會兒再收拾，他今日不會回來的。」

喬意晚有些不解，她沒聽說大哥有姨娘，他就這麼一位夫人，為何不回來？

喬婉琪和溫熙然自小就認識，兩個人關係好一些，知道一點內情。

「大堂姊有所不知，堂哥從小就不喜歡跟我們這些兄弟姊妹們在一處玩，他更喜歡在前院待著，小時候他就跟在大伯身邊，後來在朝廷中任了職，就更忙了。」

喬意晚微微點頭。怪不得她總覺得大哥和大家不是特別親近，原來他像顧敬臣一樣喜歡待在前院。

溫熙然不知想到了什麼，眼底掠過一抹諷刺。「他是世子，高高在上，自然與咱們不同。」

喬婉琪搖搖頭。「大堂哥不是那樣的人，我原也以為他自恃為世子，高高在上，不愛搭理我們，後來發現他並不是這樣的人，我們這些兄弟姊妹們若是有了難處，他定會第一個衝上去幫我們，他只是習慣把世子的責任扛在身上，從小裝得老成。」

聞言，溫熙然眼眸微動。

喬意晚想到了平日裡喬西寧的所為，點了點頭，正欲開口說些什麼，忽然瞥到了一道光，定睛一看，不遠處竟然站著一個人，那光是他腰間的玉珮。

「大哥？」喬西寧掩在黑暗之中，喬意晚看不清他的面容，有些不確定是不是他。

這話一出，眾人都怔住了。

喬西寧從不遠處走了過來，要說在座的人誰最慌張，非溫熙然莫屬。

喬西寧打小就是個刻板的人，有一次她裙子上多了兩道褶皺，他都皺著眉看了許久，如今院子裡弄成這麼亂，還不知會發多大的火。

「世……世子。」

喬西寧瞥了溫熙然一眼，又挪開目光，看向了兩位妹妹。

喬婉琪道：「大哥哥。」

喬西寧道：「兩位妹妹都在，外面天冷，怎麼不去裡面坐著？」

喬意晚瞧著垂著頭一臉做錯事模樣的溫熙然，開口說道：「前幾日我在書上看了個小故事，一位將軍在外行軍打仗，因天冷沒有炊具，就在雪地裡和士卒們一邊烤火一邊烤肉，很是有趣。今日雪尚未融化，我便想跟大嫂和二妹妹聚在一起吃肉，外面雖然冷，但也別有一番滋味。」

今日她們三人本來在喬意晚院子裡繡花，不知怎的，溫熙然和喬婉琪二人提起了想吃烤肉，二人說著說著便決定晚上烤肉吃。

喬意晚的院子裡沒有烤肉的工具，溫熙然那裡有，三人便一同來了春木院中。

溫熙然是嫁到永昌侯府的，娘家是伯爵府，地位低於侯府，她在侯府中明顯不太自在，而喬婉琪又是妹妹，喬意晚便主動把此事攬在自己身上。

喬西寧瞥了一眼溫熙然，又看了一眼地上的烤肉，眉頭緊緊皺了起來。

「嗯，烤肉的確好吃，只是妳身子不好，脾胃弱，以後莫要再吃這種不乾淨的東西，若是實在想吃，就吩咐廚房做給妳。」

溫熙然握著帕子的手緊了緊。

喬婉琪說：「挺乾淨的，我們烤的肉和菜都是從廚房拿過來的。」

喬西寧皺眉道：「妳們又不會做飯，萬一烤不熟呢？吃了會鬧肚子的。」

喬婉琪回道：「大嫂會烤，肯定熟了。」

喬西寧的目光再次落到溫熙然身上。

此刻她如往常一般，垂眸看著地上，一個字也沒說，木木的。

喬意晚瞧出氣氛不對，笑著打了圓場。「大哥也太瞧不起我們了，雖然我們幾個的廚藝不能跟廚房的廚子比，但肉熟不熟我們還是可以分辨清楚的。」

喬西寧沒再多說什麼。

喬意晚道：「天色不早了，我和二妹妹先回去了，今日叨擾大哥和大嫂了。」

喬西寧沈思片刻，道：「好，我送送妳們。」

說著，喬西寧隨兩位妹妹出去了。

溫熙然頓時鬆了一口氣，吩咐下人收拾院子。

來到了分岔路口，喬婉琪帶著婢女回了自己的院子，看著喬婉琪消失的背影，喬意晚問道：「大哥可是有話要和我說？」

她和喬婉琪在府中自是不會迷路，也不會遇到什麼壞人，大哥既然親自出來送，應該是有事。

喬西寧想到剛剛溫熙然和以往不同的樣子，道：「熙然性子比較內向，她又剛嫁到咱們府上，很多事很多人都不熟悉，妳和婉琪若無事，多來跟她說說話。」

果然，大哥還是很關心大嫂的。

喬意晚笑道：「好！」

喬西寧道：「府中最近在忙著妳和定北侯的親事，妳在旁邊看著便好，莫要插手，免得累著了。」

喬意晚笑著點了點頭。「嗯。」

思及剛剛的事情，喬意晚想到了在院子裡溫熙然說過的話，多嘴提了一句。「大哥，其實大嫂可能不像你想的那樣，你平日裡也多關心關心她。」

喬西寧怔了怔，道：「好。」

喬意晚道：「前頭就是秋意院了，我先回去了，大哥也早些休息吧。」

喬西寧點頭道：「嗯，妳慢走。」

喬意晚向喬西寧福了福身，轉身離去。

喬西寧想到了一事，叫住了她，喬意晚轉身看向喬西寧。

「等一下。」

喬西寧猶豫了一下，說道：「剛剛定北侯來過，他想要見妳，被父親攔住了。」

喬意晚眼眸微動。

喬西寧又道：「父親是覺得你們二人剛剛議親，不好私下見面，免得對妳名聲有礙，並非不滿意這門親事。」

事實上，父親是很滿意這門親事，最近看著心情比往常好了不少，一掃幾個月前皇上不讓他去作主考官的陰霾。

喬西寧接著道：「我是想告訴妳，定北侯很關心妳，雖說祖母和父親是看在他的家世上才極力促成這一樁姻緣，但定北侯也是個人品端方的君子，能力卓絕，堪為良配。」

喬意晚抿唇笑了笑。「嗯，我知道了，大哥。」

目送妹妹離開，喬西寧回了春木院。

院中已經恢復如初，只有空氣中殘留著烤肉的味道。

他抬步來到了正房中，坐在一旁的榻上。

下人們很快上了茶，溫熙然站在喬西寧面前，垂眸不語，一副犯了天大錯事的模樣。

喬西寧喝了一口茶，眉頭再次皺了起來。

剛喝過定北侯送來的好茶，再喝這種普通的茶，瞬間感覺味道差了不少。

溫熙然哪裡知道喬西寧心中在想什麼，她只看到喬西寧皺著眉頭，一臉嫌棄的樣子。那茶是他喝慣了的，所以，他定不是嫌棄面前的茶，而是像以往一樣在嫌棄她。

「今日是我不對。」溫熙然認錯。

喬西寧正欲再喝一口，剛放到唇邊，又不想再喝了，他把茶杯放下，抬眸看向站在面前的夫人。「夫人覺得自己錯在哪裡了？」

溫熙然說：「我不該帶著兩位妹妹在院子裡烤肉，不該失了身分，做這種沒規矩的事情。」

喬西寧眉頭又皺了皺。

溫熙然低聲道：「下次不會了。」

喬西寧盯著她看，又道：「剛剛聽妳說妳從小是在山裡長大的？」

他怎麼不知道這件事？從前每次他去伯爵府中，幾乎都可以見到她。

溫熙然沒料到他竟然聽到了這番話，連忙解釋道：「只是偶爾去別苑玩玩，並沒有在那裡長大。」

喬西寧點了點頭。「嗯。時辰不早了，傳膳吧。」

溫熙然道：「是。」

溫熙然剛剛已經吃飽了，所以這頓飯幾乎都是喬西寧一個人在吃，她只偶爾挾一些青菜吃。

飯後，喬西寧也沒有離開，就坐在榻上看書。溫熙然也拿了一本書，坐在另一側安安靜靜地看著。

喬西寧隨意瞥了一眼溫熙然手中的書《延城風沙》，問道：「這是從意晚那裡拿來的？」

面對突如其來的詢問聲，溫熙然先是一怔，隨即說道：「對，好像是定北侯送的。」

喬西寧道：「嗯。」

瞧著天色不早，他放下了手中的書。

「安置吧。」

溫熙然心裡一緊，合上了手中的書，磨磨蹭蹭站起來，走過來為喬西寧寬衣，下人們默默退了出去，關上了房門。

喬西寧看著笨拙地為自己解腰封的夫人，柔聲道：「怎麼還沒學會，出嫁前沒有人教過妳嗎？」

溫熙然的小臉漲得通紅，不小心把衣服打成個死結。

喬西寧阻止她越幫越亂的行為，自己寬了衣，把外衣遞到她手中，逕自朝著淨房走去。

不久後，春木院熄了燈，黑暗中，響起了一道低沈的聲音。

「想在院子裡吃烤肉可以，下次讓廚房的人過來弄，別自己動手。」

「哦，知道了。」

第二日一早，喬意晚去了瑞福堂請安。

今日是十一月二十八，老太太計劃十二月初一去崇陽寺上香，她要提前去，準備在崇陽寺小住兩日，上完香再回來，此刻瑞福堂裡正收拾著東西。

喬意晚抿了抿唇，道：「祖母，我陪您去吧。」

老太太頗為詫異。「妳陪我去？妳母親不是安排妳跟她學管家嗎？」

喬意晚撒了謊。「孫女這幾日心神不寧，又怕祖母一個人去寂寞，想陪著您去寺中住幾日。」

老太太本也覺得一個人去無趣，多了個孫女在側，她很是歡喜。

「好好好，還是妳孝順，妳回去收拾收拾東西，半個時辰後出發。」

喬意晚被老太太誇得有些心虛，福了福身，回院中收拾東西了。

巳時左右，喬意晚去了侯府中停放馬車的地方。

瞧著站在馬車前的喬琰寧，她微微一怔，隨即福了福身。「三哥哥。」

喬琰寧神色頗不自在，這是自那次康王府宴席後，二人第一次見面。

「嗯，大妹妹。」

喬意晚朝他客氣地笑了笑，扶著紫葉的手上了馬車。

不多時，馬車朝著府外行去。

老太太自是知曉孫兒和孫女之間的矛盾，她道：「妳二叔不放心我一個人去，特意囑咐琰寧陪我去。」

喬意晚道：「嗯，有三哥哥在，您身邊有人照應著，總是好的。」

老太太看著孫女的神色，握住了她的手，低聲道：「妳三哥哥心思單純，性子也不壞，都是被婉瑩那個死丫頭利用了，你們是親兄妹，妳可莫要因為外人生分了。」

兩個孩子都是自己的孫輩，也都是好孩子，她年紀大了，就想看小輩們和和氣氣的。

喬意晚笑了笑，說道：「祖母說的哪裡話，我自是知曉三哥哥的性子，孫女也從未生過他的氣，聽說三哥哥打小就跟婉瑩關係好，屢次站在她那邊也是人之常情，我相信有祖母的教導，三哥哥以後定會明辨是非。」

這話老太太愛聽，她寬了心，輕輕拍了拍喬意晚的手道：「還是妳懂事，我估摸著發生了上次的事情，他也差不多清醒了。」

喬意晚道：「嗯。」

馬車緩緩地在城中走著，出了京城，馬車的速度明顯加快了，不過，因為老太太在馬車上，馬車的速度也沒太快。

老太太覺得外面太冷了，想要讓孫兒進車廂一起坐，無奈喬琰寧有心結，無論如何都沒進來。

約莫過了半個時辰左右，馬車到了崇陽寺。

老太太年紀大了，一路上顛簸辛苦，到了寺中後，由僧人領著去了一旁供人休息的院中歇著。

吃過午飯，老太太便想休息了，喬意晚扶著老太太睡下，自己去了旁邊的房間休息。

一覺醒來，天色微暗，聽著寺中的鼓聲，她從床上坐了起來，打開窗，看向窗外，不遠處的大殿上積了厚厚的雪，而外面又飄起了小雪花。

這般情形跟上次來時感受完全不同，此刻寺中一片靜謐，喬意晚突然就想出去走走了。

她穿上襖子，又披了件薑黃色的披風，走出了小院。

來到前殿，人果然極少，只有三三兩兩的香客，每個人都是一臉虔誠。

喬意晚看著慈悲的佛像，跪在了蒲團上。

猶記得上次來此處時，她心中有三願，一願兄長高中，二願兄長平安，三願瑩表姊長命百歲。如今再來此處，心態已然和上次不同，平和了許多，願望也與上次截然不同。

她雙手合十，心中默念：一願家人平安，二願餘生順遂，三願……願這一世夫妻和睦。

跪拜結束，喬意晚站起身來，整理了一下衣裳，一轉身，她看到了站在門口逆著光望向她的男子。

想到自己剛剛的心願，喬意晚的臉微微有些熱，她頓了頓，抬步朝著殿門口走去。

顧敬臣望著朝向自己走過來的人，只覺得每一步都踩在了自己的心上。

怦！怦！怦！

數尺的距離，他覺得像是隔著千百丈遠一般，一時竟然沒了耐心，忍不住朝前迎了兩步。

喬意晚朝著顧敬臣福了福身。「見過侯爺。」

身子尚未福下去，就被顧敬臣托了起來，那種熟悉的感覺又來了。

顧敬臣道：「妳我之間無須這般客氣。」

此處是佛門聖地，二人這般拉拉扯扯，喬意晚臉更熱了，她微微後退了半步，躲開了顧敬臣的觸碰。

佛堂大殿內視線昏暗，環境清冷，二人走到外面。

看著半月不見的顧敬臣，喬意晚問道：「這麼巧，侯爺也來禮佛？」

顧敬臣回道：「不是。相比佛教，我更信奉道教。」

道教？喬意晚頗感意外。前世她可沒聽說顧敬臣信奉道教，或者說，他什麼都不信。秦氏有時會去拜佛，他總是只把人送到寺裡便離開了。

看著喬意晚疑惑的眼神，顧敬臣道：「不過我最近在看一本經書，讀起來覺得甚是玄妙，有些心得感悟。」

喬意晚了然地點點頭。

原來如此，不過，既然不是來拜佛的，那為何要來此處？莫不是——

「顧老夫人也來了嗎？」

顧敬臣答道：「母親在府中忙著妳我訂親的事情，並未前來。」

好端端的幹麼說訂親的事，喬意晚臉色有些不自在，她不再看顧敬臣，眼睛看向了前方。

兩人一路走著，都沒有說話。

一會兒後，喬意晚道：「我聽說昨日你去府中找我了，可是有事？」

聞言，顧敬臣突然停下腳步，看向站在身側的喬意晚。

見顧敬臣不再往前走，喬意晚也停下了腳步，側身望向他。

看著喬意晚微紅的小臉，顧敬臣語氣中帶了幾分篤定。「妳今日是特意來見我的。」

他也太自信了吧！她明明是陪祖母來禮佛的，怎就變成了特意來見他？

不過，這恰好戳中了她的心事，她確實是刻意製造兩人見面的機會，不在府中，父親就阻攔不到了。

看著顧敬臣眼中的笑意，她的臉一下子紅了起來，反駁道：「我都不知你會來，如何特意來見你？」

瞧著喬意晚的反應，顧敬臣忽而笑出了聲。

喬意晚的臉更紅了，即便是凜洌的寒風，依舊沒能吹散她臉上的熱氣。

她呢喃道：「再說了，是我先來的。」

這話說得極輕，像是在撒嬌一般，輕輕撥動了顧敬臣的心弦。他忍住笑意，沈聲道：「嗯，剛剛說錯了，應該是我今日特意來此處見妳。」

聞言，喬意晚唇角也露出一絲笑意。

面對坦誠的顧敬臣，她也沒再遮掩，輕聲道：「嗯，我也是。」

「我也是」三個字對顧敬臣的殺傷力極強，他幾乎快要克制不住自己內心的沸騰，想要把她擁入懷中娶回家。

兩個人站在那裡也不說話，就這般笑著，一個抿唇笑，一個傻笑。

不遠處的揚風看到這一幕，不禁覺得侯爺遇到喬姑娘之後簡直就徹底完了，喬姑娘不僅牽住了侯爺的心，還狠狠拿捏住了他們家侯爺。

喬姑娘想要見侯爺，不用跟任何人說，也無須問他們家侯爺的意見。她只需走出府門，他們家侯爺就會巴巴地趕來見她。

來了之後，侯爺也不多說話，就在那裡傻樂，天這麼冷，晚飯還沒吃，肚子裡空空的，也不知究竟有什麼好笑的。

「所以，你昨日為何要去府中找我？」喬意晚再次問道。

「沒什麼事，只是突然想妳了，想見見妳。」顧敬臣直白地說道。

喬意晚沒想到二人議親之後顧敬臣越發放浪，說出來的話也直白得讓人難以招架。她的心有些亂了，垂眸朝前走去，顧敬臣大步跟上了。

喬意晚的步子小，顧敬臣就放慢腳步跟著她。喬意晚走在裡側，顧敬臣始終走在外側，他為她擋住了外面的風雪。

前面有個臺階，喬意晚沒注意，顧敬臣只顧著看喬意晚，也沒有注意到，結果喬意晚被絆了一下，險些摔倒，顧敬臣反應快，一把拉住了她，順便把人帶入懷中。

這一瞬間，喬意晚感覺周遭的聲音似乎都消失了，耳邊只有怦怦怦如擂鼓一般的心跳聲。

她一時分不清這心跳聲究竟是顧敬臣的還是自己的，等她回過神來，才輕輕推開了顧敬臣。

此舉，不妥。
顧敬臣雖有些不捨，但還是放開了她。
「慢些走。」
「嗯，知道了。」
喬意晚再次朝前走去，這一次腳步慢了些，不像剛剛那般慌亂了。
顧敬臣時不時看她兩眼，悄悄握住了她的手。
喬意晚心頭驀地一驚，熟悉的感覺再次襲來，她看向身側的人，顧敬臣恍若未覺。
喬意晚試著把手抽出來，顧敬臣卻握得更緊了。
「天黑了，前面的路不好走，我怕妳再摔倒了。」
顧敬臣說這句話時的語氣非常認真，像是真的擔心她會摔倒一樣。
喬意晚小聲道：「我自己可以的。」
顧敬臣看向她，說道：「那剛剛是怎麼回事？」
想到方才自己差點摔倒，喬意晚有些詞窮，小聲為自己辯解道：「剛剛那是個意外。」
顧敬臣道：「妳能保證前面沒有意外嗎？」
喬意晚抿了抿唇，沒說話。
顧敬臣順勢緊緊握著她的手，絲毫沒有要放開的意思，繼續朝前走去。
紫葉瞧著前面的情形，立即就要衝上去，一旁的揚風連忙攔住她。

侯爺好不容易跟喬姑娘有了進展，怎麼能被破壞呢！

「妳幹什麼去？」

紫葉語氣有些不善道：「你沒看到嗎？」

揚風道：「侯爺跟喬姑娘馬上就要訂親了，他們早晚是要成親的，牽一牽手也沒什麼吧。」

紫葉皺眉道：「你也說了，是馬上，又不是已經訂親了，這樣做不妥。」

揚風提醒道：「以後我們家侯爺和你們家姑娘成了親，咱們可就是一家人了，侯爺也是妳的主子，妳可別做什麼衝動的事讓自己後悔。」

紫葉猶豫了一瞬，但很快心中又有了結論。

「誰跟你是一家人？我的主子只有我們家姑娘！」

揚風也不知該怎麼跟她說了，但就是堅持一點，絕不能讓她破壞侯爺的好事。

紫葉想上前，揚風就故意擋著，就在紫葉要發火的時候，揚風指了指前面。「妳看，你們家姑娘都沒說什麼。」

紫葉再次看向了前面，姑娘好像不再掙扎，似乎默許了？

既然姑娘願意，她自然也沒什麼意見，又繼續安安靜靜跟在身後了。

喬意晚的手就在顧敬臣的手中，這樣的事情顧敬臣想了不知多久了，他此刻哪還有心思走路，表面上一副淡定的模樣，心都快飛起來了，走起路來輕飄飄的，像是踩在棉花上一樣。

他領著喬意晚在附近繞了一圈又一圈，喬意晚的確對崇陽寺不熟悉，然而，即便是再不熟悉，在看到自己路過同一座大殿三次時也知自己一直在同一個地方。

想到顧敬臣很少去寺廟，她不禁猜測道：「你是不是迷路了？」

顧敬臣身子微微一頓，這才意識到自己正在這附近繞圈子。

「咳，抱歉，沒怎麼來過，走錯路了。」

喬意晚道：「沒關係，咱們找人問問吧。」

顧敬臣環顧四周，說道：「不必，走吧。」

喬意晚不解，他明明不認得路，怎麼還不找人問路？崇陽寺這麼大，可別繞不出去了。

然而，很快地，顧敬臣就帶著她回到了老太太所住的小院門口。

他還不想走，就站在那裡不說話，喬意晚也沒說話。

即便是不說話，顧敬臣也覺得此時此刻非常美好，過了片刻，還是喬意晚先開了口。

「天黑了，路上又結冰，你早些回去吧，路上注意些。」

顧敬臣握了握她的手，沈聲問道：「晚兒，妳這是在關心我嗎？」

喬意晚臉又紅了，微微有些不自在。好在夜色正濃，看不清她臉上的神色，她抿了抿唇，沒說話。

顧敬臣湊近了些，低聲問道：「妳剛剛跪在佛前許願，可有跟神佛提到我？」

看著顧敬臣放大的臉，喬意晚嚇了一跳，往後退了半步，眼神閃躲，不敢看他。

這模樣，反倒是讓顧敬臣更加篤定了。

喬意晚疑惑道：「你不信佛，佛祖又怎會庇佑你？」

顧敬臣順勢道：「嗯，從今往後，妳信什麼我就信什麼。」

喬意晚看向顧敬臣，忍不住笑了，信佛悟道怎能因旁人信什麼自己就信什麼？

只聽顧敬臣又補了一句。「免得這些神佛拆散了妳我二人。」

喬意晚無語，原來他打的是這個主意，她已經不想再跟顧敬臣說話了。

她想走，被顧敬臣攔下了。

「我有東西送妳。」說著，顧敬臣從懷中拿出一個紫檀木盒子，打算遞給喬意晚。

喬意晚猶豫了一下，一時沒接。

顧敬臣道：「拿著吧，等以後咱們成了親，侯府所有的東西都是妳的。」

喬意晚更加不自在了。他真的是幾乎句句不離成親，就那麼急著成親嗎？從前怎麼沒發現他這般急切。

顧敬臣直接執起她的手，把盒子塞到了她的手中。

喬意晚道：「謝謝。」

顧敬臣笑了笑，沒說話。

喬意晚想要抽回手，卻發現顧敬臣一直緊緊握著。這個人怎麼這麼愛動手動腳的，她使勁地把手抽了回來，瞪了顧敬臣一眼，轉身回了院中。

身後，顧敬臣臉上一直帶著笑，眼睛盯著喬意晚的背影，直到她的背影消失，這才離開。

離開崇陽寺前，顧敬臣吩咐道：「去捐一百兩香火錢。」

他既不信佛，也不信道，他只信自己。只是，這兩年發生了很多事情，為了意晚，他想求個心安，希望神佛能保佑他們兩人長長久久。

揚風道：「是，侯爺。」

第三十章

回到院中，看著祖母臉上的笑意，喬意晚忽然明白了什麼。

顧敬臣定是早就跟祖母打過招呼了，不然天黑了她沒回來，祖母肯定會急著去找她。然而，她這麼晚回來，祖母卻問都沒問一聲，這足以說明她的猜想是對的。

老太太笑著問道：「玩得可開心？」

喬意晚道：「嗯，挺好的。」

老太太笑呵呵地說道：「時辰不早了，擺齋菜吧。」

方嬤嬤道：「是，老夫人。」

一頓飯，老太太時不時跟孫子說說話，又跟孫女說說話，往日活潑開朗的孫子今日很是沈默，往日就很沈默的孫女今日也沒多說話。

吃過飯，又陪老太太聊了一會兒，喬意晚從正房出來了，她剛走到院子裡，身後便傳來了開門聲。

是喬琰寧。

很明顯，他這是有話要說。

二人不知彼此心中所想，也不知接下來對方會說什麼，他們非常有默契地去了離正房最遠的地方，生怕被老夫人聽到。

喬琰寧一直想跟喬意晚說話，但有些話又說不出口，他糾結許久，終於鼓足勇氣說了出來。

「意晚，對不起。」

萬事起頭難，開頭一句已經說了出來，後面的話就沒那麼難了。

「從前的事都是我不對，是我識人不清，誤會了妳。婉……她……我今日方知她刺繡造假一事是真的，她對妳威逼利誘，想讓妳幫她成為太子妃，後來她又主動找了太子，千方百計聯繫太子想要入東宮，如今她在東宮過得不如意，又想利用我對付妳，以達到她自私的目的。」

喬意晚鬆了一口氣，都是一家人，若是長長久久這般僵持下去，傷的是長輩們的心，他能想通就好了，只是不知他怎會突然想通的。

「三哥哥從前不是不相信婉瑩刺繡造假嗎？如今為何突然信了？」

喬琰寧並未隱瞞，說了實話。「其實，我早就有些懷疑，只是跟婉瑩相識多年，我不願相信她是這樣的人……包括那次她故意毀壞了祖父親手畫的畫像。」

說到這裡，喬琰寧頓了頓，又道：「今日定北侯來找過我，把婉瑩的所作所為告訴我，我去找祖母求證了刺繡一事，祖母也向我證實了。」

竟然是顧敬臣所為，他竟私下為她做了這樣的事，喬意晚感覺自己的心又軟了幾分，剛剛分開時她不該因顧敬臣對她動手動腳就瞪他，她該好好跟他道別的。

喬琰寧有些沮喪地說道：「其實……定北侯今日不來找我，我也知道自己錯了，那日在康王府，把她的話聽到最後，我就明白自己又被她利用了。」

喬意晚道：「親人的利用總是讓人防不勝防，但若是每日都戴著盔甲活著，對每個人都設防，也太累了，三哥哥只是太過良善，才會被人利用。」

其實她能理解喬琰寧的痛苦，她前世何嘗不是被身邊所謂的「親人」利用個徹底？從始至終都沒有察覺異樣，甚至今生也差點被利用。

喬琰寧嗤笑一聲道：「說到底也是我愚蠢，大哥就沒被她利用，二妹妹也及時發現了她的真面目。其實在她選擇我，而沒有選擇大哥時，我就該明白這一點的，她一向是個聰明人，知曉誰最吃她那一套、最好利用。」

透過這一番談話，喬意晚相信喬琰寧是真的徹底醒悟了。

往事已經發生，多說無益，人總是要向前看的。

「好在如今沒有造成什麼傷害，一切都來得及，三哥哥就當上了一課吧。」

喬琰寧望向喬意晚，心中的愧疚更深了幾分。

「我的確沒有傷害別人，但卻傷害了妳。」

喬意晚笑了。「我這不是好好地站在三哥哥面前嗎？並未被傷害。」

喬琰寧抿了抿唇，道：「我不能因為妳如今好生生地站在這裡，就當從前的事情沒有發生過，若那天定北侯沒有及時出現，事後沒有向妳提親，京城中關於妳的流言蜚語定不會少，妳的名聲也將受損。此事的確是我錯了，我不敢奢求妹妹原諒我，但是請妳相信，我以後不會再聽信外人的話做出這樣的蠢事。」

喬意晚道：「嗯，我相信三哥哥。」

二叔和二嬸都是心正又心善之人，沒有婉瑩在身邊蠱惑，想來三哥哥慢慢地會恢復如常的。

喬意晚又道：「三哥哥也不必一直把此事放在心上，我真的不曾怪過你，相反的，我一直對你心存感激。」

她不會因為喬琰寧選擇相信雲婉瑩就怪他，人心都是肉長的，每個人都有自己的喜好和選擇。不過，同樣的事情，她會因為雲意晴選擇相信她而銘記於心。

喬琰寧不解道：「感激？妳感激我什麼？」

喬意晚說：「當初我在雲府時非常困惑和迷茫，我不知自己究竟做錯了何事，要被母親那般防著，那般差別對待，直到後來三哥哥提及我長得像祖母，後來又把畫拿出來給我看，我方才確定了其中緣由。若沒有三哥哥的幫忙，我可能還是不能確定，還處在自我懷疑之中。所以，謝謝你。」

她真誠道謝，喬琰寧倒有些不好意思起來。「我那時就是想到什麼就說什麼，剛好幫了妳，妳不必放在心上。」

喬意晚笑了笑，沒說話。

看著喬意晚臉色凍得有些紅，喬琰寧想到她不足月就出生的虛弱身子，連忙道：「天冷，妳快回屋歇著吧，這裡不比侯府，晚上多蓋床被子。」

喬意晚道：「嗯，好，多謝三哥哥提醒。」

看著喬意晚回了屋，喬琰寧也回了自己的屋子。

隨後，老太太聽著方嬤嬤轉述的話，臉上露出了笑容。

「說開了就好了，都是好孩子。」

方嬤嬤笑著說道：「可不是嘛，都是一家人，外人再怎麼挑撥也沒用。」

老太太感慨了一句。「意晚那孩子就是太懂事了。」

喬意晚回到房中，看著桌子上的紫檀木盒子，懷著激動的心情打開了，裡面正放著一支木簪子，簪尾處有兩朵用玉雕成的荷花，花瓣是粉色的寶石，這簪子一看便知極為貴重，不是凡品。

「哇，好漂亮的簪子。」紫葉在一旁驚呼。

喬意晚也覺得好看極了，愛不釋手。不過，她總覺得木簪子摸上去有些粗糙，她仔細看了看，上面刻著荷花的花紋，不僅如此，竟然還刻著字。

紫葉道：「這簪子極為好看，尾部的花也精緻，不過上面刻的花紋好像有些……嗯，不夠精緻。」或許是她不懂得欣賞？

喬意晚拿起簪子在燭光下看了看，只見上面寫著兩個字：晚兒。

這竟是顧敬臣親手雕的！

紫葉也看到了那兩個字，臉上頓時露出笑意，收回了剛剛說出口的話。「是我眼拙，這簪子分明好看極了。」

被她一笑，喬意晚的臉也微微紅了起來。

他當真是有心了，處處為她著想，還送她東西。

顧敬臣來的時候心情有多麼輕快，回去的心情就有多落寞。

這一路似乎比來時漫長了些，他沒有回京，轉向去了京北大營，京北大營離崇陽寺近，明日忙完了，他還能早些過來找喬意晚。

也不知她此刻是在看書還是睡下了，他送她的簪子她喜不喜歡，心裡是不是像他想念她一樣想著自己……

此刻喬意晚既沒有看書也沒有繡花，她在抄寫佛經。

今日來得突然，她事先並沒有抄寫佛經。

拜佛講究心誠，她決心這兩日親自抄寫兩卷佛經供奉在寺中。

一開始，她的腦海中全都是顧敬臣的身影，漸漸地，心情平靜下來，腦海中沒了多餘的雜念，只剩下眼前的經書。

夜深了，喬意晚揉了揉痠痛的手腕，放下了筆，用熱水泡了泡腳後，和衣睡下了。許是白天太過勞累，幾乎一閉上眼睛，她就睡著了。

夢裡，她看到了顧敬臣。

和以往不同的是，她沒夢到什麼具體的事情，只看到了顧敬臣在書房中抄寫經書。他站在書桌前，認認真真、一筆一畫地抄寫著，神情極為虔誠。

整個夢裡，顧敬臣一直站在書房中抄寫經書，不吃不喝，抄了整整一日，滿屋子裡都是他抄寫的經書……

天亮了，喬意晚睜開了雙眼，看著床帳，她恍惚了片刻才終於想起自己置身何處。想到昨晚的夢，她很疑惑，莫非昨晚的夢只是單純的一場夢，並非前世發生的事情？

顧敬臣前世對神佛敬而遠之，從來不拜佛，他始終覺得神佛無法庇佑人，只有靠自己才可以改變，夢中他怎麼會那般虔誠？

會不會是他昨日說了最近在看經書，自己如今又身在寺廟中，所以她才會夢到他抄寫經書？

不，不對，昨晚的夢感覺非常真實，跟之前的幾次夢境一般無二，應該是前世真實發生過的事。

前世，顧敬臣的確抄寫了經書，那經書她曾看過，是《度人經》，可她不知道他為何要抄寫經書？又為何那般虔誠？更不知道他做這些事情的時間點是何時，是在她嫁給他之前，還是嫁給他之後？

喬意晚躺在床上琢磨了一會兒，始終沒想明白，她沒再多思索此事，掀開被褥起床了。

她是陪著祖母來禮佛的，今日還有許多事情要做。

這一整日喬意晚都陪著老太太在寺中禮佛。

崇陽寺是千年古刹，氛圍很是寧靜，喬意晚漸漸忘卻了塵世的煩惱，坐在一旁認真地抄寫著佛經。

老太太瞧著始終安安靜靜陪在自己身側的孫女，心中對她的喜歡又多了幾分。

從前她這些孫子孫女沒有一個人願意陪她來禮佛，有些人即便表面上樂意，心裡也是不以為然的，來寺中陪她禮佛也是幌子，來了之後就四處閒逛，又或者憋在房中不出來。

禮佛講究的是心誠，久而久之，她也不願再叫孫子孫女陪著她。

意晚倒是個例外，沒想到她不僅長得像自己，還真心實意地願意陪她禮佛。

喬意晚性子安靜，人比較沈穩，寫經書時格外認真，既沒有多餘的小動作，也不會時不時偷懶跑去外面，倒是比她還能坐得住。

禮佛結束，喬意晚扶著老太太從殿中出來，一出來，方嬤嬤便迎了過來，她瞥了一眼喬意晚，隨後對老太太說道：「老夫人，定北侯來了有一會兒了。」

老太太立刻道：「妳怎麼不早說。」

好不容易攀上的一門好親事，可不能因為一些小事沒了。

方嬤嬤道：「是定北侯不讓說的，他說您在禮佛，不便打擾，就等在了外面。」

一聽這話，老太太心裡舒服多了。

不錯不錯，孫女好，孫女婿也是個懂事的。

她看向站在自己身側的孫女，笑著說道：「妳陪了我一整日，想必也乏了，去玩一玩吧。」

喬意晚面頰浮現一層紅暈，道：「孫女不累。」

老太太笑了笑，說道：「妳不累，我也累了。去吧，我回去歇一歇，這裡不用妳服侍了。」

看著祖母調侃的眼神，喬意晚有些不自在，不過，她也沒再拒絕。

「您若是有事就讓人尋我。」

老太太道：「好，去吧。」

喬意晚朝著老太太福了福身，向著外面走去。

剛走到外面，喬意晚就看到了站在菩提樹下的人。

那人背對著她，身姿挺拔，仰頭看著面前的菩提樹，不知在想什麼。

似是聽到了身後的腳步聲，又似是察覺到有人望了過來，那人收回目光，轉過身來。

顧敬臣的目光本是清冷的，在看到來人之時，眼中多了一絲暖意。

喬意晚來到了他的身邊，朝著他福了福身。「見過……」侯爺。

顧敬臣道：「嗯？」

喬意晚站直了身子，收回了後面幾個字，她望著顧敬臣，再次開口道：「你等很久了吧？冷不冷？」

顧敬臣原想說自己剛到，不冷，這些話在嘴裡打了一個轉，又收了回去。

「嗯，等了有一會兒了，挺冷的。」

喬意晚蹙了蹙眉。「怎麼不去屋裡等？」

顧敬臣笑道：「想早一點見到妳。」

喬意晚臉上剛剛消散的紅暈又浮現出來，冷風吹過，一縷髮絲在臉頰上跳動，更添幾分風致，顧敬臣忽然覺得手有些癢。

只聽喬意晚問道：「你昨日不是來過了嗎？今日怎麼又過來了？」

顧敬臣頓了頓，這是嫌他煩了？

「妳不想見到我？」

「也不是，只是……」

話未說完，顧敬臣就把手中用布包裹著的東西遞給了喬意晚。

不是就夠了，至於原因為何，他不在意。

喬意晚詫異地看著面前的東西，不會又是像昨日那般貴重的東西吧？雖說二人早晚會成親，但也不能總是收那麼貴重的東西。
顧敬臣道：「我這幾日在營中練兵，離這裡很近，晚上在帳中無事可做，就出來轉轉。」
喬意晚道：「哦。」
見她不接話，顧敬臣又道：「在山腳下看到有老農賣烤紅薯，想著山上寒涼，給妳買了一個暖暖手。」
喬意晚頓時眼睛一亮。
她已經很久沒吃過烤紅薯了，因為脾胃比較弱，吃了胃不舒服，所以她從不敢多吃。
「謝謝。」
喬意晚這才放心的接過布包。
顧敬臣問：「妳今日做了什麼？」
問完，他看到了喬意晚的頭，今日喬意晚梳了一個簡單的髮髻，頭髮散了下來，頭上只別了一支簪子，那簪子分明就是自己親手雕刻的那一支。
「陪著祖母禮佛，抄寫經書。」
顧敬臣眼含笑意道：「妳戴這支簪子很好看。」
聽到顧敬臣提到了自己頭上的簪子，喬意晚臉色微紅，輕輕應了一聲。「嗯，我很喜歡，謝謝你。」

顧敬臣笑了。

喬意晚小心翼翼地解開了布包，竟然還是燙的，顧敬臣已經來了許久了，烤紅薯怎地還這麼熱？

「好燙。」

顧敬臣道：「算著妳結束的時間去買的。」

喬意晚心頭微暖。

顧敬臣接過了她手中的烤紅薯，一邊為她剝皮，一邊問道：「今日沒在寺中逛逛嗎？」

喬意晚搖頭道：「沒有。」

顧敬臣又道：「我陪妳逛逛吧。」

喬意晚道：「不用，你在外面等了那麼久，去屋裡暖和暖和吧。」

顧敬臣並沒有接受喬意晚的好意，說道：「沒關係，走吧。」

二人若是在屋中獨處，老太太勢必會讓人在一旁看著，倒不如在外面舒適。

顧敬臣把烤紅薯遞回喬意晚手中，烤紅薯上面剝開了一些皮，下面用布包著，正好暖暖手。

喬意晚接了過來，嚐了一小口。

昨日已經牽過喬意晚的手，顧敬臣一直想再牽她的手，然而現在看到她手中拿著烤紅薯，他頓時有些後悔為她買來了。

「好甜！」喬意晚說道。

聞言，顧敬臣心情頓時大好，看著喬意晚臉上的笑容，他心裡也為之感到高興，對於沒能牽手的遺憾也減弱了幾分。

「嗯。」

兩個人在崇陽寺中逛了起來，喬意晚訝異地發現，昨日還對寺中路線不熟悉的人今日突然變得熟門熟路的了。

他不像昨日那般沈默地一直往前走，而是會一邊主動介紹崇陽寺的背景，包括崇陽寺的由來、何人何朝所建，近千年來又經歷了幾次翻修，原來是什麼樣子，後來又改成了什麼樣，也不忘提到每一處殿宇的名稱、由來，每一尊佛像都講得清清楚楚，包括背後的小故事等。

喬意晚很詫異，看向顧敬臣。

「你不是不信佛嗎？怎麼把崇陽寺的背景、文化打聽得這麼清楚？」

顧敬臣瞥了她一眼，反問道：「妳覺得呢？」

看著他的眼神，喬意晚一下子就明白過來了，他是為了她才特別先了解過。

她臉頰微紅，垂頭看著地面，手中的一小塊烤紅薯已經吃完了，只剩下包著烤紅薯的布包，她捏了捏布包，小聲道：「其實你不必為我做這些事情。」

他是侯爺，是將軍，每日都忙於政事，沒必要為了她浪費時間。

顧敬臣看著她額前的一縷碎髮，抬手想要為她捋到耳後，手伸到一半，又覺得自己太過孟浪了，可此刻若是縮回來，又不捨得，糾結一瞬，終還是大著膽子抬手把她的碎髮別到了耳後。

喬意晚驚訝地抬起頭來。

看著她濕漉漉的眼神，顧敬臣目光微變，手縮回來時，順手撫摸了她的臉頰。

果然，手感細膩柔軟，和夢中的感覺一致。

「晚兒，為妳做這樣的事，我樂意至極。」

他想和她有多一些話題可以說，想為她做所有的事情。

喬意晚心頭微跳，那種熟悉的感覺又來了。

她望向顧敬臣的眼睛，清楚地看到此刻顧敬臣眼中只有自己。

其實，在前世時，他也曾用這樣的眼神看過自己，只不過那時是在深夜，她總覺得他那時看她是基於一個男人的慾望，因為白日裡他總是對她很冷淡，讓人猜不到他的心思。

感受著顧敬臣拇指指腹的粗糙，喬意晚頓時清醒過來，臉色酡紅。

「還……還沒訂親呢，你再這樣我以後就不見你了。」

這怎麼行！

到正式訂親還有好些日子，等到成親就更久了，不見她的話他可怎麼熬？

顧敬臣不捨地收回了自己的手，辯解道：「妳臉上有髒東西，我只是幫妳弄掉。」

喬意晚看見他手上確實有一點烤紅薯殘渣，臉頓時漲得通紅。一則為自己吃相不雅，二則因自己誤會了他，真是丟臉死了。

喬意晚急忙找出帕子擦了擦臉，小聲道：「抱歉，我誤會你了。」

她怎麼能這麼可愛！被他「欺負」了還跟他道歉。

顧敬臣看著喬意晚的模樣，心裡歡喜極了。

「咳，沒關係。」

喬意晚小心地瞥了一眼顧敬臣的神色，繼續向前走，走了一會兒，想到昨晚的夢境，出聲打破了兩人之間的沈默。

「對了，昨日你說常看經書，不知你最近看的是哪一本？」

顧敬臣道：「度人經。」

喬意晚眼眸微動。他竟然真的在看《度人經》，果然，昨晚的那個夢是前世真實發生過的。

她好奇地問：「你怎麼會喜歡看這本經書？」

顧敬臣並未有隱瞞喬意晚的意思，把事情源源本本說了出來。

「有一日去藏書樓找書，看到這本經書莫名覺得熟悉，於是便帶回了書房。後來每每覺得心緒不寧抑或心中煩亂時都習慣會看一看，偶爾也抄經書平復心情。晚兒可曾看過這本書？說來也奇怪，我每次抄寫完，心情都能靜下來，我甚至在夢裡都在抄寫這本經書。」

聞言，喬意晚心中大驚。

顧敬臣也會像她一樣作關於前世的夢嗎？他都夢到了什麼？

想到他與前世略微的不同，喬意晚心中隱隱有個猜測，難不成，顧敬臣也重生了？

察覺到她停下腳步，顧敬臣也停了下來。

見她臉色不太好看，他關切地問道：「怎麼了？妳可是遇到了什麼麻煩？」

喬意晚回過神來，看向顧敬臣的眼睛，若他是重生歸來，一定也記得前世的事情。

她問道：「你可曾夢到過我？」

聞言，想到自己那些齷齪而無法言說的心思，顧敬臣有一瞬間的慌亂，慌亂過後，他點點頭承認了。

喬意晚緊張得心快要提到了嗓子眼上。「你夢到了什麼？」

顧敬臣有些不敢直視她的眼睛，輕咳一聲，敷衍地回答道：「也沒夢到什麼。」

喬意晚皺眉，依著她對顧敬臣的了解，很顯然顧敬臣在撒謊，他不想告訴她！

為了證實自己的猜測，喬意晚的腦子迅速轉動起來，開口試探。「對了，之前有件事一直想謝謝你，沒來得及對你說。」

顧敬臣看向喬意晚。

喬意晚道：「前幾日我哥，嗯，就是我雲家兄長，聽說我們二人正在議親，託我向你道謝，來京城的第一年他去燕山差點出了事，幸好你救了他，不然他可能摔斷了腿，就無法參加科考了。」

說完，她一直盯著顧敬臣的眼睛看。

只見顧敬臣開口說道：「不用謝，這只是小事，當時的情況，即便我沒有帶軍隊過去協助，他也未必會摔下山。」

喬意晚道：「可我哥覺得他一定會掉下去，被大石砸斷腿，所以才更加感謝你。」

顧敬臣回想了一下當時的情形。「雲公子多慮了，未必會發生那樣的事情，真要道謝，他更應該謝謝妳，是妳去通知我的，我才會調兵去燕山。」

看他的反應確實不知道雲意亭前世真的被大石壓斷了腿不良於行，以致沒有參加科考，喬意晚心想難道是自己想多了？

倒不是說她哥有多重要，主要是她前世嫁給了顧敬臣，顧敬臣知曉她家中的事情。

顧敬臣道：「不過——」

喬意晚剛剛放下的心又提了起來。

顧敬臣接著道：「雲公子是妳表兄，如今我二人已經在議親，晚兒還是少見他吧。」

他感覺得出來，喬意晚對她這位表兄的感情不一般，從前以為二人是親兄妹便也罷了，如今二人是表兄妹，還是不要走太近為好，畢竟，這二人一同生活了十幾年，感情和旁人不同。

喬意晚淡淡道：「哦。」

或許他不是重生，但是會如自己一般夢到前世的事情？

她看著顧敬臣放在身側的手，抿了抿唇，伸手握住他的手，這一瞬間，那種熟悉的感覺又來了。

面對突如其來的碰觸，顧敬臣愣住了，隨後心頭大喜。

她這是……

喬意晚大著膽子，一手托住顧敬臣的手，另一隻手放在顧敬臣的大掌之中，看著他的眼睛，開口問道：「你有什麼感覺？」

喬意晚的手白皙柔嫩，手指纖細，手小小的。顧敬臣的手掌大而粗糙，指節粗大，上面有些傷痕，算不上好看。

兩個人的手搭在一起，一大一小，一黑一白；一個細嫩，一個粗糙，形成了鮮明的對比。

要問顧敬臣是什麼感覺，此刻他心中只有一個念頭，當然是緊緊握住她的手，然後把她娶回家！

他的視線從喬意晚的手掌挪到了她的臉上，看到她飽含期待的眼神，顧敬臣喉結微動，啞聲道：「晚兒，我們早些成親吧！」

喬意晚無語，見他不認真回答，打算抽回自己的手，然而她剛動了這個念頭，手就被人緊緊裹在手中。

既然她主動送上門，顧敬臣又哪有放過她的道理？

喬意晚試著抽了幾下都沒能把手抽回。「你鬆手！」

顧敬臣事事都聽她的，事事以她為先、為她著想，唯獨此事他不想聽，不僅沒鬆開手，甚至還把她的手放在了自己的心口。

這就太過分了！他們二人還沒成親呢，甚至尚未訂親，喬意晚微惱道：「顧敬臣，你放開！」

紫葉正開心地吃著烤紅薯，聽到自家姑娘的聲音，看著不遠處的情形，手中的烤紅薯頓時不香了。

「你家侯爺太過分了，怎麼能對我家姑娘動手動腳！」

紫葉憤怒地要衝上前，揚風正看著前面的好戲，察覺到紫葉要上前，一把拉住了她的手腕。

紫葉怒斥道：「你放開！」

揚風道：「妳小聲點！別怪我沒提醒妳，是妳家姑娘主動的。」

紫葉道：「你胡說八道，我家姑娘怎麼可能做這樣的事情，分明是你家侯爺強迫的！」

揚風揚聲道：「信不信由妳，總之妳不能過去。」

而另一邊——

這是喬意晚第一次叫顧敬臣的名字，顧敬臣第一次覺得自己的名字那麼好聽，自從知曉了那件事，他一直覺得自己的名字很難聽，每每聽到別人叫自己，每每想到名字的由來，都覺得心頭像是梗著什麼東西一樣。

原來名字好聽與否，跟名字的寓意無關，而是跟叫他名字的人是誰有關。

顧敬臣道：「這就是我的感覺。」

喬意晚初時不解，但當她冷靜下來，察覺到顧敬臣的心跳從手上傳來時就明白了。他這是在告訴她，因為她的觸碰他會心跳加快？

她伸出手主動貼到了顧敬臣的胸口，感受他的心跳。

果然，跳得很快，而且越來越快。

她只顧著觀察顧敬臣的心跳，絲毫沒注意到顧敬臣因她這個小小的舉動身子僵住了。

紫葉有些看不懂那邊的情形了。她家姑娘剛剛還有些氣惱，怎麼現在看上去很平靜？

揚風小聲道：「妳看，我剛剛說什麼來著，就是妳家姑娘主動的！」

紫葉心中頓生不悅，瞪了揚風一眼，又繼續吃手中的烤地瓜了。

「你心跳會加快？」喬意晚開口問道。

「嗯。」顧敬臣沈聲應道。

喬意晚又問：「是每一次我碰你，你都會這樣嗎？」

顧敬臣又沈聲應了一下。「嗯。」

那豈不是和自己的反應一致？喬意晚琢磨了一下，問道：「你昨晚可有作夢？」

顧敬臣想到昨晚旖旎的夢境，再次沈沈地應了一聲。「嗯。」
喬意晚期待地問道：「夢到了什麼？」
顧敬臣不說話，眼睛一直盯著她。
喬意晚開始猜測道：「你夢到我了？」
顧敬臣神色開始變得不自然，喬意晚能感覺到手掌下他的心跳加快。
「你究竟夢到了關於我的什麼事？」
顧敬臣微微垂首，啞聲道：「等妳嫁給我，我就告訴妳。」
喬意晚終於發現了顧敬臣的異常。
他……他怎麼忽然變得這麼……危險？
他這模樣她前世見過，每次晚上回內宅，熄了燈，屋內暗下來，他就會變得和白日時不同。
想到那些畫面，喬意晚的心怦怦怦地跳動起來，腦袋中一片空白，至於自己想問的那些問題已經全然忘記了。
顧敬臣就那麼想娶她嗎？
喬意晚不知自己是如何跑回房間的，她只覺得自己的心跳得好快，快要躍出胸膛了，等到她平復下來時，才發現自己的問題被顧敬臣糊弄過去了，自始至終他都沒有告訴她他究竟夢到了什麼。

晚上，躺在床上，喬意晚的心緒漸漸平復下來，她開始細細思索重生後顧敬臣做過的事，以及今日她提及兄長一事時顧敬臣的反應。

顧敬臣應該不是重生回來的人，因為對於前世的顧敬臣而言，最重要的事情有二，一是青龍國的邊境安全，二是顧老夫人。

這一世若是重生回來，他應該能提前知道大梁國的計劃，會避開戰事，不會打那麼久，也應該知道顧老夫人會中毒而提前預防。

那他們二人接觸時，他會不會作關於前世的夢呢？

這一點應該可以確定是有的，畢竟今日他自己提到他在夢裡抄寫過《度人經》，這部分和她昨日夢到的一般無二。

想著想著，喬意晚漸漸睡著了，又進入了新的夢境。

夢裡，她來到了一個非常陌生的地方——

這裡似乎是在山上，山中雲霧繚繞、仙氣飄飄，山頂上有一座道觀。道觀門前蕭條荒蕪，雜草叢生，人煙罕至，像是多年不曾有人踏足。

然而，此刻道觀前跪著一人。

那人的身影很是熟悉，她走近了才發現，竟然是顧敬臣。

喬意晚詫異極了，快步走了過去，只見顧敬臣直著身子跪在道觀前，滿臉鬍渣，眼神毫無生氣，神情很嚴肅，整個人看起來頗為狼狽孤獨。

不多時，道觀的門從裡面打開了，顧敬臣那死寂的眼神一下子亮了起來。

一位道童走了出來，隨後，顧敬臣跟著道童進入道觀之中。

來到了裡頭的大殿，一位頭髮鬍鬚發白的老道正閉著眼睛坐在蒲團上，嘴裡不知念叨著什麼。「罷了……這一切都是貧道之過……」

顧敬臣再次跪下，嗓音沙啞道：「求您為我指一條明路。」

老道嘴裡又不知念叨起什麼來，她有些沒聽清，連忙再湊近一點。

突然，那道士的眼睛睜開了，目光直視她，就像是能看到她一般。

喬意晚心頭猛地一跳，接著就醒了過來。

她滿頭大汗，像是作了一場噩夢。

至於自己究竟夢到了什麼，她忽然想不起來了，好像是夢到了顧敬臣，還夢到了一個道觀，還有……

忘了。

喬意晚發現，她越是費力去想，那些事情便越顯模糊，漸漸地，她什麼都想不起來了，人又慢慢睡了過去。

等再次醒來時，天光已大亮。

她驚奇地發現自己絲毫不記得曾作過的夢，但她可以肯定自己定是夢到了什麼，至於夢境中的內容，則一點印象都沒了。

這還是第一次發生這樣的事情。

不過另一邊，顧敬臣倒是沒忘自己昨晚的夢，甚至白日練兵時腦海中還時不時浮現出昨日的夢，嘴角露出一絲詭異的笑。

那些被顧敬臣操練的士卒們一個個嚇得大氣都不敢喘一下。

當天晚上，喬意晚再次見到了顧敬臣，當她詢問顧敬臣夢境之事時，顧敬臣仍舊沒答，這令她頗為失望。

顧敬臣要怎麼回答呢？答說他昨晚又夢到了二人婚後的事情，還是答說他在夢中狠狠欺負了她？

「明日你不必來了。」喬意晚道。

顧敬臣心頭一跳，回過神來。

「為何？」

她這是因為自己沒回答她所以生氣了？

喬意晚道：「明日初一，我祖母要去禮佛，後半晌我們就要回京了。」

顧敬臣恍然大悟，心中頗為失落。等她回了京，再想見她可就難了。

「嗯，好。」

喬意晚雖然失望於顧敬臣的隱瞞，但瞧見他失落的模樣，還是心生不忍，她開口寬慰道：「十六那日是我祖母的壽辰，屆時還是可以見一面的。」

沒想到顧敬臣絲毫沒被寬慰到，他眉頭皺起，屈指算了算，今日三十，離十六還有半個多月……

他想了想，說道：「初六那日是我外祖母七十歲壽辰，我們可以見面，而且我外祖母沒見過妳，她想見見妳。」

如今二人正在議親，喬意晚自然明白顧敬臣的意思，紅著臉點了點頭。永昌侯府和承恩侯府同在京城，多少有些交情，去歲喬老夫人壽辰時承恩侯府的人也收到了帖子。

第二日禮完佛，喬意晚隨喬老夫人回到侯府。

回來之後，她便日日跟著陳氏學習婚嫁與管家等相關的事務。

陳氏道：「我本打算多留妳兩年，只是定北侯府那邊催得緊，妳祖母和父親也同意，便不好再多留了，快的話，妳和定北侯年後就要訂親了，你二人的親事雖然用不著妳操心，但多學一些也是好的，妳也不必害羞，大大方方跟在我身邊就好。」

喬意晚微紅著臉，點頭應了一聲。「嗯，女兒記住了。」

陳氏見荔枝進來了，從她手中接過一本帳冊，隨後看向女兒說道：「既要忙著妳訂親的事，妳祖母的壽辰便忙不過來了，好在今年不是整壽，不必大辦，我打算把此事交給妳大嫂去辦。」

畢竟日日跟在母親身邊，因此喬意晚跟溫熙然的交集也變多了。她發現，大嫂只有對著她哥的時候才會一臉木然的樣子，私底下跟她們這些人相處時則是很活潑，不過，在管家一事上，大嫂算不上精通。

「祖母可知此事？」喬意晚問。

自從大嫂嫁進來，她沒少聽祖母說起大嫂的事，這次禮佛時祖母也說了不少，言語間似是對長嫂不太滿意，若祖母知曉此事，不知心中作何想？

陳氏如何不知老太太的想法，她頓了頓，道：「沒有人生下來就什麼都會，人總會成長的，妳大嫂多做幾次就好了，有我在旁邊看著，出不了岔子。」

喬意晚這才寬了心，有母親在身邊協助大嫂，定然沒問題的。

陳氏把手中的帳簿遞給女兒。「這是往年妳祖母壽辰時的宴請名單和禮單，剛剛找出來的，妳一會兒回去的時候順便給她吧，免得她要多跑一趟。」

她也是做人兒媳的，知曉天底下的兒媳在面對婆母時總是沒那麼自在。

喬意晚接過了帳簿，應道：「好。」

陳氏見女兒乖巧的模樣，忍不住摸了摸她的手，語氣溫和地說道：「她若不好意思來尋我，妳就在旁多幫幫她。」

喬意晚答應了。「好。」

說完，她琢磨了一會兒，小聲道：「母親，我偷偷告訴您，其實大哥也跟我說過同樣的話。」

陳氏有些驚訝，問道：「哦？西寧也說過？」

她瞧著兒子一心撲在政事上，不怎麼回內宅，還以為對兒媳不滿意。

喬意晚眼睛彎成了月牙，笑著點了點頭。

陳氏臉上露出一絲輕鬆的神色。

家和萬事興，兒子和兒媳過得和睦比什麼都強。

從正院離開後，喬意晚直接去了春木院。

今日不知怎麼回事，春木院門口無人守著，她直接走了進去，只見院子裡的人正聚在一棵樹下，仰頭望著樹上。

喬意晚順著眾人的目光看向樹上，只見她那位人前木訥、從不多言的長嫂，正兩手兩腳並用地往樹上爬。

喬意晚傻了，定是她眼花了吧！

溫熙然又往上爬了一會兒，站在下面的人紛紛喊道：「到了到了！」

溫熙然停下了，伸手想去搆取一旁樹梢上掛的東西。

下面的人時不時告訴她「低了」、「高了」、「往左」、「往右」，在大家不懈的努力下，溫熙然終於拿到了掛在樹梢上的東西，從上面下來了。

一下來，她還沒來得及跟眾人炫耀，就看到了站在原地呆呆地看著她的喬意晚，她頓時覺得天都要塌了，手中的風箏也差點被她捏爛了。

對，都是這該死的風箏惹的禍！

溫熙然本應把風箏撕爛燒毀才能解她心頭之恨，然而這風箏是旁人送的，她不捨得。

她默默地把風箏藏到了身後。

「外面冷，妹妹，屋裡請。」

溫熙然不得不佩服自己此刻還能平靜地做出這種反應。

喬意晚回過神來道：「好。」

不多時，二人來到了屋內，面面相覷，溫熙然率先打破了這詭異的氛圍。

「剛剛妳看錯了，我沒有爬樹。」

喬意晚無語。

她眼睛又沒瞎，眼睜睜看著她從樹上下來的，那動作相當流暢，一看便知經常做此事，練習過多次。

不過，既然對方不想承認，她也就假裝不知道好了。

喬意晚端起桌上的茶抿了一口，微微怔了一下，開口說道：「嗯，我什麼都沒看到。」

說完，她又品了一口茶。

這茶跟顧敬臣送去寺中給祖母喝的那款茶味道一樣。

祖母說這茶好，價格昂貴還是其次，關鍵是難尋，沒想到他竟然連兄長這裡也照顧到了。

喬意晚拿起帕子遮了遮唇，眼底一片溫柔。

溫熙然不知喬意晚心中所想，瞧著她這副平靜的模樣，她反倒是不好接著往下瞎編了。想到喬意晚平日裡沈穩的性子，溫熙然長長地嘆了一口氣。「哎，好吧，是我爬的樹。我也不是故意要爬樹，主要是剛剛颳起一陣風，把我的風箏吹到了樹梢上，我讓人拿著桿子弄了許久也沒能弄下來，所以只好自己上去扯下來。」

喬意晚覺得，這件事重要的不是為何要爬樹，而是大嫂怎麼會爬樹？她只見過男童爬樹，還不曾見過哪一位女子爬樹。

既然溫熙然說了實話，她也好奇地提出一個問題。「大嫂從小就會爬樹嗎？」

溫熙然神色微頓，隨後點了點頭。「嗯。」

這就更讓人詫異了，忠順伯爵府雖然門第不是特別顯赫，但應該也會請教養嬤嬤為府中的姑娘講規矩，又怎會教大嫂爬樹？

「伯爵府的人教妳的嗎？」

溫熙然抿了抿唇，搖頭。

伯爵府的人最重那些規矩禮儀，怎麼可能教她這些？

見溫熙然搖頭，喬意晚猜測她是偷偷學會的，也不知是何緣故，長嫂竟然會學會爬樹！想到那日她們幾人吃燒烤時長嫂脫口而出的話，她覺得這背後定是有故事的，不過，她不是個喜歡探聽別人隱私的人，故而沒有多問。

「嗯，大嫂放心，我不會跟任何人說的，我今日什麼都沒看到。」

祖母本就覺得大嫂不夠端莊賢慧，若是此事被她知曉了，定又要說些什麼。她提醒道：「大嫂以後要多注意一些，門口最好讓人守著。」

溫熙然感激地看向喬意晚，喬意晚笑了笑，把帳本遞給她。

「母親讓我把往年祖母壽辰時的宴請名單和各個府上送的禮品帳單拿過來，讓長嫂做個參考，今年祖母的壽辰就辛苦長嫂了。」

陳氏把老太太壽辰的事情交給了兒媳，也算是給她的歷練及表示對她的器重。

溫熙然自然也明白這一點，只是看著手中的帳簿，她的臉上流露出一絲為難。

喬意晚看著溫熙然的神情，安撫道：「母親說過，長嫂若是有為難的地方，儘管去問她。」

溫熙然抿了抿唇，看向她。「要不，妹妹幫幫我？」

婆母雖然對她很好，可面對賢良淑德、性情溫和又正直的婆母時，她總覺得自慚形穢，沒臉面對，尤其是她嫁過來之後做了不少錯事。

面對這個請求，喬意晚先是一怔，旋即點了點頭。

「好，嫂嫂有用得著我的地方，儘管和我提。」

溫熙然頓時鬆了一口氣，她原跟喬婉琪性情相投、關係好，覺得處處都像婆母的喬意晚跟她較疏遠，但經此一事，倒是覺得和喬意晚也頗親近了一些。

老太太得知此事後，私下跟兒媳說道：「還好她知道找意晚，不然我還真不放心她一個人辦，也不知那伯爵府怎麼教養女兒的，什麼都不會，還跟個木頭似的，我記得她小時候挺機靈的，長大後怎麼成了這個樣子？真是不討喜！」

她對這個孫媳是一點都不滿意，整日悶不吭聲的，人瞧著也是很木訥，漂亮話不會說，漂亮事也不會做。

然而，這親事是已故的老侯爺定下的，只能捏著鼻子認了，也不知那伯爵府是不是故意把姑娘養廢的。

陳氏皺眉道：「母親，誰都有不擅長的事情，好在熙然乖巧聽話，人也伶俐，慢慢教便是了。」

老太太道：「我看她笨得很！府裡的這些事情學了三、五個月才終於捋順了，妳瞧瞧意晚，半個月就上手了。」

這話陳氏也不好接了，一個是兒媳，一個是女兒，女兒的確上手比旁人快些，這一點她也很驕傲，可兒媳也不像婆母說的這麼笨。

「不管她學了多久，總歸是學會了。」

見兒媳一直維護孫媳，老太太也不願多說了。

「妳盯著她，可別讓她惹出來什麼事鬧了笑話。」

陳氏道：「是，母親，兒媳有分寸。」

老太太又道：「對了，過幾日是承恩侯老夫人的壽辰，妳給意晚再做幾件好看的衣裳，尤其是斗篷，多做幾件。」

雖然是給女兒做，陳氏還是提出反對意見。「母親，半個月前才剛剛給府中的女眷做了衣裳，意晚不愛出門，她有幾件還沒上過身。」

老太太立刻道：「那些顏色太素了，禮佛時穿還行，出門做客就不好看了，小姑娘家家的就要穿得鮮亮些。」

那承恩侯府的老太太一直想把自己的孫女嫁給外孫定北侯，如今這親事落到了他們永昌侯府頭上，那老太太還不知要挑什麼刺呢，這次說什麼也要讓孫女拔得頭籌，壓她們一頭，好叫她們輸得心服口服。

老太太直接做好決定。「做一件正紅色的，顏色比上回那件亮一些。」

明日定北侯也會去吧？孫女那幾件斗篷他都見過了，就做新的！

陳氏看出婆母的堅持，不再反駁，應道：「好，兒媳一會兒讓人來給意晚、婉琪和熙——」

話還未說完就被老太太打斷了。

「她倆就別做了，妳不是說了嗎？半個月前剛做新的，就給意晚一個人做。」

陳氏皺眉，只給自己女兒做，這像什麼話？

老太太道：「我知道妳在想什麼，這次不用走公中的帳，走我的私帳。」

自從從崇陽寺回來，婆母似乎對女兒就越發寵愛了，日日往女兒院裡送東西，時不時叫女兒過去說說話，這比從前對婉瑩還要熱切幾分，長此以往下去，二弟妹那邊要不高興了。婆母的性子她也知道，勸不動的，罷了，她私下就給婉琪送些東西過去。

陳氏答應下來，當天下午就讓人去給喬意晚做斗篷，兩日後斗篷就做好了，正好趕上承恩侯老夫人的壽辰。

——未完，待續，請看文創風1208《繡裡乾坤》4

夏言 著

窈窕淑女，君子好逑

她便是他的喜怒哀樂、他的一切，
他的心全然繫在她身上，隨著她而轉。
她若高興，他便高興；
她若不開心，他也不會開心；
倘若她不在這世上了，那他……便也不想活了。

11/7、11/14 上市

文創風 1205-1209《繡裡乾坤》全套五冊

上有兄長、下有妹妹，在家排行老二的雲意晚從小就不得母親喜愛，
本以為十指都有長短了，喜愛當然也有多寡之分，不須在意，
然而向來不爭不搶的她，前世卻被母親逼著嫁給定北侯顧敬臣當續弦，
理由只是為了照顧因難產而逝的喬家表姊獨留在侯府的新生幼兒，
她不懂，身為一個母親，到底要多不愛，才會這麼對待自己的親生女兒？
外傳顧敬臣極愛她表姊母子，為了年幼的兒子才會同意她嫁入侯府，
可別說照顧孩子了，他根本連孩子的面都不讓她見，那當初又為何娶她？
結果，她在懷孕四個月時被一碗雞湯毒死，連凶手是誰都毫無頭緒，
死不瞑目的她如今幸運重生，她發誓今生定要查明凶手，不再糊塗度日！
她但求表姊這世能長命百歲，如此她便不用嫁人當繼室，迎來短命人生，
但也不知哪裡出錯，太子要選正妃，喬家表姊竟一心一意要去參選！
不應該啊，前世表姊嫁的明明是定北侯顧敬臣，沒有太子什麼事啊！
莫非……她的重生改變了相關人物的命定軌跡？
還是說，表姊是在太子妃落選後，才退而求其次地當個侯夫人？
若真如此，那顧敬臣肯定是愛極了表姊，不然哪個男人容得下這種事？

私心推薦

文創風 1068-1069《三流貴女拚轉運》全二冊

身為平安侯府嫡女的蘇宜思，爹疼娘寵，更是祖母的心頭寶，
偏偏他們家因聖寵不再，從一等國公府被降為三流侯府，
更慘的是，她初次進宮就闖下大禍，誤闖皇家禁區，
本以為會丟了小命，甚至連累家族，誰知道皇帝寬宥了她，
欸？看來皇上沒有眾人講的那麼討厭他們蘇家呀？
不明就裡的她一心想著有什麼方法，可以化解上一代的恩怨，
心懷鬱悶地一覺醒來，發現竟然回到二十多年前，更巧遇年輕時的父親？!

莫顏 著

趣中藏情，歡喜解憂

她桃曉燕是誰？她可是集團總裁、是商界的女強人！
當初為了成為接班人，她鬥得你死我活，好不容易爬上總裁的位置，
卻沒想到一場意外，讓她一睜眼就來到古代！
這裡啥都沒有，她一個小女子還得想著先保命，
她想念她的房地產、股票和基金，還想念滑手機的日子啊嗚嗚～～

文創風 1210-1211《國師的愛徒》全套二冊

11/21 上市

司徒青染身分高貴，乃大靖的國師，受世人膜拜景仰。
他氣度如仙，威儀冷傲，連皇帝也要敬他三分。
他法力高強，妖魔避他如神，唯獨一個女妖例外。
這女妖很奇怪，沒有半點法力，卻不受他的法術控制，
別的妖吃人吸血，她獨愛吃美食甜點，
別的妖見到他就繞道走，她是遇到麻煩盡往他身後躲，
還死皮賴臉喊他師父，逢人便稱想巴結的找她，要報仇的找她師父。
如此囂張厚顏，此妖不收還真不行。
「妳從哪裡來？」司徒青染問。
桃曉燕笑嘻嘻地回答。「我那兒跟你們這裡完全不一樣，高級多了。」
「何謂高級？」
「有網路，有飛機，還有各種科技產品。」
司徒青染冰冷地警告。「說人話。」
桃曉燕立即諂媚討好。「有千里傳音，有飛天祥雲，還有各種神通法寶。」
「那是仙界，妳身分低賤，不可能去。」
「……」誰低賤了，你個死宅男，這種跨界的代溝最討厭了！

私心推薦

文創風 1115-1116《姑娘深藏不露》全二冊

安芷萱一開始並不叫這個名字，而是叫七妹。
七妹出生在溪田村，爹娘死後被二伯收養，
誰知無良二伯和村長勾結，一心只想把她賣了賺錢。
她才不願讓他們得逞呢，天下之大，何處不能容身？
她乘機逃脫，路上偶然得到法寶幫忙，
原以為靠著法寶，她可以美滋滋過著自己的小日子，衣食無憂，
誰料得到，竟是將她拉進一連串驚心動魄的旅程……

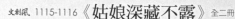

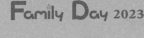

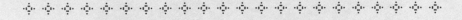

為流浪貓狗加油 和貓寶貝 狗寶貝

廝守終生(一定要終生喔！)的幸福機會

對人來說，貓寶貝狗寶貝只是生活的一部分，但妳（你）對牠們來說，卻是生活的全部，領養前請一定要考慮清楚——

▲ 抨擊你心的小可愛——瓦仔

性　　別：男生

品　　種：米克斯

年　　紀：1～2歲

個　　性：活潑親人、喜歡撲人

健康狀況：已結紮，已施打狂犬病疫苗（若認養則免費植晶片）

目前住所：雲林縣斗六市（雲林科技大學汪汪社）

本期資料來源：雲科大汪汪社

『瓦仔』的故事：

今年五月，一隻陌生的狗狗突然出現在雲科大校園內，個性活潑又親人的牠馬上受到大家的喜愛。牠毛色油亮，胸前及前腳末端有白毛，大家紛紛集思廣益想名字：台灣黑熊、襪襪、白手套等等，最終汪汪社決定命名為瓦仔（襪仔）。

瓦仔是一隻不挑食的乖寶寶，最喜歡吃肉條和小餅乾，能分辨出哪隻手握有食物，也會坐下、握手的基本指令。平時不認生，看到人都會很熱情地撲上去，成功討摸的時候，則會樂得把前腳放在對方手臂上，表示自己非常開心。

大大的頭、發亮的毛髮以及腳上一雙可愛的小白襪，總是用可愛憨呆的表情面對大家的瓦仔，擁有用不完的活力，隨時隨地能帶動周邊的歡樂氣氛。想親身領略瓦仔式的歡迎秀嗎？請私訊雲科大汪汪社粉專、IG：ouaouaclub_yuntech，或聯繫蔡同學0972748234，相信有了瓦仔的陪伴，生活一定樂無窮！

認養資格：

1. 認養人須年滿18歲，能夠定期帶瓦仔打疫苗。
2. 出門請使用牽繩，不餵食廚餘。
3. 不長期關籠，不任由毛小孩自己外出。
4. 須同意送養人日後之追蹤探訪，對待瓦仔不離不棄。

來信請說明：

a. 個人基本資料：姓名、性別、年齡、家庭狀況、職業與經濟來源等。
b. 想認養瓦仔的理由。
c. 過去養寵物的經驗，及簡介一下您的飼養環境。
d. 若未來有結婚、懷孕、出國或搬家等計劃，將如何安置瓦仔？

文創風
1207

繡裡乾坤 3

國家圖書館出版品預行編目資料

繡裡乾坤 / 夏言著. --
初版. -- 臺北市 : 狗屋出版社有限公司, 2023.11
冊 ; 公分. --（文創風 ; 1205-1209）
ISBN 978-986-509-468-3（第3冊 : 平裝）. --

857.7 112016683

著作者	夏言
編輯	黃淑珍　李佩倫
校對	吳帛奕
發行所	狗屋出版社有限公司
地址	台北市104中山區龍江路71巷15號1樓
電話	02-2776-5889～0
發行字號	局版台業字845號
法律顧問	蕭雄淋律師
總經銷	知遠文化事業有限公司
電話	02-2664-8800
初版	2023年11月
國際書碼	ISBN-13　978-986-509-468-3

本著作物由北京晉江原創網絡科技有限公司授權出版

定價280元

狗屋劃撥帳號：19001626

網址：love.doghouse.com.tw　E-mail：love@doghouse.com.tw